D1933503

ro
ro
ro

«Strahlender Akkord in einer traurigen Saxophonballade aus dem Leben der Bohème.»
Neue Züricher Zeitung

«Ein Buch wie eine sehnsuchtsvolle Melodie, die dich packt und nicht verlässt.»
Journal für die Frau

«Ein Seelentrip aus gekonnter Feder.»
Stuttgarter Nachrichten

Katja Henkel, geboren 1967, lebt als Autorin und Übersetzerin in Hamburg. «LaVons Lied» ist ihr dritter Roman.

Katja Henkel

LaVons Lied

Roman

Rowohlt Taschenbuch Verlag

Veröffentlicht im Rowohlt Taschenbuch Verlag GmbH,
Reinbek bei Hamburg, August 2003
Copyright © 2002 by Rowohlt Verlag GmbH,
Reinbek bei Hamburg
Umschlaggestaltung any.way, Cathrin Günther
(Foto: Darryl Estrine/Getty Images
und Carmelo Bongiorno/Photonica)
Satz Caslon 540 PostScript, PageMaker,
bei Pinkuin Satz und Datentechnik, Berlin
Druck und Bindung Druckerei C. H. Beck, Nördlingen
Printed in Germany
ISBN 3 499 23265 0

Die Schreibweise entspricht den Regeln
der neuen Rechtschreibung.

In Erinnerung an Miles Davis

Gewidmet meinem Vater
Bernhard Henkel

Wir steigen in denselben Fluss und doch nicht in denselben, wir sind es, und wir sind es nicht.

Heraklit

Kapitel 1

Wir haben uns vor dem Café verabredet, das für uns beide gleichermaßen gut zu erreichen ist, am Times Square, wo wir schon viele Donnerstage verbracht haben.

Wie immer ist Thilda zuerst da, wie immer wartet sie vor der Tür, obwohl es eisig kalt ist. Sie würde niemals allein ein Lokal betreten. Sie braucht jemanden an ihrer Seite, sogar wenn sie nur einen Kaffee trinken will. Als suche sie ständig nach einer Rechtfertigung dafür, an einem bestimmten Ort zu sein.

Seltsamerweise ist Thilda der pünktlichste Mensch, den ich kenne. Ich kann mich nicht erinnern, dass ich ein einziges Mal auf sie warten musste. Das ist umso ungewöhnlicher, wenn ich bedenke, wie sie lebt. Immer in der Hölle ihres eigenen Körpers gefangen, der nach nichts verlangt als nach Erleichterung. Ein paar Stunden ohne Schmerzen. Nichts sonst.

Ich bin überzeugt davon, dass Thilda auch kommen würde, wenn ich ihr kein Geld gäbe. Aber ich tue es gerne. Was wäre ich ohne sie. Was wären wir ohne sie.

Während ich mit hastigen Schritten auf sie zugehe, an den Lichttürmen und gigantischen Plakaten vorbei, die Arme um meinen Körper geschlagen, weil der Wind an meiner Jacke zerrt, umfasse ich ihre dünne Gestalt mit meinem Blick. Aus der Ferne sieht sie aus wie ein Kind. Umso größer ist jedes Mal mein Erschrecken, wenn ich ihr Greisengesicht sehe. Ich kann mich nicht daran gewöhnen. Ich stehe vor ihr und lächle sie an, öffne meine Lippen weit und zeige meine immer noch weißen Zähne, weil ich weiß, dass sie das mag, dass sie es gerne sieht, wenn ich lächle, obwohl sie nie zurücklächelt. Auf ihrem Gesicht spiegelt sich eine Lichtreklame und ich bin einen Moment verwirrt, weil sie fast gesund aussieht in dem rötlichen Schimmer. Auch bin ich es immer, die zuerst die Arme öffnet, in die sie sich einfach hineinsinken lässt, ohne meine Umarmung zu erwidern. Ich lege mein Kinn auf ihr nasses Haar und schaue über sie hinweg die Straße hinunter. Wir müssen ein seltsames Bild abgeben, zwei alte Frauen schweigend aneinander gelehnt, doch niemand beachtet uns. Nicht nur, weil das Wetter die Menschen zur Eile antreibt. In New York wird man sowieso niemals beachtet. Und wenn, dann bemerkt man es nicht.

Ich öffne ihr die Tür zum Café und schiebe sie hinein. Die Luft ist warm und angefüllt mit dem strengen Geruch frisch gemahlener Bohnen. Ich habe mir mein Leben lang gewünscht, Kaffee würde so gut schmecken, wie er riecht. Ich wähle den Tisch aus, wie immer, dann mache ich einen Schritt hinter sie und lege meine Hände auf ihre Schultern.

«Komm, ich helfe dir», sage ich, und gehorsam streckt sie ihre Arme ein wenig nach hinten, damit ich ihr den Mantel ausziehen kann. Seit wir uns regelmäßig treffen, also seit ungefähr vierzig Jahren, bin immer ich es gewesen, die ihr in oder aus einem Mantel hilft, obwohl es dafür keinen Grund gibt. Ich bin schließlich sogar ein paar Jahre älter als sie und ihr erst in den letzten Jahren körperlich überlegen. Eine Zeit lang habe ich darauf gewartet, dass sie wenigstens einmal abwinken würde, aber das ist nicht geschehen.

Wir setzen uns gegenüber, das grelle Licht drückt die Augenhöhlen noch tiefer in Thildas Gesicht.

«Du siehst … besser aus», sage ich, und das ist nicht einmal gelogen. Natürlich sieht sie nicht gut aus, aber wirklich besser als das letzte Mal. Damals hatte sie gerade ein paar Tage Krankenhaus hinter sich, was sie mir erst erzählte, als wir uns trafen. Mich wunderte, dass sie Thilda überhaupt nochmal nach Hause ließen, und ich hätte zu gerne die Gesichter der Ärzte nach der ersten Untersuchung gesehen. Ich könnte wetten, dass sie so einen Fall wie Thilda zuvor nicht erlebt hatten. Dass jemand so lange wie sie überlebte, war doch bestimmt einmalig.

«Danke», antwortet Thilda, und möglicherweise errötet sie ein wenig. Ich bin mir nicht sicher. «Aber du brauchst nicht zu lügen.»

«Nein, wirklich!» Ich schaue sie sehr lange und möglichst ausdruckslos an. Das habe ich von Vernon gelernt, und es funktioniert fast immer. Wer so ruhig und unbeeindruckt in das Gesicht eines anderen sehen kann, muss doch die Wahrheit sagen.

«Das Übliche für dich?» Jetzt gestatte ich mir, mich wieder von ihrem mageren Gesicht abzuwenden. Ohne ihre Antwort abzuwarten, die ich sowieso kenne, bestelle ich Thilda einen Caffè latte mit Kakaopulver und Zimt und mir ein Glas Wasser. Es würde ihr gut tun, wenn ich ihre Hand hielte. Das weiß ich. Aber ich brauche noch eine Weile, und so sitzen wir und schweigen und warten, bis unsere Körper sich aufgewärmt haben und unsere Gedanken.

Es wollte mir nie gelingen, in Thilda eine Mörderin zu sehen. Obwohl ich alles beobachtete. Damals. Vor einem halben Jahrhundert. Obwohl ich neben ihr saß, als sie sich schwerfällig von ihrem Stuhl erhob, im Aufstehen noch schwankend, als gebe sie uns allen oder dem Schicksal noch die Chance, es zu verhindern. Ihr immer bleiches Gesicht war von einem Schimmer überzogen, der sie in dem dürftig beleuchteten Raum unwirklich erscheinen ließ, vermutlich schwitzte sie, aber das machte sie nur noch schöner.

Ich habe mich wieder und wieder gefragt, ob ich ahnte, was sie vorhatte, ob ich erkannte, dass sie einen Entschluss gefasst hatte, einen einsamen. Ob sie mir mit diesem langsamen, umständlichen Sichaufrichten Zeit geben wollte, ihrem Leben doch noch eine andere Wendung zu geben. Ich weiß nur, dass ich eine unbestimmte Bedrohung spürte, mir klar war, dass sich alles ändern würde, in wenigen Sekunden, aber ich konnte mir dieses Gefühl nicht genauer erklären und reagierte nicht. Meine Instinkte versagten kläglich, sie waren zu untrainiert nach so vielen Generationen von Entfremdeten. Zumindest habe ich all die Jahre daran glauben wollen.

Manchmal aber, wenn ich in meinem Bett liege, in diesem dumpfen Augenblick zwischen Wachen und Schlafen, wenn die Gedanken zu schweben beginnen, dann frage ich mich, ob in meiner Weigerung, *irgendetwas* zu tun, eine Absicht lag. Wahrscheinlich hätte es schon gereicht, meine Hand auf ihren Arm zu legen, sie zu fragen, ob sie noch etwas trinken möchte, zu husten. Egal, was. Und ein- oder zweimal in den vergangenen Jahren bin ich aufgewacht mit rasselndem Atem und einer vagen Ahnung, dass es meine Idee gewesen war, meine eigene. Nur ein- oder zweimal, Gott sei Dank, damit lässt sich ganz gut weiterleben.

Was Vernon dachte, als sie sich erhob, den Blick starr nach vorne gerichtet, das Gesicht ihres Opfers nicht aus den Augen lassend, weiß ich bis heute nicht. Er pflegt zu sagen, er habe Thilda in diesem Moment gar nicht richtig wahrgenommen, er sei vermutlich davon ausgegangen, dass sie auf die Toilette wollte. Er sagt, er habe sich auf die Musik konzentriert und sei völlig in Gedanken gewesen.

Ich habe ihm nicht vorgeworfen, dass er mich anlügt.

Nie hatte Vernon Thilda einmal *nicht* beachtet. Im Gegenteil. Er beobachtete und belauschte sie, ihm entging kein Seufzen, kein Zucken ihrer Mundwinkel, kein verschämtes Lächeln. Selbst wenn er nicht in ihre Richtung schaute, konzentrierte er sich mit allen anderen Sinnen auf sie, lauernd, wahrnehmend, auf der Hut – ohne eine erkennbare Reaktion zu zeigen. Er wies sie niemals zurecht, wenn sie in der Laune war, großzügig ihr Lachen und mehr an andere Männer zu verschenken, er wurde nicht böse, wenn sie ihn bloßstellte, und nicht eifrig, wenn sie ihn plötzlich mit Aufmerksamkeit überschüttete.

Aber es entging ihm nichts.

Nichts konnte ihn ernsthaft von ihr ablenken.

Solange sie zusammen waren.

Dafür habe ich ihn bewundert. Diese Absolutheit hielt mich gefangen, diese schier grenzenlose Fähigkeit, mit seinem ganzen Körper auch ihre unscheinbarsten Stimmungen zu erfassen, ich habe ihn dafür bewundert, obwohl er diese Aufmerksamkeit für mich nicht aufbringen konnte und bis heute nicht kann. Ich weiß nicht, ob das an mir liegt oder daran, dass er diese Gabe aufs Spiel setzte und verlor, als ihn nichts anderes mehr interessierte als das Rauschen in seinen Venen, der hässliche Ruf in seinem Kopf, die unbezähmbare Gier. Doch das war später. An dem Abend, an dem Thilda sich erhob, um zu töten, war sein ganzes Denken auf sie gerichtet. Deshalb kann ich behaupten, dass er log, als er sagte, er habe nicht auf Thilda geachtet. Ich will ihm nicht unterstellen, dass er wusste, was sie vorhatte – aber ich halte es für möglich.

Als Thilda sich endgültig aufgerichtet hatte, schien sich die Zeit wieder in ihrem üblichen Rhythmus zu bewegen, nicht mehr abwartend zu verharren – und dann ging alles sehr schnell. Sie lief zwei, drei Schritte um den Tisch herum und war ihm schon sehr nahe, denn wir hatten uns unweit von ihm, ihrem geheimen Opfer, einen Platz gesucht. Auch er sah sie jetzt an, nachdem er unvermittelt die Augen geöffnet hatte. Ich glaube, jeder in dem düsteren, stickigen Raum sah sie an.

Ihr schmaler Körper schwankte ein wenig wie betrunken, vermutlich war sie es, ich erinnere mich, dass ihr Alkoholkonsum im Prozess eine Rolle spielte. Es hätte mich nicht gewundert, wenn sich an ihrem Rücken rosa schimmernde Elfenflügel entfaltet hätten. Thilda hat mich damals immer an eine Elfe erinnert. Oder daran, wie ich mir Elfen vorstelle. Diese Vorstellung war allerdings ausschließlich von ihren Erzählungen geprägt, denn erst von ihr erfuhr ich, dass es Elfen tatsächlich gibt. Rabensteinelfen, leise singend, versteckt im Pfeifen des Windes. In vulkanischem Gestein lebend, auf Tautropfen tanzend, mit durchsichtigen, empfindlichen Flügeln. Thilda glaubte so fest an sie, dass ich es ihr unwillkürlich gleichtun musste, und manchmal kam es mir so vor, als sei sie selbst eine Elfe, die sich aus Versehen in unsere Welt verirrt hatte und nicht mehr zurückfand. Ich weiß nicht, woran sie heute glaubt.

Sie schwankte also, drückte sich an mir vorbei, und so konnte ich ihren Gesichtsausdruck nicht mehr sehen. Der Schlagzeuger hat mir aber später bestätigt, dass ihr Blick freundlich war, einladend fast, dass ihre Lippen lächelten. *Das war nicht das hämische Grinsen einer Mörderin, o nein,* sagte er.

Ich glaube nicht, dass sie gezielt hat. Dafür erfolgte der Schuss zu schnell. Vielmehr erinnerte ihr rechter Arm an den einer Marionette, der von einem unsichtbaren Puppenspieler an seinem Faden nach oben gezogen wird.

Sie brauchte nur einen Schuss. Er traf mit tödlicher Sicherheit. Hätte sie seine Hinrichtung durchdacht und geplant, dann wäre es nicht so einfach gewesen. Sicherlich nicht.

Ich bilde mir ein, dass Benjamin schon tot war, als er noch stand, mit blicklosen Augen von seinem Publikum Abschied nahm, die Trompete verharrte an seinen Lippen. Er entlockte ihr noch einen letzten Ton, schon gestorben, einen hilflosen, brüchigen Ton, weinerlich, wie er ihn nie zuvor gespielt hatte, «All the Things You Are», und auch die anderen spielten noch ein, zwei Takte weiter. Als er langsam auf die Knie sank, als wolle er beten oder jemanden anflehen, bemerkten auch seine Kollegen, dass etwas nicht stimmte. Der Schlagzeuger setzte erstmals an diesem Abend seine Sonnenbrille ab und stand auf. Der

Tenorist war der Letzte, dem etwas auffiel, und ein einsamer Ton zerplatzte, als er das Saxophon widerwillig aus dem Mund nahm. Vielleicht glaubten sie einen Moment, Benjamin sei schlecht geworden.

Dann endlich ließ er die Trompete fallen, die in dem unfreundlichen Scheinwerferlicht aufblitzte, und ein einziger Schrei aus vielen Mündern erhob sich. Alle begriffen jetzt, was geschehen war. Benjamin fiel zur Seite, auf seine Trompete.

Vernon stürzte nach vorne, ohne einen Blick auf die Bühne und den Toten zu werfen, der so harmlos dalag – nicht einmal Blut war zu sehen –, und nahm Thilda von hinten in die Arme.

Während sich die Musiker zu seinem toten Vater hinunterbeugten.

Kapitel 2

Wir sitzen noch immer schweigend und ich fahre mit meinen Händen über die klebrigen Abdrücke von Kaffeebechern auf der Tischplatte. Es ist der letzte Donnerstag im Monat. Obwohl ich morgens im Radio gehört habe, dass am Nachmittag ein Schneesturm über New York hinwegfegen soll, habe ich nicht einen Moment lang darüber nachgedacht, Thilda anzurufen und unser Treffen abzusagen.

Mein Leben unterteile ich in diese Donnerstage. Ich rechne in Zeiten, bevor ich Thilda sehe und nachdem ich Thilda gesehen habe. Es ist die einzige Sicherheit, die ich habe. Es gibt mir das Gefühl, die Kontrolle zu behalten. Nicht nur, weil ich ihr jedes Mal Geld zustecke, was mir ein beruhigendes Gefühl gibt, denn solange sie Geld nimmt, sind wir vielleicht sicher. Helen, Vernon und ich. Wenn ich meine Arme zur Begrüßung um ihre dünnen Schultern schlinge, dann nicht aus Zärtlichkeit. Während dieses kurzen Kontakts unserer Körper versuche ich zu erahnen, was in ihr vorgeht. Mit lauschenden Fingerspitzen will ich spüren, ob sich etwas verändert hat. Ob sie plötzlich einen Entschluss gefasst hat. Einfordert, was ihr gehört. Ich rechne immerzu damit. Vermutlich würde ich es nicht bemerken, weil sich ihr Körper stets gleich anfühlt, steif und widerwillig. Wenn ich über ihren knochigen Rücken streiche, drängt sich mir unwillkürlich das Bild des Körpers auf, den ich einst kannte.

Und ich kannte ihn gut. Jahrelang habe ich mir eingebildet, Thilda nur als Randfigur wahrgenommen zu haben, schließlich ging es in meinen Plänen nie um sie, sondern um meine kleine Familie, um Vernon, um mich und später um Helen. Doch je älter ich werde, umso mehr schieben sich unerwünschte Gedanken vor meine Erinnerungen, Gedanken, von denen ich nichts wusste, Gefühle, die ich nicht wollte. Vielleicht bin ich auch einfach nur alt genug, um ehrlicher zu sein. So wurde mir erst in den letzten Jahren klar, dass ich Thildas jungen Körper noch immer sehr gut kenne, dass ich mir ohne Schwierigkeiten zurückrufen kann, wie er sich anfühlte. Sich bewegte. Und dass ich ihn immerzu vergleiche mit ihrem alten Körper, ob ich will oder nicht.

Ihr junger Körper. Ich sehe heute noch dieses schimmernde weiße Abendkleid, das an ihm entlang glitt, sich anschmiegte, und die langen Handschuhe aus weißem Satin. Ihre tomatenroten Lippen wie gelackt, ihre Augenlider glänzten fast unheimlich. Das kurze blonde Haar lag eng an ihrem Gesicht. So sah ich sie zum ersten Mal. Ich konnte nicht wegschauen. Ich konnte nicht wegschauen, ohne zu wissen, dass ich mich an ihr Gesicht in dieser Nacht ein Leben lang erinnern würde. Und Vernon auch.

Heute dient ihre Kleidung keinem anderen Zweck mehr, als ihren freudlosen Körper zu bedecken. Sie achtet nicht auf Farben und Formen. Ihr Lippenstift passt nur selten, und wenn, wohl eher zufällig zu ihrem Nagellack. Sie trägt Silber- und Goldschmuck zur gleichen Zeit, den alten Ring ihrer Mutter neben einem Plastikring, eine grobe Sportuhr zu dem fein ziselierten Armreif irgendeiner lang verstorbenen Tante.

Die einst so strahlende, ferne Thilda. Thilda Horn.

Es ist schnell gegangen. Mir kommt es so vor, als ob sie auf einen Schlag von einem zum anderen Donnerstagstreffen gealtert ist. Sie hat sich nicht in langsamen, stetigen und somit fast unmerklichen Schritten verändert. Das erachte ich als konsequent, denn das Leben hat ihr nie Zeit gelassen, Veränderungen zu planen, es geschah einfach und warf alles über den Haufen, was bis dahin gegolten hatte. So wurde sie eben auch ganz plötzlich, ohne sich darauf einstellen zu können, eine sehr alte Frau.

Sie wird von Jahr zu Jahr dünner – so wie die meisten Frauen, die in ihrer Jugend sehr schlank waren, im Alter zur Hagerkeit neigen. Über ihren kaum mehr wahrnehmbaren Brüsten bedeckt sie ihr faltiges Dekolleté auch bei der größten Hitze mit einem Tuch – eine letzte Reminiszenz an ihre frühere Eitelkeit. Ihre Handgelenke sind so schmal, dass sie aus ihrem Uhrenarmband regelmäßig ein Glied entfernen lassen muss, damit es ihr nicht einfach über die Knochen rutscht. Selbst ihre Haare sind dünn. Vereinzelte kahle Stellen versucht sie durch Toupieren und mit viel extraklebrigem Haarspray zu verstecken. Offenbar glaubt sie, dass ihr das gelingt, und ich fühle mich nicht berechtigt, ihr vorzuschlagen, die Haare abschneiden zu lassen. Kurzes Haar sähe nicht so grotesk aus. In jungen Jahren trug sie ihr Haar immer kurz.

Auch ihre Haut wird dünner, durchscheinend, mit einem blauen Unterton. Ihr Gesicht ist so runzlig wie meine Fingerkuppen, wenn ich Berge von Tellern und Gläsern abgewaschen habe, und an ihren Oberarmen hängt die Haut wie Wäsche an der Leine.

Mit mir hat es die Zeit gut gemeint. Die Frau, die ich im Spiegel sehe, leuchtet. Ihre Augen, ihr Haar. Tatsächlich habe ich bis heute nicht ein einziges graues Haar, obwohl sich die Farbe im Laufe der Zeit verändert hat. Alles an mir ist ein wenig heller geworden, in meinem Haar sehe ich jetzt einen versteckten rötlichen Schimmer, einen kaum wahrnehmbaren sonnenroten Ton, den keine Kamera festzuhalten vermag. Betrachte ich Fotos von mir, dann erscheint mein Haar nur schwarz. Ein so dumpfes, tiefes Schwarz, dass es fast farblos wirkt. Aber wenn ich in den Spiegel schaue, sehe ich etwas anderes.

Auch meine Augen sind blasser geworden. Ich sehe mich an

und wundere mich über meinen klaren, selbstverständlichen Blick, der keinen Zweifel aufkommen lässt, dass ich das Leben gemeistert habe. Am meisten überrascht mich meine Figur. Ich bin nie schlank gewesen. Schon als junges Mädchen hatte ich kräftige Arme, starke Beine, breite Schultern und Hüften. Ich hatte einen Körper, über den sich niemand länger Gedanken machte, weil ich weder dick noch schlank war. Kompakt, pflegte meine Mutter zu sagen, unspektakulär, aber gesund. Auch ich störte mich kaum daran, dass meine Beine zu kurz waren und meine Oberarme zu rund.

Denn dieser Körper war perfekt für mein Leben. Ich konnte kilometerweit laufen, ohne die geringste Ermüdung in den Beinen zu spüren. Ich konnte jahrelang Stoffbahnen aneinander nähen, Reißverschlüsse einsetzen oder Löcher stopfen, und nie begannen meine Finger zu schmerzen. Ich konnte Helen auf einem Arm und schwere Einkaufstaschen am anderen die fünf Stockwerke zu unserer damaligen Wohnung in der 147th Street Ecke Broadway hinauftragen, ohne außer Atem zu geraten. Und jetzt, im Alter, überrascht mich mein Körper aufs Neue, er wird plötzlich graziler, fast mädchenhaft, ohne etwas von seiner Kraft einzubüßen.

Die Zeit hat alles ins Gegenteil verkehrt. Wenn wir in einem Restaurant sitzen, dann bemerken die Leute zuerst mich, und meistens lächeln sie mich an. Thilda streifen sie nur mit einem schnellen Blick. Gelangweilt oder manchmal mit einem Hochziehen der Augenbrauen. Ich bin mir sicher, dass sie das bemerkt. Vielleicht empfindet auch sie es als ausgleichende Gerechtigkeit.

Ich denke an eines unserer letzten Treffen, als wir beschlossen, ausnahmsweise ins Kino zu gehen. Links neben mir saßen zwei junge Mädchen mit riesigen Eimern Popcorn auf den Schenkeln, in die sie erstaunlich regelmäßig ihre butterglänzenden Finger tauchten, und eine der beiden sah, bevor das Licht ausging, mehrfach zu mir herüber. Dann flüsterte sie ihrer Freundin ins Ohr: «Sieht die nicht toll aus?» Manchmal ist ein Flüstern lauter als ein geschrienes Wort. Und dann fuhr sie fort: «Sie muss einmal sehr schön gewesen sein, das kann man sehen ...»

Ich musste lächeln. Ich bin nie schön gewesen. Nicht einen einzigen Tag in meinem Leben. Nicht einmal hübsch. Wie mein Körper hatten sich auch meine Gesichtszüge für keine konkrete Form entschieden. Es war einfach ein Gesicht, das durch nichts hervorstach. Nicht einmal durch Hässlichkeit.

Hatte Thilda das auch gehört?

Ich jedenfalls war froh, dass es dunkel war, obwohl: Die Wahrscheinlichkeit, dass Thilda mich anschaut, wenn sie mir nicht gegenübersitzt, ist nie sehr groß. Trotzdem starrte ich auf die Leinwand, tat so, als hätte ich die Worte nicht verstanden, und versuchte mich als Frau zu fühlen, der man ansah, dass sie einmal schön gewesen war. Nichts fühlte ich. Dann überlegte ich, wie mein Leben mit einem hübschen Gesicht und einer gefälligen Figur ausgesehen hätte. Es wollte mir nicht gelingen, vermutlich, weil ich mich nicht genug anstrengte. Wozu auch. Wenn ich mich recht erinnere, habe ich jeden Mann bekommen, den ich wollte, und ein paar mehr. Ich habe entschieden und nicht entscheiden lassen, ausgesucht, nicht aussuchen lassen, habe Menschen an mich gebunden und verlassen, so, wie es meinem Gefühl entsprach.

Bei einem bin ich immer geblieben, obwohl er mir nie wirklich gehört hat.

Thilda dagegen hat sich begehren, erwählen und lieben lassen. Sie musste nicht darum kämpfen – kämpfte sie deshalb auch nicht um ihre Musik? –, die Männer lagen ihr sowieso zu Füßen. Nicht nur Musiker. Schriftsteller. Maler. Weiße. Schwarze. Taxifahrer. Clubbesitzer. Ich musste nur in die Augen der Männer sehen. Wie sie sich veränderten und mit Leben füllten, sobald Thilda auftauchte. Ich weiß nicht, wie vielen sie ihre

Gunst gewährt hat. Doch ich hatte immer das Gefühl, dass der, der am hartnäckigsten war, sie bekam und behalten durfte, solange er sich genug anstrengte. Dann kam ein anderer.

Im Kino drückte sie kurz meine Hand, eine inzwischen so ungewöhnliche Geste, dass ich viel zu überrascht war, um den Druck zu erwidern. Aber ich verstand, was sie sagen wollte. *Ich habe es auch gehört und es macht nichts. Es bedeutet mir nichts.* Zumindest glaube ich, dass sie das meinte.

Das Altwerden hat ihr so zugesetzt, dass sie ihren eigensinnigen, eleganten Stil vollständig verloren hat, der zwar, wie nur ich wusste, zufällig und aus ihrer Unsicherheit und ihrem fehlenden Körpergefühl heraus entstanden war, für den sie aber nichtsdestotrotz bekannt war, damals. Zumindest in Deutschland. In Amerika hat sie ja nicht lange genug durchgehalten, um bekannt zu werden.

Als Thilda Anfang der fünfziger Jahre hierher kam, war New York das höchste Ziel für europäische Jazzmusiker. Sie alle reisten voll gepackt mit vagen Vorstellungen an. Sie wollten eine Zeit lang bleiben und dann im Triumph zurückkehren in die Heimat, Listen im Gepäck, voll geschrieben mit den Namen ferner Jazzlegenden, mit denen sie auf der Bühne gestanden hatten oder auch nicht, wer hätte das schon überprüfen können. Durch diese Listen jedenfalls taten sich ihnen zu Hause mit einem Mal Auftrittsmöglichkeiten auf, von denen sie zuvor nur hatten träumen können. So viel Licht warfen diese Namen auf ihr Können, wie seltsam. Schließlich spielte damals in New York eigentlich jeder mit jedem, wenn man nur Geduld bewies und lange genug wartete.

Ich habe mich oft gefragt, warum Thilda diese Geduld nicht aufbrachte. Möglicherweise war sie einfach nicht klug genug, das zu durchschauen. Oscar hätte sie auf ihre Liste schreiben können, Lester, Dizzy, meinetwegen Miles, auch wenn das geflunkert gewesen wäre, Art, Max, meine Güte, strahlend hätte sie zurückkehren können nach Deutschland. Unabhängig davon, wie groß ihr Versagen war – das hätte doch niemand erfahren.

Warum also blieb sie in dieser Stadt, die von der ersten Sekunde an eine grausame Offenbarung für sie war, die sie tief verstörte mit ihren maßlosen Gebäuden, dem Lärm, den Autos und den durchgedrehten Leuten, die an jeder Ecke standen? Vor allem an die vielen Menschen hat sie sich nie gewöhnen können. Warum, zum Teufel, ist sie dann nicht einfach wieder nach Deutschland zurückgekehrt?

«Warum bist du nie zurück?», rutscht mir raus. Ich unterdrücke den Impuls, noch eine Erklärung hinzuzufügen oder eine Entschuldigung. Ich entschuldige mich oft bei ihr.

«Wie zurück?», fragt sie ohne viel Interesse. Ein junger Mann stellt einen großen Kaffeebecher und mein Mineralwasser auf den Tisch. Thilda beobachtet ihn, bedankt sich aber nicht.

«Zurück nach Deutschland. Damals, du weißt schon, als alles so ... schwierig wurde.» Ich muss über diese idiotische Umschreibung fast lachen. Aber weil ich schon mal angefangen habe, mache ich auch weiter: «Als das mit dir und Vernon zu Ende war, oder vielleicht schon vorher – wenn du da New York verlassen hättest, hätte man sich in Deutschland noch an dich erinnert, meinst du nicht?»

Sie nickt und gibt mir dabei das Gefühl, dass sie keine Ahnung hat, wovon ich spreche. Das bringt mich noch mehr in Fahrt: «Du hättest ein bisschen an deiner Biographie rumfeilen können, ein paar phantasievolle Interviews geben, erzählen, mit wem du in Amerika gearbeitet hast. Du hättest in Deutschland eine eigene Band gründen können.» Auch wenn es völlig unsinnig ist, diesen Gedanken weiterzuverfolgen, kann ich nicht aufhören, es macht Spaß, mir auszumalen, was auch hätte geschehen können. Wie grausam ich bin.

«Deine Kontakte nach Amerika hätten es doch möglich gemacht, ab und zu einen Gaststar in deine Band zu holen, sagen wir mal Sonny oder Chet, ist doch ganz egal, ich glaube, das hätte funktioniert! Du hättest eine riesige Karriere machen können. In deiner Heimat. Meinst du nicht?» Diese Frage ist rhetorisch, weil ich weiß, dass sie nichts meint, und wenn, verrät sie es mir nicht. Ich weiß auch, dass sie die Worte quälen, weil sie seit damals nie mehr auch nur ein Wort über Musik verloren hat. Ihr Gesichtsausdruck versteinert noch mehr. Wenn das überhaupt geht.

Aber ich habe doch Recht. Und wofür hat sie sich entschieden? Dafür, nichts anderes zu werden als eine *musician's musician*, im Hintergrund zu bleiben und kurz darauf völlig aufzugeben. Das Einzige, was von ihr als Musikerin bleibt, sind ein paar Aufnahmen für Blue Note, an die sich niemand mehr erinnert.

Thilda sitzt da wie verloren und starrt ihren Kaffeebecher an. Als ich sehe, dass sie ihn in die Hand nehmen will, greife ich schnell nach ihrem Arm. «Warte», sage ich sanft, «er ist noch zu heiß.»

Sie lässt ihre Hand wieder sinken, als sei es ihr egal. Wenn sie aufgefordert wird zu warten, dann wartet sie eben. Plötzlich wünschte ich, ich hätte ihr auch noch ein Glas Wasser oder Cola bestellt, dann müsste sie jetzt nicht so hier sitzen, die Augen gesenkt, und warten, bis ihr Kaffee kälter wird. Dann könnte sie einfach trinken, und ich würde mich nicht schuldig fühlen. Schuldig, wie lächerlich. Aber es stimmt. Ich fühle mich für alles verantwortlich. Selbst dafür, dass sie stumm vor mir hockt und nichts mit ihren Händen anzufangen weiß.

Ich treffe also Thilda jeden letzten Donnerstag im Monat. Und fast immer gehen wir in dieses Café am Times Square. Ich kann mich nicht daran erinnern, dass wir eines dieser Treffen jemals ausgelassen oder auch nur verschoben hätten, seit sie vor fast vierzig Jahren aus dem Gefängnis entlassen worden ist. Mir ist langweilig und so beginne ich zu rechnen. Ich bewege dabei sogar meine Finger ein wenig, ich war noch nie sehr gut im Kopfrechnen. Aber wenn wir mal grob annehmen, dass Thilda vor vierzig Jahren aus dem Gefängnis kam, dann haben wir uns seitdem etwa 480-mal getroffen. Gut, es sind eher 38 Jahre, aber egal, über 450 solche Treffen, manchmal gehen wir spazieren, manchmal eben ins Kino, zu mehr kann ich sie nicht überreden. Nicht mal zum Essengehen, was ich zwar auch nicht gerne tue, was mir in diesem Fall aber lieber wäre, schließlich kann man sich mit Essen länger beschäftigen als mit einem Glas Wasser und einem Kaffee.

Helen fragte mich vor kurzem erst, warum ich das eigentlich tue. Sie mag Thilda nicht.

«Sie ist absolut merkwürdig», sagte sie. «Ich kann mit ihr nichts anfangen.»

«Musst du ja auch nicht.»

«Ich kann mir gar nicht vorstellen, worüber ihr miteinander redet. Gibt es irgendetwas, das sie interessiert?»

«Selbstverständlich.»

Gott sei Dank gehört Helen nicht zu den Menschen, die auf so eine Antwort hin unmittelbar nachhaken. Ich hätte keine Lust, ihr zu erklären, wie quälend diese Treffen für mich sind. Ich will nicht, dass sie weiß, wie lange wir schweigen. Denn dann hätte sie sicher wissen wollen, warum. Oder warum ich trotzdem darauf bestehe, Thilda einmal im Monat zu sehen.

«Wie auch immer, ich mag sie nicht. Außerdem ist sie furchtbar hässlich.»

«So etwas solltest du nicht sagen, Helen. Manchmal liegen die Dinge anders, als man …»

«Ach Ma, sei doch nicht immer so verständnisvoll. Wer alles toleriert, hat einfach nur keine eigene Meinung. Mehr nicht. Und du hast bei ihr eine Menge toleriert, oder etwa nicht?»

«Schon möglich.»

«Hat sie sich denn jemals dafür entschuldigt, was sie euch angetan hat? Vor allem Dad und Großmutter? Einen Musiker so mir nichts, dir nichts auf offener Bühne zu erschießen. Nicht zu fassen!»

«Du weißt nicht, wie das damals war.»

«Weißt du es?»

Was weiß ich wirklich? Während des Prozesses hat Thilda von ihrem Schweigerecht Gebrauch gemacht. Nie hat sie einen Ton darüber verloren, woher sie die Waffe hatte. Als wollte sie niemanden sonst in Schwierigkeiten bringen. Und als sie nach zehn Jahren begnadigt wurde, schien nie der richtige Zeitpunkt zu sein, mit ihr darüber zu sprechen. Vielleicht dachte ich auch, es wäre Vernons Aufgabe gewesen, sie zur Rede zu stellen. Aber in den zehn Jahren ihrer Gefangenschaft beantwortete sie nicht einen seiner Briefe, bis er nicht mehr schrieb, und als sie zurückkam, haben sie sich nicht ein einziges Mal getroffen.

Thilda hat ihn und die Musik komplett aus ihrem Leben verbannt. Nicht nur, dass sie sich niemals mehr an ein Klavier setzte, sie hört auch keine Musik mehr, in ihrem Apartment gibt es weder ein Radio noch einen Fernseher, und wenn ich anfangs öfter mal von gemeinsamen Bekannten erzählte, von Konzerten und Plattenaufnahmen, dann sah sie mich mit so leeren Augen an, dass ich verstummte. Natürlich kommt sie nicht darum herum, Musik zu hören, im Kino etwa oder in einem Kaufhaus, doch mir scheint, dass sie das einzigartige Talent entwickelt hat, so vollständig wegzuhören, dass sie die Klänge tatsächlich nicht mehr wahrnimmt.

Ich selbst hörte in den sechziger Jahren damit auf, mich mit Jazz auseinander zu setzen. Das war die Zeit, als plötzlich von *Black Classical Music* die Rede war. Meine Ohren machten da einfach nicht mehr mit. Auch beim Bebop wurden unendlich viele Noten gespielt – ich weiß, dass ich anfangs noch dachte, die

Jungs seien völlig verrückt, alles war so schnell und aggressiv – doch ich spürte immer den Blues. Das ist mir später nicht mehr gelungen. Mir kam es so vor, als schrien und kreischten sie auf der Bühne, heulten und jammerten und machten ein ernsthaftes Gesicht dazu. Vornehmlich weiße Kritiker waren es dann auch, die den Free Jazz für sich entdeckten, und damit verlor meine Musik, der Jazz, sein breites Publikum. «Das ist trauriger Scheiß», pflegte Miles zu sagen, darüber muss ich heute noch lachen. Treffender konnte man es nicht ausdrücken! Ich war regelrecht empört, und es war mir völlig egal, dass Vernon mich als «erschreckend konservativ» bezeichnete – und: Die Zeit gab mir Recht. Die Leute verloren irgendwann die Geduld mit der Avantgarde, und der Siegeszug der Rockmusik begann. Für den Jazz war es dann zu spät.

Vernon aber schwamm mit Begeisterung auf dieser Welle mit. Plötzlich war er ein Vertreter der so ziemlich intellektuellsten Musik, die man sich nur vorstellen konnte. Mit einem Mal begeisterte er sich für Zwölftonmusik und große Orchester. Er erzählte ausschweifend von komplexen Harmonien, von Dissonanzen, von Klangebenen – all so was. Gleichzeitig behauptete er erstaunliche Dinge wie, dass er eigentlich nur ein Medium sei, aus dem Musik herausdränge; er benutzte Worte wie Liebe und Gnade und Meditation und Spiritualität in inflationärem Maß – ohne dass ich irgendetwas davon *fühlen* konnte. Ich war nur irritiert.

Heute spielt er wieder das, was er am besten kann, wenn auch nicht mehr so brillant wie damals, nachdem sein Vater Benjamin Banner aus dem Leben gerissen wurde von der Frau, die er selbst so sehr liebte.

Ob Thilda eine gute Pianistin war, vermag ich nicht zu beurteilen, ich habe sie ja nie richtig gehört. In unserer Wohnung stand ein altes Klavier, aber wenn sie je darauf gespielt hat, dann nur, als sie allein war. Einmal legte sie eine Platte von sich auf.

Sie hat mir gefallen, sehr gefallen, aber das ist so lange her, dass ich heute nicht mehr sicher sein kann, ob ich nicht einfach von ihrer Erscheinung geblendet war. Und von dem, was sie uns bald darauf schenken würde.

In Deutschland hatte sie in der Nachkriegszeit beachtliche Erfolge gehabt. Kurz nachdem wir uns kennen lernten, zeigte sie mir eines Abends einen Ordner, in dem fein säuberlich an die dreißig Zeitungsartikel abgeheftet waren. Dabei schaute sie ganz verschämt, und als ich sie bat, die Artikel zu übersetzen, schüttelte sie den Kopf.

Aber sie erzählte, in den für sie typischen, kurzen Sätzen und mit ihrer rauen Stimme, wie sie ihre Leidenschaft für den Jazz mitten im Krieg entdeckt hatte. Obwohl ich mir nicht sicher bin, ob Leidenschaft das richtige Wort ist. Es passt nicht zu Thilda. Vielleicht waren es eher freundliches Interesse und Neugier, was sie da in sich spürte, in einer Zeit, als Swingtanzen verboten war und bei Zuwiderhandlung sogar das Konzentrationslager drohte. «Negermusik aus Amerika hieß das bei uns», erklärte mir Thilda. «Und dass das fremdrassige Einflüsse seien, die die sittlichen Kräfte des deutschen Volkstums zu unterwühlen geeignet sind!»

Ich erinnere mich noch heute an diese verqueren Worte, weil Thilda lange brauchte, um sie zu übersetzen, penibel und bedächtig, und ein- oder zweimal sogar ein Lexikon zu Rate ziehen musste. Und selbst dann machten sie für mich nur wenig Sinn. Aber als ich nachfragte, sagte sie nur: «Ich kann dir das auch nicht erklären. Das war eben so. So richtig deutsch.»

Ich weiß bis heute nicht recht, was sie damit meinte. Ich war mir bei Thilda nie ganz klar darüber, ob sie einfach keine Lust hatte, verständliche Erklärungen abzugeben, oder ob ihr die englische Sprache zu schwer fiel.

«Du liebe Zeit, mein Vater wurde schon bitterböse, wenn er mich nur dabei erwischte, wie ich eine Broadway-Melodie vor mich hin summte», erklärte sie damals, und ich stellte mir vor, wie sie als junges Mädchen den Kopf schräg legte und sich in ihren noch ungeformten Hüften nach einer amerikanischen Melodie wiegte.

In den deutschen Großstädten, erzählte Thilda, gab es eine Hand voll Jazzfreunde, die sich trafen und Schallplatten auf einem Koffergrammophon abspielten, wieder und wieder, und sie, Thilda, mittendrin mit hochrotem Kopf und klopfendem Herzen. Weil sie es unvorstellbar fand, dass solche Musik überhaupt *existierte*.

«Es kam mir so obszön vor. So lasterhaft. Und so verboten!»

Ich weiß noch, dass sie lachte, als sie das sagte. Ich weiß das aus zwei Gründen. Erstens lachte sie selten, was ich schade fand, weil sie ein auffallendes Lachen hatte. Es war abgehackt und kratzig und absolut ansteckend. Zweitens erinnere ich mich besonders gut an diesen Abend, weil wir nur wenige Tage so fröhlich miteinander verbrachten. Zu dieser Zeit warteten wir nämlich alle drei mit Ungeduld auf Helens Ankunft, und Vernon und ich ahnten noch nichts vom Tosen in Thildas Herzen. Kurz darauf ermordete sie Vernons Vater.

Nach 1945, so schilderte mir Thilda ihre Erinnerungen, hätte sich dann der Soldatensender AFN um die Erziehung der Deutschen in der US-Zone gekümmert – nicht nur musikalisch.

«Was für ein Graus das für meine Eltern war! Ihre Tochter hörte den ganzen Tag Bing Crosby oder Ella Fitzgerald. Frank Sinatra. Louis Armstrong. Und sie tanzte zu *Negermusik*, die plötzlich bei fast allen Tanzveranstaltungen gespielt wurde.»

Ob Thilda sich schon in Deutschland einen amerikanischen Freund suchte, hat sie mir nicht verraten. Aber ich nehme es einfach an, denn sie begann, Jazzclubs zu besuchen, die sie ohne einen amerikanischen Begleiter wohl nicht hätte betreten dürfen. Ich fragte sie auch nicht danach, weil ich gelernt hatte, dass sie Fragen nur selten beantwortete, stattdessen aber oft plötzlich nicht mehr weitersprach, und das wollte ich an diesem Abend auf jeden Fall verhindern.

«Und dann kamen sie plötzlich alle nach Deutschland! Ich war damals neunzehn», sagte sie und sie lächelte. «Oscar Peterson, Ella, Satchmo, Monk.»

Thildas Augen glänzten, als sie das erzählte, wie sie später nicht mehr glänzen sollten, selbst als sie dieselben Menschen in New York persönlich traf. Das ist doch verrückt – und auch so etwas, das ich einfach nie begreifen konnte.

Thilda ist mir im Grunde völlig fremd geblieben. Die Geschichte, die ich hier erzähle, wird nur wenige Erklärungen bereitstellen. Alles ist gefiltert durch meine Gedanken und Vorstellungen und nie bestätigt worden. Es gelang mir nicht, herauszufinden, warum Thilda, wenn sie sich einmal herabließ zu sprechen, nur Fakten aufzählte. Interessante, aber unpersönliche Fakten. Warum sie mir und vor allem Vernon ihr Wesen verweigerte. Ihre Gedanken. Heute frage ich mich allerdings, ob es dafür überhaupt einen Grund geben muss.

«JatP war das Zauberwort», sagte Thilda, «Jazz at the Philharmonic», führte sie aus, als ob das nötig gewesen wäre. Aber ich ließ sie weiterreden.

«Norman Granz veranstaltete bei uns regelmäßig Konzerttourneen mit prominenten Jazzmusikern. Norman, du weißt schon, das ist der, der mich nach New York geholt hat. Er ist auch der, der damit begann, Mitschnitte zu machen – die ersten Liveaufnahmen.» Sie klang wie eine Lehrerin. Einerseits hätte ich sie gerne unterbrochen und sie gefragt, mit wem sie glaube zu sprechen, andererseits faszinierte mich ihre so ungewohnte Redseligkeit.

«An diese Schallplatten heranzukommen, das sag ich dir, war gar nicht einfach. Wir machten einen regelrechten Sport daraus. Und dann … und dann …», sie kicherte, wirklich, sie kicherte:

«… zum Entsetzen meiner Mutter und fast wie aus Versehen gab ich dann selbst Konzerte. Zunächst nur in kleinen Clubs. In München, wo sich damals die meisten Jazzer tummelten. Aufregende, ungewöhnliche Menschen waren das, du hättest sie treffen sollen!»

Wenn ich mich heute an das Gespräch zurückerinnere, glaube ich, dass sie tatsächlich stolz war und vielleicht etwas mehr Interesse von mir erwartete. Aber damals war mir egal, was sie erwartete.

«Weißt du, eine Frau auf der Bühne war in diesen Clubs schon eine Sensation, und dann noch eine, die nicht etwa singt, sondern Klavier spielt! Ich, Thilda Horn, wurde fast über Nacht zum Star.»

Das werde ich nie vergessen. Wie sie sagte: Ich, Thilda Horn. Als gehörte das Ich zu ihrem Namen dazu. Im Laufe des Abends, sie wurde langsam betrunken, erzählte Thilda noch, dass sie Deutschland verließ, als ihr Vater, Hauptwachtmeister der Grenzpolizei, von einem tschechischen Soldaten erschossen wurde. Das war in einem kleinen Dorf an der Grenze zwischen Bayern und der Tschechoslowakei, ich habe den Namen vergessen.

«Sechs Schüsse durch Lunge, Niere und Herz», erzählte sie und klang genauso lehrerhaft wie zuvor. Ihre Mutter sei daran zugrunde gegangen, sagte Thilda. Nicht nur, weil sie ihren Mann verloren hatte, nicht nur, weil die Nachbarn und der Bürgermeister ihr die Hand drückten und dann mit ihrem Leben weitermachten. «Sondern weil sie nur noch eine einzige Frage an das Leben hatte. Sie wollte den Namen des Soldaten wissen, der ihren Mann ermordet hatte.»

Das herauszufinden sollte Thildas Mutter gelingen, allerdings erst kurz vor ihrem Tod, vierzig Jahre später. Dann erst durfte sie die Akten durchlesen, fand den Namen, nach dem sie so lange gesucht hatte, und stellte fest, dass der Soldat ein tschechischer Agent gewesen war, vierzehn Tage Arrest in seiner Heimat abgesessen hatte und dann versetzt worden war. Sie gab die Akten zurück und legte sich auf ihr Sofa.

Ich stelle mir vor, dass sie das Gesicht ihres Mannes anblickte, das nie die Chance bekommen hatte, so alt zu werden wie ihres, und zu ihm sagte, es ist so weit. Hol mich. Natürlich habe ich keine Ahnung, ob es so war, aber Thilda brachte mich oft dazu, ihre Geschichten weiterzuspinnen. Als ihre Mutter vor kurzem starb, hatte Thilda sie über vierzig Jahre lang nicht gesehen. Ihren Tod erwähnte sie mir gegenüber nur nebenbei. Bei einem unserer Treffen am letzten Donnerstag im Monat.

Kapitel 3

Ahnt sie, welche Gedanken mir durch den Kopf gehen, während ich schweigend bei ihr sitze und sie nicht ansehe? Interessiert es sie überhaupt? Ihre Lippen sind fest zusammengepresst, während sie ihre Schultern nach vorne zieht, als fühle sie sich nicht wohl. Ich habe immer den Eindruck, dass sie ihre Erinnerungen sorgfältig verschnürt und weggepackt hat, so wie man alte Kleider hinten im Schrank verstaut und sie dann vergisst. Doch glauben kann ich es nicht. Weil Erinnerungen eben keine Kleider sind. Man kann sie zwar nach Jahren noch hervorholen und aufbügeln und ein paar Löcher stopfen. Aber man ist nicht in einen Laden gegangen und hat sich künftige Erinnerungen ausgesucht wie ein Jacke. Nein. Das Leben entscheidet darüber, nicht Thilda. Oder ich.

Ich kann nichts dafür, dass Thilda nach New York kam. Ich habe ihr an diesem Abend nicht dieses herrliche Kleid angezogen, weiße Pailletten auf weißer Seide, und ihre Wimpern getuscht, bis sie lange Schatten warfen. Ich habe nicht Vernons Augen zum Leuchten gebracht, als er sie sah. Ich habe sie nicht gebeten, mit uns zu leben. Ich habe nicht darüber bestimmt, was danach geschah. Ich hatte keine Chance zu wählen.

Thilda hat noch immer keinen Schluck getrunken, Kaffeedampf schlängelt sich zwischen ihren Fingern hindurch. Es gab durchaus Donnerstage, an denen wir fast gar kein Wort miteinander wechselten. Worüber sollten wir auch sprechen? Wir haben keine gemeinsamen Interessen, und Thilda gibt mir immer das Gefühl, dass Gespräche viel zu anstrengend für sie sind.

Über ihren dünnen Haaransatz hinweg schaue ich auf die

Tafel, die hinter der Theke hängt, und wundere mich darüber, was man aus Kaffee alles machen kann. Caffè latte, Cappuccino, Latte Macchiato, Amaretto, Vanille, Haselnuss, Karamell – und das alles bestätigt mich nur in meiner Meinung, dass die Menschen Kaffee nicht wirklich mögen. Sonst müssten sie ihn nicht immerzu verändern, ihn süßen und Geschmack hinzufügen. Wenn er wirklich schmeckte, würden sie ihn doch einfach trinken, wie er ist.

Durch die Fenster sehe ich den Himmel, der aussieht, als habe eine Riesenfaust dicke Wolken zusammengedrückt wie ein Stück Papier, es ist dunkel, obwohl noch früh am Nachmittag. Ich versuche, mir ganz Manhattan vorzustellen, wie man es von Postkarten kennt, und den Schneesturm, der bedächtig über das weite Wasser auf uns zurollt.

New York war nie eine Heimat für mich. Ich kann mir gar nicht vorstellen, wie sich so etwas anfühlen soll. Vielleicht so ähnlich, wie wenn ich Helen in den Arm nehme oder Vernon die Hände massiere. Aber ich lebe gerne in dieser Stadt, mir fällt keine bessere ein. Obwohl ich viele gesehen habe. Heute scheint es mir, als hätte ich jahrelang nur in Hotelzimmern gelebt, als sei ich viele Jahre lang mit Vernon umhergezogen, aber es waren nicht viele. Sobald Helen zur Schule musste, ließ ich sie kaum noch allein. Und dann, als sie alt genug war, kamen wir gar nicht mehr auf die Idee, dass ich ihn ja jetzt wieder auf den Tourneen durch die Welt begleiten könnte. Selbst wenn er mich darum bäte, würde ich nein sagen. Ich weiß gerne, wo ich bin und wo ich hinmuss. Ich möchte selbst entscheiden, wann ich essen, schlafen, ein Zimmer verlassen oder spazieren gehen will. Die Vorstellung, wochenlang mit fünf Musikern – Vernon ist meist mit seinem Quartett unterwegs – zusammengezwungen zu sein, lässt mich zurückschrecken. Von Club zu Club zu ziehen (mit etwas Glück ist ab und zu eine kühle Festhalle darunter), in Garderoben zu sitzen (wenn es welche gibt), spätnachts in Restaurants fettes Essen zu mir zu nehmen oder in einem Bus Städte abzufahren, um mich herum immer Musik. Wenn sie nicht spielen, sprechen sie darüber oder denken daran oder singen oder summen oder trommeln auf den Sitzlehnen, Tischen, Koffern, Musik, Musik, nichts anderes, manchmal hätte ich laut schreien wollen.

Ich habe es nicht geplant, dieses Leben. Nicht so. Wenn ich allerdings versuche, mich zu erinnern, wie meine Pläne als ganz junges Mädchen aussahen, als Schülerin, als Frau – ich kann mich an überhaupt keine erinnern. Wollte ich einmal Krankenschwester werden oder Pilotin? Wünschte ich mir eine eigene Familie, wie wollte ich einmal leben? Ich habe keine Ahnung. Und ich weiß nicht, ob es daran liegt, dass ich tatsächlich nie konkrete Wünsche für meine Zukunft hatte und still wartete, oder ob ich mich einfach nicht erinnern will.

Ich finde das ganz angenehm. Ich sitze nicht am Ende meines Lebens hier und gräme mich. Weil alles ganz anders gekommen ist. Ein Außenstehender würde mir vermutlich nicht glauben, dass ich auch auf eine Heirat mit Vernon nicht bewusst hingearbeitet, dass ich keine Tochter geplant hatte. Aber es ist so. Vielleicht sieht es so aus, als ob ich dem Liebestanz zwischen Thilda und Vernon nur tatenlos zugesehen habe, weil ich darauf spekulierte, dass sich die beiden so schnell voneinander entfernen würden, wie sie sich zu lieben begannen. Nein. Ich kann mich an überhaupt keine bewusste Entscheidung erinnern, an keinen Plan. Ich habe nur gewartet.

«Wie hattest du es dir einmal vorgestellt?», frage ich Thilda. «Dein Leben – wie sollte es einmal aussehen?»

Wenn ich schon keine Antwort erwarten kann, wünschte ich, sie würde wenigstens mal überrascht schauen, es würde sich zumindest ein vages Gefühl auf ihrem Gesicht abbilden. Erschrockenheit, Ärger meinetwegen, Ratlosigkeit – egal, was.

Ich beginne, leise mit den Zähnen zu knirschen. Ein untrügliches Zeichen dafür, dass ich langsam doch wütend werde. Warum bin ich allein dafür verantwortlich, dass bei unserem monatlichen Zusammensein wenigstens ein paar Worte gesprochen werden? Warum muss ich entscheiden, wohin wir gehen, ins Kino oder Café, wie lange wir bleiben, wann wir aufbrechen? Und warum hält sie jede Verabredung ein, seit fast vierzig Jahren, wenn sie doch nicht wirklich anwesend ist?

Das Geld könnte ich ihr auch schicken oder überweisen. Und das werde ich ihr sagen, jetzt gleich, die wenige Zeit, die mir bleibt – mit Glück noch ein paar gute Jahre –, muss mir zu schade sein, um sie so zu verbringen.

Doch dann spricht sie, und ich starre sie verblüfft an. Einen Moment lang glaube ich, dass sie sich über mich lustig macht, aber Thilda ist kein ironischer Mensch, das ist sie nie gewesen.

«Dichterin», sagt sie mit fester Stimme. «Ich wollte Dichterin werden.»

«Dichterin», wiederhole ich und weiß nicht, worüber ich verblüffter sein soll: darüber, dass sie also doch verfolgt, was ich sage, oder über ihre absurde Antwort. Warum sollte eine Frau, die Worte so schändlich behandelt wie Thilda, die sich nicht um sie kümmert, sie wenig benutzt und wenn, dann so hilflos, Dichterin werden wollen?

«Ich habe immer viel geschrieben», fährt sie fort. Ich schaue nur kurz in ihre Augen, in denen Leben aufflackert, das ist so ungewöhnlich, dass ich schnell wegsehe.

«Gedichte, Kurzgeschichten, Tagebuch …»

Ich schüttle den Kopf und bemühe mich nicht einmal, meinen Unglauben zu verbergen.

«Du, Thilda? Ausgerechnet du?»

«Schöne Gedichte», fährt sie fort, als hätte sie mich nicht gehört. Plötzlich füllen Tränen ihre Augen, aber das liegt vermutlich daran, dass sie einen aufkommenden Hustenanfall zu unterdrücken versucht.

«Viele Gedichte. Lange. Auch im Gefängnis. Manchmal habe ich sie laut vorgelesen.»

«Auf Deutsch?»

«Ja.» Sie atmet hastig, ihre Stimme ist kratzig – aber ich weigere mich, sie auch noch zum Husten aufzufordern.

«Es war der Klang», krächzt sie. «Es kommt auf den Klang an. Immer nur darauf. Sie haben sie gemocht.»

«Wer?», frage ich. Ich kann doch nicht im Ernst darüber verwundert sein, dass sie in den zehn Jahren ihrer Haft Kontakt zu anderen Menschen knüpfte. Aber ich bin es.

Sie schluckt ein paar Mal, räuspert sich. Es ist, als würde sie, wenn sie dem Bedürfnis nachgäbe zu husten, nicht mehr weitersprechen können und genau das verhindern wollen. Sie presst die Worte hervor, und ich kann sie nur schwer verstehen.

«So viele Tagebücher», sagt sie. «Als ich Deutschland verließ, habe ich damit angefangen, vielleicht um meine Sprache bei mir zu haben. Seite um Seite habe ich geschrieben. Auch im Gefängnis. Und davor. Alles steht da.»

Ich starre sie an.

«Alles», sagt sie nochmal.

«Wie meinst du das, alles. Was alles?»

«Geld hätte ich verdienen können. Eine Menge Geld.» Sie kichert, oder vielleicht ist es auch ein unterdrücktes Husten.

Ich stelle keine Fragen mehr. Sie antwortet ja doch nicht und scheint sich nicht davon abbringen zu lassen, zu sagen, was sie sagen will, und zwar in ihrer Reihenfolge.

«Journalisten haben mich besucht, als ich aus dem Gefängnis rauskam.»

Ich weiß, wie blödsinnig es ist, jetzt, vierzig Jahre danach, noch zu erschrecken, offenbar hat sie das Angebot ja nicht angenommen, aber ich erschrecke trotzdem.

«Sie wollten Auszüge aus meinen Tagebüchern veröffentlichen, darstellen, warum ich …»

Jetzt kann sie den Hustenanfall nicht länger unterdrücken. Gewaltig bricht er aus ihr heraus, schüttelt ihre Schultern und kleinen Brüste, sie sinkt immer weiter in sich zusammen, während ihr Körper durchgerüttelt wird. Der Mann am Nebentisch schaut sie schon ganz irritiert an. Um ihr auf den Rücken zu klopfen, müsste ich aufstehen.

«Und wo sind sie jetzt, deine Tagebücher? Hast du sie noch?»

Thilda hustet weiter. Es hört sich gar nicht gesund an. Und es ist mir ein bisschen peinlich. Ich schaue nicht so genau hin, aber ich glaube, dass sich immer mehr Blicke auf uns richten. Sie könnte doch wirklich ein wenig leiser husten, unauffälliger. Ich schiebe ihr mein Wasserglas hin. Aber sie kann ja gar nicht trinken, so wie sie hustet. Der Mann am Nebentisch klopft ihr leicht und freundlich auf die Schulter, ich bin froh, dass er mir das abnimmt. Sie hustet immer noch, aber nicht mehr so oft, die Abstände werden länger und ich sinke erschöpft in meinem Stuhl zurück.

Thilda hat also Tagebuch geschrieben. Ob das wirklich wahr ist? Ich versuche, mich zu erinnern. Habe ich sie jemals schreiben sehen, saß sie in den langen Nächten, als sie nicht mehr spielte, sondern strickte, vielleicht auch öfter schreibend am Küchentisch? Ich glaube nicht. Als Thilda aus dem Gefängnis kam, habe ich sie die ersten Jahre donnerstags immer in ihrer Wohnung besucht. Damals wollte sie nicht unter Menschen, und ganz abgelegt hat sie diese Scheu bis heute nicht. Man kann einen Menschen eigentlich gar nicht kennen, wenn man ihn nicht zwischen all den Dingen erlebt, mit denen er sich umgibt, seien es Möbel oder Bücher, Geschirr oder Handtücher, alles gibt Auskunft über den Menschen, und das wollte Thilda eines Tages nicht mehr. Ich habe nicht die geringste Ahnung, wie sie heute lebt. Sie ist nicht umgezogen, hat also noch immer die gleiche Wohnung, doch ich stelle mir vor, dass die mit den Jahren schäbig geworden ist, dunkel, muffig. In dieser Wohnung also, sah ich da jemals Tagebücher? Bekritzelte Blöcke vielleicht, Notizen? Ich weiß es nicht mehr.

Oh, ich kann mir gut vorstellen, wie unsere Geschichte in der Presse ausgeschlachtet worden wäre. Deutsche erschießt den Hohepriester des Bop auf offener Bühne. Lesen Sie hier alle Hintergründe. Oder: Das Tagebuch einer Mörderin. Irgend so was. Journalisten sind nicht besonders originell. Das habe ich im Laufe der Jahre festgestellt. Obwohl ich natürlich nur solche kennen lernte, die sich mit Jazz beschäftigen. Aber gerade von denen sollte man doch überraschende Fragen und improvisierte Interviews erwarten, oder vielleicht nicht? Nein. Wenn sie Vernon gegenübersaßen, dann fragten sie ihn immerzu nach seinem Vater. Benjamin Banner.

Und, was mich anfangs noch mehr überraschte: Vernon ließ sich niemals lange bitten. Mit Begeisterung erzählte er ein ums andere Mal die gleichen Geschichten, die Geschichten seines Vaters. Wie Benjamin sich in Chicago durchgeschlagen hatte, wie er seine ersten Gigs mit Louis Armstrong spielte, Louis, der damals mit seiner «Hot Five» von sich reden machte und Jahre später mit seinem Hitparaden-Erfolg «Hello Dolly» zum Superstar wurde. Dass sich aber Benjamin Banner als ernsthafter Musiker von dessen plumper Hüpferei distanzierte, von dem seltsamen Augenrollen, von all dem eben, was das weiße Publikum von einem schwarzen Künstler erwartete.

Nicht, dass sie Streit gehabt hätten, so erzählte Vernon mit starr blickenden Augen, nein, sie hätten sich weiterhin prächtig miteinander verstanden, aber Benjamin entwickelte sich in eine völlig andere Richtung, stand mit Größen wie Lester Young und Dizzy Gillespie auf der Bühne und hatte sich in den vierziger Jahren ganz und gar dem Bebop verschrieben. An dieser Stelle stellte Vernon dann üblicherweise eine Frage, wissend, dass er damit ein verschwörerisches Lachen bei den Journalisten provozieren würde. Ob sie eine Ahnung hätten, wie seinerseits Louis Armstrong den Bebop bezeichnet hatte?

«*Chinesenmusik!*», rief er dann kichernd. «*Chinesenmusik!* Das ist doch nicht zu glauben, oder?, aber so ist das eben damals gewesen.»

Dann sprach Vernon meist sehr ausführlich von seiner Kindheit. Von den Augen seiner Mutter Ellen, ihrer nussfarbenen Haut, ihren hohen Wangenknochen und den verrückten Hüten, die sie trug. Von Maisgrütze und Brathuhn und Süßkartoffelkuchen und wie seine Eltern immer dafür gesorgt hatten, dass er niemals mit knurrendem Magen ins Bett gehen musste, damit sich die bösen Geister nicht in seinem leeren Körper breit machen konnten. Erst heute sei ihm klar, sagte er dann, wie viel Anstrengung es sie gekostet habe, überhaupt etwas auf den Tisch zu bringen. Denn auch wenn Benjamin Banner ganz beachtliche Erfolge als Musiker aufweisen konnte, ausreichend Geld verdiente er damals noch nicht. Er hätte aber nie das Gefühl gehabt, arm zu sein, führte Vernon aus. Seine Eltern hätten ihm gezeigt, dass das Leben ein einziges Abenteuer sei. Wenn es beispielsweise schon zum dritten Mal hintereinander dicke Bohnen gab, packten sie einfach einen Korb, liefen abends mit ihm meilenweit durch den Wald, bis er richtig müde war, und wärmten den Topf Bohnen dann über einem kleinen Feuer auf. Nie habe ihm etwas besser geschmeckt, behauptete er, und dass er darauf achten würde, seine Tochter Helen ebenso zu erziehen. «Ich möchte ihr die richtigen Werte vermitteln und Selbstbewusstsein», sagte Vernon. Ja, er sagte «ich». Obwohl ich neben ihm saß.

Wann er denn beschlossen habe, wie sein Vater Musiker zu werden, wurde er dann gefragt.

Benjamin habe ihm sein altes, verbogenes Kornett gegeben, als er etwa vier Jahre alt war, antwortete Vernon.

«Erst später, in der Schule, stellte ich fest, dass ich mich auf dem Saxophon viel besser ausdrücken konnte.» Sein Vater habe ihn stets ermutigt zu spielen. Wenn er wütend gewesen sei, habe Benjamin gesagt: *Pack all deine Wut zusammen, leg sie in dein Zwerchfell, atme tief ein, und dann lass alles raus.*

«Ständig war Musik um mich. Meine Eltern und ich hörten abends gemeinsam Radio – Aufnahmen von …», hier machte er immer ein Pause, als überlegte er, obwohl er immer dieselben Namen nannte, «… Jimmie Lunceford, Bessie Smith oder Duke Ellington. Und mein Vater erklärte mir, was da geschah. Er erzählte mir von den *shouts* der Sklaven auf den Plantagen der Südstaaten.» Und er habe ihm gezeigt, wie man über Harmonien improvisiert, was eine *flatted fifth* ist, die verminderte Quinte, die zuerst von Charlie Parker, Charlie Christian und Thelonious Monk verwendet wurde. Er erzählte was von *blue notes*, von Terz und Septime. Abends, behauptete er, spielte seine Mutter Klavier, und sein Vater und er improvisierten dazu. Alles, was er heute könne, habe er seinem Vater zu verdanken.

Ob es denn nicht schwer gewesen sei, im Schatten eines so berühmten Musikers zu stehen? Diese Frage kam immer.

«Nein. Nein. Er war kein Schatten», antwortete Vernon dann sehr bedächtig. «Ganz im Gegenteil. Er war eine Leitfigur für mich.»

Ja, das sagte er wirklich. Am meisten beeindrucke ihn bis heute, dass sein Vater auf seinem Instrument sprechen konnte, behauptete er. Und er habe immer verstanden, was er sagen wollte. «Seine Musik traf mich – und offensichtlich nicht nur mich – im Innersten. Keiner hat mich so inspiriert wie mein Vater!»

So oder so ähnlich verliefen und verlaufen fast alle Interviews bis zum heutigen Tag. Ein aufmerksamer Beobachter hätte vielleicht etwas bemerkt. Dass Vernon ungewöhnlich aufrecht saß und sich nie wirklich entspannte. Sobald er von seinen Erinnerungen erzählte, blickte er nach links oben, ein deutliches Zeichen dafür, dass er konstruierte, ein Bild erschuf, log. Wenn Vernon die Wahrheit sagt, schaut er nach rechts. Alle Menschen haben eine Blickrichtung für die Lüge und eine für die Wahrheit, man muss sich nur mal die Mühe machen, sie herauszufinden. Ich kenne Vernon besser als mich selbst, und wenn er erfindet, geht sein Blick nach links.

Bevor ich Vernon kennen lernte, dachte ich, dass jemand, der sich verstellt, den offenen Blickkontakt meidet. Welch ein Irrtum. Der geübte Lügner, der manipulieren oder kontrollieren will, kann seinem Gegenüber sogar besonders offen und fest in die Augen schauen. Vernon schob seinen Kopf dabei immer weit nach vorne, bis er dem anderen sehr nah war, zu nah fast. Das machte viele Menschen so nervös, dass ihnen nicht auffiel, wie selten sein Gesichtsausdruck wechselte, wie einförmig seine Bewegungen waren. Er strich sich über seine Lippen oder durch sein Haar. Mehr nicht. Das aber immer wieder. Oft huschte die Wahrheit über sein Gesicht, aber er korrigierte seine Mimik so schnell, dass nur ich es bemerkte.

Er habe stundenlang im Keller geübt, erzählte er. Dort habe er Musik erschaffen können, die nur für seine Ohren bestimmt gewesen sei. Denn dort unten habe ihn niemand gehört.

«Man konnte rufen und schreien oder eben Musik machen. Niemand bemerkte etwas», sagte er leise. Und jetzt sprach er die Wahrheit und schaute kurz nach rechts unten.

Ich langweilte mich bei solchen Interviews und habe doch unzählige verfolgt. Viele Jahre lang war es mir nur wichtig, Vernon um mich zu haben, auch wenn ich mich langweilte. Was er erzählte, war so geschönt und bunt gemalt, dass ich sein ernstes Gesicht, das er dabei aufsetzte, kaum glauben konnte.

Ich selbst habe nie versucht, einem anderen Menschen diese Zeit zu erklären. Für die wirklich große Zeit des Bebop fand ich nie die richtigen Worte. Die Spannung, die Intensität der 52nd Street, bevor sie zugrunde ging, kann ich nicht beschreiben. Überhaupt ist es nicht leicht, sich daran zu erinnern, wie sich etwas anfühlte. Mit etwas Glück kann ich ein paar Bilder zurückholen, Gesprächsfetzen, ich kann begreifen, was wir fühlten, aber ich *spüre* es nicht mehr. Da war Ekstase und Wut und gewaltsamer Tod, ich kann es mit Worten benennen, mehr nicht. Ich weiß nur, dass damals eine Zeit war, in der das Unmögliche möglich wurde.

Thilda hat sie nur noch kurz erlebt. Wenige Monate nachdem sie in New York auftauchte, begann die 52nd Street in Midtown Manhattan zu sterben. Die Musikclubs schlossen einer nach dem anderen, weil die Besucher nicht mehr auf der Suche nach guter Musik waren, sondern nach Rauschgift oder Prostituierten, und weil die leichtbekleideten Mädchen für die Clubbesitzer wesentlich lukrativer waren als die launischen Jazzmusiker. Bald schon sprachen wir grinsend und doch ungläubig von der Stripty-Second Street.

Heute noch sehe ich diese Brownstone-Gebäude, in deren Kellern sich die Clubs aneinander reihten. Three Deuces, Kelly's Stable, Famous Door, Onyx, Jimmy Ryan's, the Hickory House, die winzigen Clubräume, in wenigen Häuserblocks dicht zusammengedrängt, meine Güte, was für Namen, was für Namen! Heute erinnert nichts mehr an diese sagenhafte Zeit. Jetzt stehen dort Geschäftshäuser und so was, wie überall.

Ich weiß noch gut, wie Vernon damals immer zwischen zwei Sets in einen Club nebenan oder gegenüber rannte, für zwei Nummern einstieg, um schließlich außer Atem und gerade noch rechtzeitig für seinen nächsten Set auf die Bühne zurückzukehren. Das war nichts Ungewöhnliches. Und nicht selten zog das Publikum hinter den Musikern her wie ein Schwarm Mücken. Schwarze und Weiße, Matrosen, Soldaten, aufgeregte

Frauen und Rauschgiftdealer, bärtige Beatnik-Schriftsteller drängelten durch die Straße von Club zu Club, immer auf der Spur ihres Idols.

In ein und derselben Nacht konnte man sie alle hören, Charlie, Monk, Lester und Dizzy. Earl Bostic. Miles. Count Basie. Man konnte sie alle auf der *Street* finden. Überall hingen Plakate mit riesigen Gesichtern drauf, Männer standen vor den Gebäuden, kauten ihre Zigaretten und riefen: «Nur drei Abende. Letztmals in New York!»

Jeder wollte Bebop hören. Wirklich jeder, das kann man sich heute gar nicht mehr vorstellen. Entstanden ist er nicht auf der 52nd Street, wie heute so gerne behauptet wird, keine Spur, sein Siegeszug hat in Harlem begonnen, im Minton's Playhouse und Monroe's Uptown House, und erst nach einiger Zeit das weiße intellektuelle Downtown erreicht, bloß, dass das heute niemand mehr so recht weiß oder wissen will. Und dann geschah, was eigentlich immer geschah: Die weißen Kritiker taten plötzlich so, als hätten sie diese abgefahrene Musik entdeckt. Sie waren ganz verzückt, schrieben großartige Kritiken, ausschweifende Artikel, das Fieber griff um sich, zog immer weitere Kreise, und diese Musik, die zunächst nur ein paar wenige begeistert hatte, wurde mit einem Mal von einer ganzen Generation Amerikaner geliebt und verehrt, Schwarzen wie Weißen. Und ein Himmelreich der Auftrittsmöglichkeiten tat sich auf.

Trotzdem war es ein hartes Pflaster. Ich neige nicht dazu, Vergangenes zu verklären. Die Zeit, in der man jung war, als besser zu betrachten, nur weil man jung war. Nein, es war nicht leicht. Und die Musiker machten es sich gegenseitig nicht leicht, da musste man schon gute Nerven haben. Mimosen hatten keine Chance. Und bei Vernon, davon bin ich überzeugt, hing alles lange Zeit an einem seidenen Faden. Er hätte genauso gut unter dem Druck versagen können wie Thilda.

Beispielsweise kam es nicht selten vor, dass Charlie Parker und Dizzy Gillespie einfach in irgendwelchen Clubs auftauchten und den dort auftretenden Musikern die Schau stahlen. Sie nannten es Überfall, und genau das war es auch. Ich erinnere mich noch gut daran, wie es eines Nachts Vernon traf. Damals spielte er mit seiner eigenen Band im Hickory House. Das Publikum sah Charlie und Dizzy schon bevor die Musiker auf der Bühne sie bemerkten, und ein kollektives und lustvolles Stöhnen ging durch die Reihen. Schließlich war jedem klar, was jetzt kommen würde. Die beiden grinsten einander an, Dizzy mit seinem zur Mode gewordenen kleinen Haarbüschel am Kinn, der blauen Baskenmütze und der Brille mit der schweren Fassung. Charlie in einem Nadelstreifenanzug, der entweder nicht ihm gehörte oder schon einige Jahre alt sein musste, denn Arme und Beine waren viel zu kurz.

Sie trugen ihre Instrumente wie Waffen, schlängelten sich zwischen den Tischen hindurch und gingen einfach auf die Bühne. Das war der Moment, als Vernon sie entdeckte, und ich konnte die Nervosität in seinen Augen sehen, ganz kurz, bevor er die beiden mit einem breiten Lächeln begrüßte.

Vernon war damals nicht sonderlich bekannt und hatte seine Furcht vor der Musik noch nicht ablegen können. Erst später, als er mit LaVons Lied einen nationalen Hit landete und unzählige Interviews über seinen Vater gab, war das Leben so gnädig, ihn mit einer gewissen Lässigkeit auszustatten. Und ihm die Überzeugung zu gönnen, dass er gut war, sehr gut sogar, eine Überzeugung, die anderen einfach in die Wiege gelegt worden war und die man braucht in diesem Geschäft.

Ich konnte es nicht ertragen, mit anzusehen, was gleich passieren würde. Deswegen setzte ich mich an die Bar, mit dem Rücken zum Podium, und trank schnell hintereinander drei Whiskey. Viel länger dauerte es auch nicht, bis Dizzy und Charlie die Band in Grund und Boden gespielt hatten, und mein

Herz war schwer. Danach setzte sich Charlie zu mir, nahm mir den vierten Whiskey aus der Hand und spülte ihn runter. Ich starrte seinen großen Mund an, aus dem jetzt einer seiner berühmten Sätze kam, mit diesem nachgemachten albernen britischen Akzent. So etwas wie: «Um Schönheit zu schaffen, müssen wir Schmerzen erleiden. Du weißt ja, aus der Auster kommt die Perle.» Er küsste mich mit seinen feuchten, einmaligen Lippen auf den Mund.

Ich weiß, dass Vernon sich gedemütigt fühlte, auch wenn er kein Wort darüber verlor. Als wäre es unsportlich. Unprofessionell. So ein Unsinn. Mir hätte er alles sagen können, ich verstand ihn doch.

Aber Thilda hat das alles nicht gewusst. Vielleicht wäre sie nicht in diesem Maße gescheitert, wenn sie auch nur eine Ahnung gehabt hätte, was New York, was Jazz, was Kreativität in dieser Zeit bedeuteten. Vielleicht hätte sie sich wappnen können und wäre aufmerksamer gewesen. Aber so traf es sie völlig unvorbereitet.

Kapitel 4

Ihr krampfartiger Husten hat endlich nachgelassen, und die Menschen neben uns kümmern sich wieder um sich selbst. Thilda sieht erschöpft aus, und mir geht es ähnlich. Der Husten hat an meinen Nerven gezerrt. Husten als solcher klingt ja nie schön, doch ihrer klang zudem noch Mitleid erregend. Jämmerlich. Ich weiß, dass es nicht recht ist, so zu denken, doch was soll ich machen. Sie trinkt mit einem einzigen Zug mein Glas Wasser leer und atmet dann ein paar Mal erleichtert tief durch. Dann lächelt sie mich an. Sie lächelt tatsächlich, erstaunlich, was so ein Hustenkrampf bewirken kann.

Meine alten Augen sehen ihr Lächeln so wie damals meine jungen. Doch da war eben auch ihr Lächeln noch jung, und als ich es sah, wusste ich, dass unser Leben, Vernons und meines, eine Wendung nehmen würde.

Als wir sie zum ersten Mal sahen, hatten wir bereits von ihr gehört. Sie spielte zu dieser Zeit mit Charlie Mingus, und das hätte ein schöner Anfang für ihre Karriere in Amerika sein können. Die Konzerte waren recht gut besucht. Der Grund dafür war in erster Linie ihre außerordentliche Schönheit. Die hatte sich rasend schnell in der Szene herumgesprochen, selbst ich hatte davon gehört, nie jedoch ein Wort über ihr Können. Davon abgesehen, war es wohl einfach reizvoll, eine weiße Frau auf der Bühne zu sehen, noch dazu eine deutsche, die nicht etwa sang, sondern Klavier spielte, die sich ganz und gar dem modernen Jazz verschrieben hatte und sich keinen Deut um Hautfarben zu scheren schien.

Ich weiß nicht mehr, wie der Club hieß, in dem wir saßen

und gebannt beobachteten, wie Art Blakey auf der Bühne mit gebleckten Zähnen sein Schlagzeug bearbeitete. Ich weiß aber, dass Vernon sie zuerst sah, denn ich saß ihm gegenüber mit dem Rücken zum Eingang. Sein Blick, der den ganzen Abend interessiert gewesen war, wurde mit einem Mal starr, seine Pupillen weiteten sich ein wenig und mir war klar, dass dieser Blick nur einer Frau gelten konnte. Oft genug hatte ich ihn gesehen, diesen Blick. Aber jetzt hatte er eine Entschlossenheit, die ich nicht kannte und die mich so irritierte, dass ich mich umdrehte.

Vielleicht wurden auch meine Pupillen größer, auf jeden Fall wusste ich in dem Moment, in dem ich sie sah, dass sie eine große Rolle für uns spielen würde. Ich blickte sie unverwandt an. Thilda trug dieses dünne weiße Abendkleid mit schimmernden Pailletten und lange weiße Handschuhe. Wie sie da plötzlich am Ende der Treppe stand, die steil in den Club führte, schien der Raum ein klein wenig heller zu werden. Ruhig, fast majestätisch, verharrte sie einen Moment und ließ nicht erkennen, welch ein Sturm aus Furcht und Hoffnung in ihr tobte. Dass sie in der Lage war, ihre Gefühle so vollkommen in ihrem Innern zu halten, zu wiegen und zu nähren, ist in meinen Augen ihre große Tragödie. Aber das sollte ich erst viel später erkennen.

Von alldem hatte ich zu diesem Zeitpunkt keine Ahnung. Ich sah sie nur an und neidete ihr die blassen Augen und die scharfen Linien ihres Gesichtes, die ihr eine Aura von unzerstörbarer Sauberkeit verliehen.

Der Club sah aus wie ein alter Weinkeller. Längs der gekalkten Wände standen lange Bänke, in der Mitte des Raumes kleine Tische mit Tischtüchern, die in diesem Licht blütenweiß wirkten und es nicht waren, blauweiße Blumenvasen in der Mitte.

Thilda ging sehr langsam mit ihrem Begleiter durch den Raum und wählte einen Platz in der Nähe der Bühne, nicht weit von unserem Tisch. Sie bestellten eine Flasche Wein und hörten der Musik zu. Ich glaube, sie haben in der ganzen Zeit kein Wort miteinander gesprochen. An ihren Begleiter kann ich mich nicht mehr erinnern, zu sehr konzentrierte ich mich auf diese Frau und fragte mich, auf welche Art sie wohl in unser Leben treten würde. Dass sie es tun würde, daran zweifelte ich keine Sekunde.

Vernon war nun so vollständig auf sie fixiert, wie er es die nächsten Monate sein sollte, und da ich sie wieder nicht sehen konnte, ohne den Kopf zu drehen, versuchte ich in seinen Augen zu erkennen, was er beobachtete. Mich nahm er nicht mehr wahr, so versunken war er in diesen neuen Menschen, der schon seit Jahren existierte, ohne dass er etwas davon geahnt hatte.

Aber nicht nur uns war sie aufgefallen. Art auf der Bühne rollte seine Augen wie große Murmeln immer wieder in ihre Richtung, und als das Stück fertig war, ging er ans Mikrophon. Er hampelte eine Weile herum, erzählte ein paar Witze, ich weiß noch, dass mir vor Lachen die Tränen kamen, und dann wurde er plötzlich sehr ernst. Er zeigte seine großen weißen Zähne, ohne zu lächeln, und flüsterte heiser: «Meine Damen und Herren. Ich bin sehr glücklich, heute Abend eine junge Pianistin begrüßen zu dürfen. Die wunderbare Thilda Horn!» Er zog ihren Nachnamen in die Länge, als sage er einen Boxkampf an, dabei verneigte er sich tief und spöttisch.

Thilda wusste möglicherweise nicht, dass es eine große Ehre war, von einem Musiker seines Kalibers auf die Bühne gebeten zu werden. Vielleicht hatte sie keine Ahnung davon, dass unzählige junge Talente mit ihren Instrumenten durch die Clubs zogen und beteten, jemand möge sie zum Mitspielen auffordern. Dass sie dann, wenn sie einen Titel gespielt hatten, mit banger Spannung abwarteten, ob die anderen Musiker ihnen zulächelten. Denn wenn das der Fall war, dann gehörten sie dazu. Und das hieß, dass das Publikum plötzlich der Meinung war, einen zukünftigen Star vor sich zu sehen, und wieder konnte eine Karriere ihren Anfang nehmen.

Womöglich hatte Thilda von alldem keine Ahnung, als sie den Kopf schüttelte und sich nicht von ihrem Platz rührte. Art ließ nicht locker, rief immer wieder ihren Namen, *Thilda Horn, Thilda Horn*, und forderte das Publikum auf, zu applaudieren. Einige sprangen jetzt sogar auf und riefen ihren Namen im Chor, andere begannen zu pfeifen und zu johlen, und Vernons Augen wurden dunkler, fast glaubte ich, er würde etwas unternehmen, irgendetwas, um ihr da rauszuhelfen, aber er saß nur da.

Nach einigen Minuten, in denen ich kaum zu atmen gewagt hatte und der Applaus lauter, drängender geworden war, ging Thilda auf die Bühne. Es waren nur zwei Schritte, die verzweifelter nicht hätten sein können, doch sie wirkte vollständig gelassen. Sie ließ sich langsam am Klavier nieder, zog die langen Handschuhe aus und legte die Hände auf die Tasten. Die Musiker nickten ihr zu und begannen mit «Summertime». Jetzt hatte ich genügend Zeit, mir ihre Gesichtszüge einzuprägen und die schmalen weißen Finger zu betrachten, die kein bisschen zitterten. Sie hielt die Augen gesenkt und ihre Wimpern warfen Schatten in dem hellen Scheinwerferlicht, die aussahen wie spitze, gebogene Krallen. Thilda und das Frösteln des Versagens.

Sie spielte nicht. Nicht eine einzige Note. Saß nur da und blickte auf ihre bewegungslosen Hände auf den Tasten. Die Musiker warfen sich Blicke zu, jemand im Publikum begann zu kichern. Am liebsten wäre ich auf die Bühne gesprungen, die einer Arena glich, wo die anderen Musiker hofften, dass sie nicht einfach so aufgeben, sondern zumindest versuchen würde zu kämpfen. *Schluss damit*, wollte ich rufen, *lasst sie doch in Ruhe.* Ganz bestimmt wollte ich so etwas sagen – aber ich war nicht weniger erstarrt als sie. Ich wartete schweigend ab.

«Ja, meine Damen und Herren.» Art war wieder aufgestanden und zum Mikrophon gegangen. Ich spürte die Erleichterung wie einen warmen Schauer. Egal, was jetzt noch kam, zumindest würde es bald vorüber sein. «Das war also Thilda Horn.» Er zog die Worte genüsslich in die Länge und machte mit seinem rechten Arm eine ausladende Bewegung. «Das sind also die hervorragenden weißen Musiker, die hierher kommen und uns die Jobs wegnehmen. *Give her a warm hand!*»

Thilda ging von der Bühne und setzte sich wieder an ihren Tisch. Vereinzelt hatten ein paar Männer im Publikum laut gelacht. Manche klatschten tatsächlich. Die meisten aber schauten verlegen und waren froh, als die Band mit ihrem Programm fortfuhr. Dass Thilda den Club nicht verließ, nötigt mir heute noch Respekt ab. Als wäre nichts geschehen, streifte sie sehr langsam die weißen Handschuhe wieder über ihre Hände, zog jeden einzelnen Finger glatt, konzentrierte sich dann ganz auf die Musik und begann nach kurzer Zeit sogar, mit ihren Schuhen im Takt auf den Boden zu klopfen. Ihr Begleiter vermied es, sie anzusehen.

Es war, als sei nichts geschehen.

Erst später stellte ich fest, dass sie betrunken war. Wenn Thilda zu trinken begann, wurde sie von Glas zu Glas ruhiger. Noch ruhiger. Ich habe nie erlebt, dass ihre Bewegungen unsicher oder ihr Blick fahrig wurden. Vielmehr wirkte sie, als sei sie aus ihrem Körper herausgetreten, als hätte sich ihre Seele zurückgezogen und ihre Hülle in aufreizender Stille zurückgelassen. Obwohl – eigentlich wirkte sie immer so.

Die Band kündigte eine Pause an. Art ging an ihr vorbei Richtung Küche, nicht ohne ihr kurz die Hand auf die Schulter zu legen und sie anzulächeln. Sie lächelte zurück wie ein Kind, das nicht weiß, was es sonst tun soll.

Vernon stand auf, rückte seine Krawatte zurecht und ging an ihren Tisch. Ich sah ihn kurz mit Thildas Begleiter sprechen, der zunächst nur unbeeindruckt mit den Schultern zuckte und schließlich nickte. Seine Miene verriet, dass er sich über das Eindrängen Vernons ärgerte. Er beugte sich zu Thilda und sprach rasch ein paar Worte, die ich nicht verstehen konnte. Doch vermutlich sagte er so etwas wie: *Lass uns mit der Nervensäge schnell ein Glas Wein trinken und dann abhauen. Der Abend ist sowieso schon schlimm genug.* Möglicherweise sagte er auch etwas ganz anderes, etwas Nettes, aber es sah nicht danach aus. Thilda blickte haarscharf an ihm vorbei und zuckte jetzt ihrerseits mit den Schultern.

Vernon kam an unseren Platz zurück, nahm meine Jacke von der Stuhllehne und sein Glas in die rechte Hand.

«Komm», sagte er, «setzen wir uns zu den beiden.»

Er fragte nicht, ob es mir recht sei, und erwartete auch nicht, dass ich etwas dagegen haben könnte. Er hatte sein Ziel gefunden, und es sollte lange dauern, bis er davon abließ.

Vernon stellte uns einander vor. Dem Mann schenkte ich genauso wenig Beachtung wie er. Ich erinnere mich nur noch an das rot gepunktete Taschentuch, das aus seiner Jackentasche lugte, und mit diesem einzigen Eindruck von ihm konzentrierte ich mich auf Thilda, die mir ihre kühle, behandschuhte Hand reichte und mich lange ansah. Blaue Augen wirken auf mich immer so unschuldig. Eigentlich mag ich blaue Augen nicht. Weil sie betrügen. Sie täuschen etwas vor, was nicht da ist. Offenheit. Kindlichkeit. Sie wirken ungefährlich. Freundlich.

Vernon versuchte unverzüglich, unsichtbare Grenzen um sich und Thilda zu ziehen. Obwohl er meist mit mir und manchmal mit ihrem Begleiter sprach, so galt doch jedes Wort nur ihr. Mit dem tragischen Charme eines Verliebten sprach er für sie, lächelte für sie und bewegte sich für sie. Nur für sie. Wir waren die Nebenrollen, die dazu dienten, ihn perfekt in Szene zu setzen.

Und Thilda verstand. Obwohl sie betrunken war. Obwohl sie nach wie vor gar nicht anwesend wirkte. Als ihr Begleiter unruhig wurde und sie fragte, ob sie nicht bald aufbrechen sollten, schüttelte sie den Kopf. Er war so offensichtlich fehl am Platz, dass er sich nach kurzer Zeit verabschiedete. Ich sah ihn nie wieder und weiß bis heute nicht, in welcher Beziehung Thilda zu ihm stand und ob sie ihn nochmal traf. Nicht, dass es mich wirklich interessiert hätte.

Und dann benahm sich Thilda plötzlich, als habe sie eben erst angefangen zu leben. Als sei alles vorher nur ein Probelauf gewesen und deshalb nicht wichtig. Als könnten jetzt und ein für alle Mal ihre Hirngespinste, aus denen bisher nichts geworden war, doch noch wahr werden. Weil wir jetzt da waren und uns um sie kümmerten. Sie in die wirkliche Welt führten. Sie verwandelten in ein anderes, bedeutungsvolles Wesen. Ein wertvolleres, weiseres Wesen. Das waren die Gedanken, die ich von ihr zu empfangen glaubte. Heute frage ich mich, ob es nicht genau das war, was *ich* empfunden hatte, als ich Vernon zum ersten Mal traf, und dass ich deshalb davon ausging, dass sie ähnlich fühlen musste.

An das Gespräch kann ich mich nicht mehr erinnern. Es war belanglos. So wie Menschen sich nun einmal verständigen, wenn sie sich kennen lernen. Was sich da in Wirklichkeit abspielte, hatte mit Worten nichts zu tun.

Thilda wurde aufgeschlossener und nüchterner. Sie verteilte ihre Aufmerksamkeit absolut gleichmäßig zwischen Vernon und mir. Sie wehrte sich gegen den Kokon, den er um sie beide zu spinnen versuchte. Sie schien uns als eine Einheit zu betrachten, und ich konnte spüren, wie Vernon dagegen ankämpfte, ich konnte seine unterdrückte Wut fast anfassen.

Als der Club schloss, gingen wir wie selbstverständlich gemeinsam auf die Straße, winkten einem Taxi, und ich nannte ohne zu fragen unsere Adresse. Thilda saß zwischen uns. Ich atmete in gleichmäßigen Zügen ihren Geruch ein, ihren frischen, sauberen Geruch, den kein Parfüm zuzudecken vermochte.

In unserer Wohnung angekommen, führte Vernon sie in die Küche, die größer war als die übrigen Zimmer, und bot ihr ein Glas Wein an.

«Nein», sagte Thilda, und ohne Musik und Menschengemurmel im Hintergrund hatte ihre Stimme einen tiefen, trägen Klang, «ich arbeite daran, wieder nüchtern zu werden.» Und dann, leiser, fügte sie hinzu: «Ich will bei Gott nichts von dem hier verpassen.»

Das war, rückblickend gesehen, der außergewöhnlichste Satz, den Thilda meiner Meinung nach je gesprochen hat. Damals machte ich mir nicht so viele Gedanken darüber, weil ich sie noch nicht kannte. Heute glaube ich, dass es nicht ihr eigener war, dass sie ihn vielleicht einmal gehört hatte, in einem anderen Zusammenhang, oder gelesen, in einem Roman vielleicht, und ihn sich gemerkt hatte, um ihn bei der nächsten Gelegenheit anzubringen.

Vernon starrte sie an. Starrte und starrte, und sie gab den Blick so völlig ohne Scham zurück, dass ich daran abprallte. Mit einer leisen, gelogenen Entschuldigung zog ich mich, von Vernon unbemerkt, zurück. Als ich mich in der Küchentür noch einmal umwandte, sah ich, wie er seine rechte Hand auf ihr kurzes blondes Haar legte, als hätte er das schon tausendmal zuvor getan. Sie wandte sich kurz nach mir um.

Nachdem ich Thilda und Vernon in der Küche zurückgelassen hatte, schlüpfte ich unter meine dicke Bettdecke, was üblicherweise dazu führte, dass ich umgehend einschlief. Diesmal war es anders. Ich versuchte mit aller Kraft, zu schlafen. Ich konzentrierte mich auf meinen Atem und stellte mir prächtige Sonnenuntergänge und endlose Strände vor, an denen ich noch nie gelegen hatte. Tatsächlich aber wartete ich auf etwas.

Die Augen so fest zusammengedrückt, dass Blitze unter den Lidern tanzten, lauschte ich. Ich schwöre, dass ich mich dagegen wehrte. Ich wollte nicht Zeuge werden und zu gedämpften, durch die Wand dringenden Geräuschen Bilder malen. Ich wollte nicht *wissen*, doch je mehr ich mich dagegen wehrte, umso empfindlicher schien mein Gehör zu werden. Vielleicht, weil Ungewissheit schmerzvoller ist als alles andere. Ich wunderte mich über ein Kinderlachen, das zu dieser späten Stunde aus dem Treppenhaus heraufklang. Unten auf der Straße das abstoßende Grölen eines Mannes.

Doch aus Vernons Zimmer kam kein Ton. Ich hörte nicht das Knarren ihrer Schritte, kein Flüstern, kein Seufzen. In unserer Wohnung ließen sich so manche Geräusche einfach nicht verbergen. Das hatte ich bei früheren Gelegenheiten festgestellt, wenn Vernon nach einem Konzert nicht alleine nach Hause kam, und auch das eine oder andere Mal an seinem wissenden Lächeln ablesen können, wenn ich morgens mit oder ohne meinen nächtlichen Gefährten in die Küche kam.

Nichts. Vielleicht hätte ich sonst das Radio angedreht oder das Kissen auf mein Gesicht gepresst. Möglicherweise wäre ich sogar mitten in der Nacht spazieren gegangen. Aber so lag ich mit angespanntem Körper da, der Atem flach, und wunderte mich. Nie hatte es mich gestört, wenn ich Vernons Liebeswimmern durch die Wand belauschte, im Gegenteil. Seiner Erregung zu lauschen, ohne ihn zu sehen, spornte meine Phantasie an. Schließlich war Vernon auch im Bett ein Musiker.

Er klang nie abstoßend, und die Lautstärke seines Stöhnens folgte immer einer dramaturgischen Logik. Es begann bedächtig und schwingend, schwoll an in leuchtender Dynamik, wurde metallisch scharf, kristallklar und schließlich wieder besänftigend. Nie beleidigend. Oder roh.

Ich sammelte seine Töne.

Oft genug ärgerte ich mich über eine Frauenstimme, die sich grob unter dieses herrliche Musikmachen mischte, mal viel zu früh sich hinaufschwang, unrhythmisch und störend, mal so offensichtlich übertrieben, dass ich am liebsten gegen die Wand geklopft und gerufen hätte: *Hör doch richtig hin, verdammt!*

Schlimmer noch war es, wenn sie obszön wurden, diese Frauen. Eines Tages hörte ich eine helle Stimme, die klang wie von einem jungen Mädchen, das sich verstellte und verrucht wirken wollte, die zu Vernon sagte, er habe den ganzen Abend sein Instrument auf der Bühne gefickt und er solle jetzt dasselbe mit ihr machen. Daraufhin hörte ich ein lautes Lachen, und es dauerte einen Moment, bis ich merkte, dass es von mir kam. Drüben war es plötzlich still geworden, vielleicht überlegte Vernon, das Ganze abzublasen. Das tat er nicht, sehr schade. Womöglich hätte ich ihn dafür noch ein wenig mehr geliebt.

Ich hingegen habe durchaus Liebhabern den Rücken zugedreht, weil sie zu laut wurden, seltsame Dinge sagten oder hässlich stöhnten. Es empört meine Ohren.

Doch in dieser Nacht gab es nichts, was meine Ohren beleidigen konnte. In Vernons Zimmer blieb es still, und diese Stille breitete sich so aus, dass mir schwindlig wurde. Ich fragte mich, ob die beiden möglicherweise unbemerkt die Wohnung verlassen hatten. Aber noch war es nicht so weit, dass ich mich als unsichtbare Zeugin in ihr Leben drängte. Noch nicht.

Es dauerte lange, bis ich einschlief.

Das war mir neu, denn wie gesagt, es gelang mir üblicherweise zu schlafen, wann immer ich wollte. Ich habe Menschen mit Schlafstörungen nie verstehen können und noch weniger die, die sich darüber beklagen, dass man ein Drittel seines Lebens verschläft. Gerade so, als sei Schlaf etwas Unanständiges. Ich liebe es zu schlafen. Oft schlafe ich ohne Grund. Wenn ich gerade nichts Besseres zu tun habe. Vor allem aber, wenn ich traurig bin oder mich geärgert habe. Ich glaube, dass die Seele dann aus dem Körper heraustritt und ein anderes Leben lebt. Hinter geschlossenen Augen kann ich Träume machen.

Wenn es möglich ist, lege ich mich sofort hin, sobald ich die vergebliche Traurigkeit herannahen spüre, die keinen besonderen Grund hat, aber einen Ursprung, der wahrscheinlich nicht einmal in meinem Leben liegt, sondern in dem meiner Ahnen. Und die ich deshalb weder ergründen noch bekämpfen kann. Doch ich kann schlafen und Trost finden. Zu allen möglichen Tageszeiten.

Ich versuchte, auch Helen die Kunst des Schlafens beizubringen. Um ihr für immer die Möglichkeit zu eröffnen, im Halbschatten zwischen zwei Welten zu leben, sobald und sooft sie das wollte. Aber Helen kann mich bis heute nicht verstehen. Als sie noch bei uns lebte, erschien ich an den Wochenenden oft erst zum Frühstück, wenn sie und Vernon schon längst den Tisch abgeräumt hatten. Helen sagte dann immer so etwas wie, dass sie und ihr Vater beim besten Willen nicht länger hätten warten können. Die Butter sei schon ganz ranzig geworden. Ein Mensch könne doch unmöglich so lange schlafen und wie ich das eigentlich machte? Na wie schon. Ich legte mich hin und klinkte mich einfach aus.

Als ich am nächsten Morgen in die Küche kam, sah Thilda mich lange an. Ihr Körper wirkte nicht mehr so durchscheinend wie in der Nacht zuvor, er sah aus, als sei er gesättigt – ohne dass ich es gehört hatte. Und sie benahm sich, als habe sie nun einen plausiblen Grund gefunden, hier zu sein.

«Setz dich und trink einen Kaffee mit uns», sagte sie in ihrem unfreundlichen Englisch und so selbstverständlich, als ob ich nicht in meine eigene Küche gekommen wäre. Ich ging zur Spüle und ließ ein großes Glas mit Wasser voll laufen. Ich trank auch damals niemals Kaffee. Dann beschmierte ich eine Scheibe Brot dick mit Butter.

«Bleibst du?», fragte ich, meine Stimme klang noch rau und ich räusperte mich mehrmals. Als es nicht besser wurde, nahm ich einen großen Schluck Wasser.

«Ja», sagte Thilda.

Ich schaute Vernon an. «Die Wohnung ist groß genug. Nicht wahr?»

«Genau das habe ich Thilda auch gesagt.» Vernon tauchte sie in seinen Blick und Thilda lächelte. «Wir werden später ihre Sachen holen. Hilfst du uns?»

Ich kaute weiter.

«Es ist nicht viel», warf Thilda ein. «Stört es dich?» Sie trug Vernons schwarzen Rollkragenpullover, den ich am Tag zuvor gewaschen hatte. Ihre Frage klang so desinteressiert, dass ich mir nicht die Mühe machte zu antworten. Vernon stand auf, stellte sich zwischen uns, legte Thilda die eine Hand an die Wange, die andere mir auf die Schulter.

«Kann ich euch allein lassen?», fragte er und grinste, als hätte er einen großartigen Witz gemacht. «Ich muss noch üben. Alles in Ordnung bei euch?»

Ich überlegte kurz, ob ich ihm folgen sollte, um mit ihm über die letzte Nacht zu sprechen oder ihm beim Üben zuzusehen. Aber hier war Thilda und würde ab sofort bei uns wohnen.

«Bist du immer so kurz entschlossen?» Ich nahm einen Bissen von meinem Butterbrot und einen Schluck Wasser.

«Es war Vernons Idee.»

«Und sie gefällt dir?»

Thilda sah mich an, und es gelang mir nicht, ihren Gesichtsausdruck zu deuten. Etwas musste er bedeuten, sonst hätte sie nicht so lange mit blauen Augen in meine geschaut. Dieser Blick und ihre Weigerung, zu erklären oder um Verständnis zu bitten, machten mich unsicher. Damals wusste ich noch nicht, dass Thilda ihr Verhalten grundsätzlich nicht erklärte, schon gar nicht entschuldigte, vielleicht dachte sie, ihr Handeln erkläre sich selbst, oder sie wollte anderen die Möglichkeit geben, sich eine eigene Meinung zu bilden. Wahrscheinlich aber benahm sie sich einfach so, weil sie es nicht anders gelernt hatte und gar nicht auf den Gedanken kam, wie merkwürdig sie dadurch wirkte. Und wie sehr sie Männer damit aufforderte, sie zu erforschen.

An diesem Morgen erzählte sie mir zum ersten Mal von Völkern, die sich den Blicken der Menschen entziehen. Von Elfen und Gnomen, von sauertöpfischen Zwergen und Berggeistern, die dreimal so groß sind wie Menschen oder größer und die die Welt mit einem unhörbaren Gesang überziehen. Sie sagte, manchmal schwirrten Elfen herum wie unsichtbare Mückenschwärme. Sie seien aber nicht für jeden unsichtbar, ihre Großmutter hätte sie sehen können. Aber, sagte sie warnend, wenn ein Mensch aus Versehen in so einen Elfenring hineingeriete, in seine Mitte träte, dann bliebe er unter Umständen jahrelang darin, ohne es zu bemerken. Dann zündete sie sich eine Zigarette an. Ich hatte mir ein weiteres Brot geschmiert und hustete demonstrativ.

Sie ließ sich nicht aufhalten. Es gebe auch Duftelfen, die einen dazu bringen könnten, in einen Tanzwahn zu verfallen. Sie glänzten grünlich oder silbern, sie seien zart und lebten in Büschen oder Bäumen. Auch hier in New York. Bestimmt gebe es welche im Central Park in einem Stein, oder im Efeu einer Friedhofsmauer. Vielleicht in einem Fliederbusch. Aber, sagte sie nach einer langen Pause, sie seien nicht scharf drauf, mit Menschen in Kontakt zu kommen.

Das kann ja heiter werden, dachte ich und gab mich meinem eigenen Rhythmus hin. Einen Bissen vom Brot. Einen Schluck Wasser. Brot. Wasser. Schlucken. War sie verrückt? Erst einige Jahre später erfuhr ich, dass Menschen tatsächlich an so etwas glauben, dass es in Reykjavik sogar eine Elfenbeauftragte gibt, die dafür sorgt, dass an Orten, wo Elfen wohnen, nicht gebaut wird, und je älter ich wurde und je unverständlicher das Leben, umso bereiter war ich, so ziemlich alles zumindest für möglich zu halten. Damals in unserer Küche zweifelte ich jedoch lediglich am Menschenverstand dieser eigenartigen Deutschen, die so wenig sprach und der, so dachte ich, die Natur doch alles mitgegeben hatte, was es brauchte, um glücklich zu werden.

Dann änderte Thilda so unvermutet das Thema, wie ein Karnickel plötzlich einen Schlenker macht und die Richtung wechselt.

«Wie hast du Vernon kennen gelernt?», fragte sie, die Worte stockend und gedehnt, und sah mich zärtlich an.

Ich kannte Vernon damals seit ungefähr vier Jahren. Ich sah ihn zum ersten Mal Ende der Vierziger in einem schäbigen, kleinen Jazzclub in Harlem in der 118th Street an der 7th Avenue, nicht weit von Minton's Playhouse und dem berühmten Cecil Hotel, in dem Vernon wohnte. Ein großes, sauberes Zimmer kostete damals nur ein paar Dollar die Woche. Viele Musiker stiegen dort ab.

In diesen Club, in dem er jede Nacht auftrat, gelangte man über eine lebensgefährlich steile, enge Treppe. Unten öffnete sich ein Kellergewölbe ohne den Charme eines Gewölbes, mit rohen, zusammengesuchten Tischen und Stühlen, die jemand dunkelrot lackiert hatte, um den Eindruck zu erwecken, dass sie zusammenpassten. Sobald es dunkel wurde, sah es auch tatsächlich danach aus. Im hinteren Teil stand eine runde, selbst gezimmerte Bar. Es gab keine Tischdecken und keine Kerzen. Die Luft war stickig, Rauchschwaden tanzten an den Wänden entlang wie verrückt gewordene Geister.

In diesen Club ging ich, wenn meine Hände vom Treppenputzen oder Nähen nicht zu müde waren, und ich ging alleine. Ich fühlte mich in dem heruntergekommenen Raum sicher, es war der einzige Club, in den ich mich ohne Begleitung wagte. Der Clubbesitzer lud mich gelegentlich auf ein Glas Wein ein, um mich aus meiner Einsamkeit herauszuholen, die ihn mehr störte als mich. Denn ich kam einzig und allein wegen der Musik, die ich eines Tages wie nebenbei entdeckt hatte, die mich zunächst abstieß und die ich dann immer wieder hören wollte.

Ich kam nicht wegen der Leute. Nicht, um die Musiker zu sehen, die in ihren tadellosen Anzügen fehl am Platz wirkten, die schwitzten und sich zuckend bewegten, launige Ansagen machten, sich gegenseitig Witze erzählten oder beschimpften. Ich kam nur wegen der Musik, und wenn ich mir zu dieser Zeit einen Plattenspieler hätte leisten können, wäre ich wohl zu Hause geblieben.

Diese Musik, die schneller war als alles, was ich vorher gehört hatte, zündete eine kleine Flamme in mir an, die, je öfter ich in den Club kam, umso größer und gefräßiger wurde. Als würde jemand trockene Holzscheite auflegen. Mein ganzer Körper gehorchte dieser Musik und versetzte mich in einen unbegreiflichen, fiebrigen Zustand. Wie jung ich war!

Vernon fiel mir nicht etwa auf, weil er schöner war als jeder Mann, den ich zuvor gesehen hatte. Auch nicht, weil er schlechter spielte als die anderen. Er war zwar ein hervorragender Techniker, aber seine Noten hingen in der Luft, als wüssten sie nicht recht, wohin. Er reihte sie virtuos aneinander, ohne sie zum Leben zu erwecken. Das kam erst später.

Nein, er fiel mir auf, weil er niemals die Augen schloss. Er blickte in den Raum, während seine Finger in wildem Lauf die Klappen drückten und losließen, sein Blick wanderte über Wände und Fotos, Gesichter und Rauchschwaden, bis er an meinen Augen hängen blieb, zufällig, und dort verharrte er und ruhte sich aus.

Er ruhte sich so lange aus, bis sich ein paar Köpfe neugierig in meine Richtung drehten. Vernon ging mitten im Stück von der Bühne und setzte sich an meinen Tisch. So war das. So lernte ich ihn kennen, ohne zu ahnen, warum er seine Augen niemals schloss, und seitdem haben wir uns nicht mehr getrennt.

Ich schreckte aus meinen Gedanken hoch, als Thilda aufstand und noch einen Kessel Wasser auf die Herdplatte stellte. Ich hatte ihr noch nicht geantwortet.

«Warum erzählst du mir nicht, wie ihr euch kennen gelernt habt?», fragte sie, ihr Tonfall unhöflich, und sie hätte hinzufügen können, dass sie am liebsten alles über uns wissen wollte. Das tat sie natürlich nicht.

«Kann mich nicht mehr genau erinnern», antwortete ich unbeteiligt. «In irgendeinem Jazzclub, vermute ich.»

Thilda nickte.

Inzwischen hatte ich drei Scheiben Brot gegessen. Ich stand auf, knotete den Gürtel meines Bademantels zusammen und stellte mich ganz nah neben Thilda an den Herd. «Eine Frage noch», sagte ich. «Was meinst du, gibt es auch schwarze Elfen?»

Thildas dunkel nachgemalte und erstaunlich hoch gebogene Augenbrauen zogen sich zusammen. Lange schwieg sie, und ich hatte Mühe, ihrem Blick nicht auszuweichen. Dann endlich, als habe sie reiflich überlegt, straffte sie die Schultern und sagte: «Kann ich ins Bad?»

Thilda wohnte also mit einem Mal bei uns. Wir waren ständig zusammen, obwohl mir heute nicht mehr ganz klar ist, wie wir das angestellt haben. Ich hatte ja einen Job, nein, mehrere Jobs, um uns einigermaßen über Wasser zu halten. Ich musste früh aufstehen, und doch verbrachte ich die meisten Nächte mit ihnen in den voll gestopften Clubs, heute könnte ich das nicht mehr ertragen. In diesen Wochen muss ich mit außergewöhnlich wenig Schlaf ausgekommen sein, ausgerechnet ich!

Manchmal aber ließ ich sie allein. Manchmal war ich nicht stark genug, mir das alles anzusehen. Wie sie sich immer anschauten. Anfassten. Küssten. Oder soll ich sagen, wie er sie immer anschaute, er sie immer anfasste, er sie immer küsste. Ich wollte so gerne mit irgendeinem Menschen über all das sprechen. In dieser Zeit hatte ich kaum Freundinnen, nein, seien wir ehrlich, ich kannte keine einzige Frau, die ich mit Recht Freundin hätte nennen können. Ich kannte nur Freundinnen von anderen, aber es waren nicht meine. Also suchte ich einen Menschen, von dem ich wusste, dass er mir zuhören würde – oder sagen wir lieber, mich aussprechen lassen würde. Um dann vielleicht, mit etwas Glück, einen wirklich erstaunlichen Rat zu erteilen. Das tat Charlie manchmal. Da musste man aber schon sehr viel Glück haben.

Ich beschloss also eines Abends, als Vernons Verhalten besonders an meinen Nerven gezerrt hatte, in den Club zu gehen, in dem ich ihn am wahrscheinlichsten treffen würde, ins Birdland zwischen der 52nd und 53rd Street, da standen die Chancen gut, schließlich war der Club nach ihm benannt. *Jazzcorner of the World*. Ich hatte Glück, er war da. Ich ahnte nicht, dass ich ihn zum letzten Mal treffen würde. Er sollte zwar erst einige Jahre später sterben, doch aus meinem Leben verschwand er schon früher, ohne Grund, einfach so, wie man viele Menschen verliert, ohne es so recht zu bemerken. Ich war viel zu beschäftigt, keine Frage. Helen war meine Beschäftigung und Vernon, ganz zu schweigen von meinen regelmäßigen Besuchen im Gefängnis.

Ich konnte damals also nicht wissen, dass ich Charlie nie mehr wiedersehen sollte, sonst hätte ich mich darum bemüht, dass dieses Treffen weniger banal verlaufen wäre. Aber weil es das letzte war, ist jedes Wort und Bild in meinem Kopf verschnürt und verbunden mit dem Anfang von Thildas und Vernons Geschichte. Die meine werden sollte.

Ich wünschte, ich hätte eine andere letzte Erinnerung an ihn, eine, die der Legende gerecht wird und seinem Charisma, das launisch war wie eine alternde Diva. Manchmal war er nichts anderes als ein heruntergekommener, kopfwackelnder Junkie. Und wenn er dann auf die Bühne ging, verwandelte er sich und überflutete den Raum mit seinen einzigartigen Ideen. Blähte seine genialen Lungen und erschuf Unsterbliches.

Manchmal hatte Charlie ein tiefes Verlangen danach, intellektuelle Gespräche zu führen, um sie dann unvermittelt mit unerträglicher Albernheit zu beenden. Er war arrogant und unterwürfig. Großzügig und hinterhältig. Und nie konnte man im Voraus ahnen, auf welchen Charlie man heute treffen würde. Er lebte nach seinen eigenen Gesetzen. Er war im wahrsten Sinne des Wortes ein *Hipster*, und er hat mich mehr geprägt, als mir damals klar war. An jenem Abend, als wir uns in der Bar gemeinsam betranken, ich wegen der Existenz von Vernon und Thilda und er, weil er es immer tat, war er nicht mehr der unangefochtene Führer der modernen Musiker, nicht mehr der geniale Solist und wurde nicht halb so sehr verehrt, wie man heute gerne glauben möchte. Als ich ihn das letzte Mal sah, interessierte sich im Grunde keine Seele mehr für ihn. Keiner hatte auch nur einen Dollar für ihn übrig oder gab ihm einen Whiskey aus, den er in rauen Mengen in sich hineinschüttete, wenn er mal kein Heroin nahm. Charlie selbst war frustriert. So müde. «Ich habe alles, was möglich ist, aus den Blues-Harmonien rausgeholt. Alles», sagte er. «Da ist verdammt nochmal nichts übrig.»

Ich könnte jetzt behaupten, dass ich eine gute Zuhörerin war. Und wer, der mich damals kannte, würde das nicht bestätigen? Wenn ich mit Musikern zusammen war, überkam sie sogleich das Bedürfnis, Töne in Worte zu fassen und zu erklären. Ich hing an ihren Augen und Lippen und es war mir völlig egal, was sie sagten. Nie habe ich damit etwas anfangen können. Ich ließ meine Gedanken frei, sie trieben dahin, angenehm träge und unbemerkt, ich wollte nur dazugehören, die Menschen um mich haben und den einen oder anderen berühren. Wie Charlie.

Als er nicht mehr lebte, welche Ironie, da wurden seine Improvisationen wieder studiert. Ich las sogar von einer neunhundert Seiten umfassenden Arbeit, in denen fast zweihundert seiner Soli in Notenschrift übertragen wurden – in der Hoffnung, seinem Genie auf die Spur zu kommen. Aber das war natürlich völliger Blödsinn, war nicht mehr als ein sinnloser Zeitvertreib. Wer auch immer diese Noten akkurat nachspielte – es klang doch nie richtig.

Ich fand Charlie also an der Bar im Birdland, das ein paar Jahre früher ihm zu Ehren am Broadway eröffnet worden war. Eine Zeit lang bekam er sogar hier Lokalverbot, weil er den Gästen Angst einjagte oder Gläser zertrümmerte oder einfach vom Stuhl fiel. Ich selbst habe ihn übrigens nie Bird genannt. Es hätte sich nicht richtig angefühlt, weil es sich um einen Namen handelte, den andere Musiker ihm gegeben hatten. Und obwohl ich ein Teil ihrer Welt sein wollte, ein Teil von Vernons Welt, so hatte ich nie das Bedürfnis, mich mit ihnen scheinbar auf eine Stufe zu stellen, indem ich ihre Sprache übernahm und ihre Spitznamen. Ich brachte den Namen Bird nicht ein einziges Mal über die Lippen. Da war ich eisern. Er war mir zu intim, obwohl ich Charlie besser kannte als die meisten Musiker.

Ich versuchte, ein paar Worte mit ihm zu wechseln, aber er war in einer seiner Stimmungen, hatte acht Whiskey vor sich stehen und trank einen nach dem anderen aus. Wie viele er zuvor schon in sich hineingeschüttet hatte, konnte ich nur ahnen. Er machte mit seinen dicken Fingern eine kreisende Bewegung in der Luft, mit der er den Barkeeper aufforderte, die Gläser gleich nochmal zu füllen. Der tat wie ihm geheißen, wahrscheinlich, weil er mich entdeckt hatte und davon ausging, dass ich die Zeche übernehmen würde.

Charlies Anzug war fleckig und abgetragen und das ehemals weiße Hemd falsch zugeknöpft. Seine Augenlider hingen so weit herab, dass ich glaubte, er sei im Sitzen eingeschlafen. Da wurde mir zum ersten Mal bewusst, dass er ein schwer kranker Mann war, dass seine pralle Vitalität, mit der er mich so viele Nächte überschüttet hatte, mich täuschte. Dass er krank war, seit er mit fünfzehn zum ersten Mal dieses Zeug in seine Venen gespritzt hatte, damals in Kansas City, als Heroin in der Jazzszene noch weitgehend unbekannt war.

Und wie viele Musiker haben geglaubt, auch so spielen zu können, wenn sie sich das gleiche Zeug spritzten wie Charlie Parker. Reihen von jungen Männern und Frauen, deren Stern nie aufgegangen ist, von denen wir nie erfahren werden.

Den einen oder anderen habe ich kennen gelernt. Am besten in Erinnerung geblieben ist mir Dean Benedette. Meine Güte, er war ein erbärmlicher kleiner Musiker! Und so von Charlies begnadetem Talent eingeschüchtert, dass er es aufgab, Saxophon zu spielen, weil er seinen eigenen Klang nicht mehr ertragen konnte. Stattdessen folgte er Charlie überallhin und schnitt seine Konzerte mit. Er gehörte so sehr dazu, dass man sich wunderte, wenn er an einem Abend mal nicht auftauchte. Fast immer aber war er da, saß allein mit glasigen Augen und verwundert geöffneten Lippen. Er war es auch, der Charlie immer eine ausreichende Menge Heroin besorgte, ich vermute, es gab ihm das Gefühl, gebraucht zu werden, und dieser einzigen verbliebenen Mission gab er sich vollkommen hin. Durch Dean lernte Charlie Moose kennen, einen hochkarätigen Dealer. Für ihn komponierte er einen seiner bekanntesten Titel: «Moose the Mooche». Aber damit nicht genug, er trat ihm auch noch die Hälfte der Tantiemen ab. Ob aus Dankbarkeit oder um seine Schulden ein für alle Mal zu begleichen, weiß ich nicht. Ich weiß nur, dass ich diesen Menschen so abstoßend und den Titel so herrlich fand, dass ich mich jedes Mal, wenn ich ihn hörte, darüber ärgerte, erleben zu müssen, wie Charlie ihn durch seine Musik unsterblich machte. Auch heute noch. Insgeheim bin ich aber vielleicht nur neidisch, weil mir nie jemand, und zwar bis zum heutigen Tag, einen Titel gewidmet hat. Auch Vernon nicht, der in seinem ganzen Leben nur einem Menschen ein Denkmal setzte. Durch LaVons Lied.

In der Zeit, in der wir viele Tage und Nächte miteinander verbrachten, fand ich heraus, dass Charlie, wenn er nicht sein Horn blies oder Sex hatte, am allerliebsten irgendetwas las. Geschichtsbücher. Gedichte. Zeitungen. Romane. Es machte ihm Spaß, mir verschiedene Bücher zu empfehlen, meist mit so komplizierten Titeln, dass mir jegliche Lust verging, sie jemals zu lesen. Aber zu Charlies angenehmen Eigenschaften gehörte, dass er seine eigenen Empfehlungen auch gleich wieder vergaß, also niemals nachfragte. Weil er so viel las, konnte man sich mit ihm über alles unterhalten, vorausgesetzt, es stand ihm der Sinn danach. Nur über Politik sprach er nie. Und über Musik nur ganz selten, wenn, dann meistens mit mir, vermutlich, weil ich nie antwortete, keine Fragen stellte und ihm alle Zeit ließ, die er brauchte.

Aber er erzählte auch spannende Geschichten. Vieles von dem, was ich weiß, habe ich von ihm gelernt. Besonders gern sprach er über die Geschichte des Heroins, mit der er sich in geradezu wissenschaftlicher Manier auseinander gesetzt hatte. Damals wusste man davon nicht annähernd so viel wie heute, und eines Nachts, als wir in seinem kleinen Zimmer mit einer Fünf-Liter-Flasche Wein auf dem Bett lagen, erklärte er mir die Zusammenhänge. Er liebte es, zu dozieren wie ein Professor mit seinem absurden britischen Akzent, den er durch seine Lieblingsfilme gelernt hatte. Seltsam, dass mir seine Erklärungen noch so deutlich in Erinnerung sind. Damals ahnte ich ja noch nicht, dass das Thema mich selbst einmal betreffen würde.

Obwohl er es nie müde wurde, mir zu drohen («Wenn ich dich nur einmal mit dem Zeug erwische, *sugar*, ich schwöre dir, ich bringe dich um!»), schien er an manchen Tagen, wenn es ihm gut ging, auf seine Sucht geradezu stolz zu sein. Manchmal argwöhnte ich sogar, dass er all seine Kollegen nur deshalb davor warnte, weil er diese Sucht für sich allein behalten wollte.

Vielleicht weil er so viel wusste und so unersättlich war (er war imstande, sich sechs Beutel Heroin in die Venen zu jagen und immer noch mehr zu wollen), wiegte ich mich in der Vorstellung, dass ihm dieses Zeug nichts anhaben konnte. Dass er sozusagen der König des Heroins war, darüber regierte und sein Reich niemals verlieren würde. Ich hatte keine Angst um ihn. Forderte ihn nicht ein einziges Mal auf, es zu lassen – nicht dass ich das Recht dazu gehabt oder dass er jemals auf mich gehört hätte.

Was mir zudem das Gefühl gab, dass er nicht wirklich litt, war sein praller, kräftiger Körper. Sein Hunger (manchmal bestellte er sich drei komplette Mahlzeiten hintereinander) war genauso unstillbar wie der nach Sex und Alkohol. All das war für mich der Beweis, dass er die Droge auf seine Art besiegt hatte, denn schließlich, so hatte ich es oft erlebt, tötete sie üblicherweise die Lust auf alles andere vollständig ab. Seine Vorträge, die er so gerne hielt und die mich besonders erstaunten, weil er gleichzeitig so exakt erkannte, was mit ihm geschah, und doch nicht eine Sekunde lang ernsthaft glaubte, dass sich seine eigene Hölle schon lang aufgetan hatte, sollten mir später helfen zu erkennen, dass nun auch Vernon diesen einen Schritt gemacht hatte, und zu verstehen.

Ich habe mit Charlie vielleicht fünf- oder sechsmal geschlafen. Öfter sicher nicht. Vor Vernon versuchte ich das zu verheimlichen, weil mir klar war, wie er darauf reagieren würde. Und tatsächlich, eines Tages kam er mir auf die Schliche und fragte mich, ob ich mir nicht zu schade dafür wäre. Ich machte erst gar nicht den Versuch, es ihm zu erklären.

Mit Charlie zu schlafen war nichts anderes, als ein herrliches Essen zu genießen oder einen über den Durst zu trinken. Mal war er bezaubernd, mal teuflisch. Mit ihm ins Bett zu gehen hatte nichts mit Romantik zu tun. Es machte einfach Spaß, er war nie langweilig und hatte den Kopf immer voller Ideen und Melodien. Es konnte passieren, dass er schon halb ausgezogen und schwer atmend neben mir lag und plötzlich aufsprang, sein Saxophon packte und zu spielen anfing. Irgendetwas. Wenn ich mich konzentrierte, konnte ich zwischen den Tönen Melodien erkennen, aus dem Fernsehen, aus bekannten Broadway-Musicals oder auch aus der Klassik. Er zitierte mit einem Augenzwinkern, die Töne blitzten kurz auf und waren schon wieder verschwunden, bevor ich mir noch ganz klar darüber werden konnte, woher ich sie kannte.

Sein Repertoire schien unerschöpflich, nicht umsonst hatte er jahrelang für einen Dollar von neun Uhr abends bis fünf Uhr morgens ohne Unterbrechung gespielt. Manchmal fragte er mich hinterher ab wie ein Lehrer. Ich musste ihm genau erklären, welche Melodien ich erkannt hatte, dann fing er an zu lachen, legte sein Instrument mit einem gewissen Unmut zur Seite, warf sich aufs Bett, dass die Federn krachten, und machte ohne Umschweife dort weiter, wo er kurz zuvor aufgehört hatte.

Dass wir nur so selten miteinander schliefen, obwohl wir uns sehr oft sahen, lag daran, dass ständig alle möglichen Frauen um ihn herum waren, die ihn regelrecht anflehten, sie mitzunehmen, und manchmal tat er es, und ich ging nach Hause zu Vernon. Manchmal nicht. Beides schien ihm recht zu sein, er blieb in jedem Fall freundlich. Im Grunde war Sex für ihn wahrscheinlich weniger spannend als ein gutes Essen, weil sich ihm willige Körper immerzu anboten, ohne auch nur einen Pfennig zu kosten.

Er liebte es, von seinem Leben zu erzählen, wie ein alter Mann. Und das war er im Grunde ja auch. Besonders gerne beschrieb er den Moment, als er in Kansas City von der Bühne gescheucht wurde, weil er über «Body and Soul» im doppelten Tempo improvisiert hatte. Und jedes Mal schaute er mich mit der gleichen Fassungslosigkeit an, die er zehn oder fünfzehn Jahre zuvor empfunden haben mochte, als der Schlagzeuger Jo Jones eines seiner Becken nach ihm warf und ihn nur knapp verfehlte. Wenn Charlie von seinem Leben sprach, dann immer mit der Überzeugung, dass er von Anfang an der genialste Saxophonist aller Zeiten gewesen war, und dieses Wissen veranlasste ihn damals, gerade achtzehn und zum ersten Mal Ehemann und Vater, in einem Güterwaggon versteckt von Kansas City nach Chicago zu fahren. Doch auch dort hielten die Musiker ihn für völlig untalentiert, weil er so anders und so schnell spielte.

Was auch geschah, Charlie hat niemals an seinem Genie gezweifelt. Bis zum Schluss nicht. Er hielt sich für etwas Besonderes. Vielleicht achtete er deshalb auf der Bühne meistens darauf, dass der Abstand zwischen ihm und den Musikern größer war als der zwischen den anderen untereinander.

Aber ich schweife ab. Charlie war an diesem letzten Abend nicht mehr der Mann, den ich kannte. Heute vermute ich, dass er schon bereit war, zu sterben, auch wenn er sich noch ein paar Jahre Zeit damit ließ. Er war um die dreißig und ein uralter Mann. Er strahlte so viel Weisheit aus, dass ich mir trotz besseren Wissens einen Rat von ihm erhoffte und ihm von Thilda erzählte. Wie sie so plötzlich in unserem Leben aufgetaucht war, aus dem sie so schnell wohl auch nicht wieder verschwinden würde. Ich war nicht ganz ehrlich zu ihm, denn ich verriet nichts von meinen Gefühlen. Heute bin ich erstaunt darüber, dass ich den Mut fand, ihn mit solch einem für ihn doch völlig harmlosen Problem zu konfrontieren.

Als ich ein wenig atemlos geendet hatte, atemlos, weil ich nichts auslassen wollte, keine meiner Beobachtungen, keine meiner Vermutungen, spitzte Charlie den Mund und zauberte Güte in seinen verschlafenen Blick. Er nahm ein weiteres Whiskeyglas zwischen seine dicken, kurzen Finger und drehte es in dem gedämpften Barlicht. Er tat so, als denke er gewissenhaft über meine Worte nach, und ließ sich eine Menge Zeit damit. Mein Herz wurde unruhig, in Erwartung, dass er mir etwas sagen würde, was mir bisher verborgen geblieben war.

Er schenkte mir sein schönstes Junkielächeln. «Was sollen wir lang darüber reden?» Er stand auf. «Let's get high!»

Was mit Charlie die nächsten Jahre geschah, weiß ich auch nur aus der Presse oder von Freunden und sei hier nur der Vollständigkeit halber vermerkt. Vielleicht gab er endgültig auf, als seine kleine Tochter Pree starb. Die vielen Telegramme, die er daraufhin losschickte, waren alle an seine Frau Chan gerichtet und zeigten, wie schmerzvoll verwirrt er war. Ich wünschte, ich hätte die Worte nicht gelesen, sie wären niemals an die Öffentlichkeit gelangt. Doch ich fand sie abgedruckt in einer Zeitschrift, und als ich sein drittes Telegramm las, überkam mich das Gefühl, mir nicht genug Mühe gegeben zu haben. Wie eitel. Es lautete: *Chan, Hilfe. Charlie Parker.*

Und das vierte: *Meine Tochter ist tot. Ich werde dort sein, sobald ich kann. Mein Name ist Bird. Es ist sehr schön, hier zu sein. Die Leute hier sind nett zu mir gewesen. Ich komme sofort. Bleibe ruhig. Lass mich der Erste sein, der sich dir nähert. Ich bin dein Mann. Aufrichtig. Charlie Parker.*

Später erfuhr ich aus der Zeitung, dass er eine Flasche Jodtinktur getrunken, Aspirintabletten geschluckt und überlebt hatte. Dass er mit Bud Powell am Times Square herumgestanden und jedem, der vorbeikam, die Hand hingehalten hatte. Dass sie im Birdland zusammen mit Art Blakey, Charlie Mingus und Kenny Dorham ein Konzert gegeben hatten und so falsch spielten und sich so danebenbenahmen, dass Mingus ans Mikrophon ging und das Publikum um Verzeihung bat. «Meine Damen und Herren», soll er gesagt haben, «machen Sie mich bitte nicht mitverantwortlich für das, was Sie hier sehen. Das ist kein Jazz. Das sind kranke Menschen.»

Man erzählte sich, wie er nackt durch Hotelhallen gelaufen war, sein Bett in Brand gesteckt hatte oder in Schlafanzug und Pantoffeln im Birdland aufgetaucht war. Jeder wusste eine andere Geschichte über Charlies Wahnsinn zu erzählen, doch nie wurde nach dem Grund dafür gefragt. Und mir gelang es nicht, ihn mit dem Mann, dessen weicher Körper mir so viel Spaß bereitet hatte, in Einklang zu bringen. Andererseits, vielleicht wäre es mir ja gelungen, hätte ich ihn wenigstens noch einmal besucht.

Ich weiß noch genau, wie ich im März 1955 den «New York Mirror» aufschlug. Ich weinte nicht. «Der König des Bop stirbt im Apartment einer reichen Erbin» stand da. Die reiche Erbin, das war die Baronin Pannonica, und die behauptete später, als er starb, habe es einen fürchterlichen Donnerschlag gegeben. Gerne hätte ich mit ihr über seine letzten Stunden gesprochen, hätte mir angehört, was er gesagt, wollte wissen, woran er zuletzt gedacht hatte. Aber die Baronin war für mich absolut unnahbar, und irgendetwas sagte mir, dass sie ihr Wissen sowieso für sich behalten wollte. Außerdem fühlte ich mich wie eine Heuchlerin, schließlich hatte ich mich monatelang nicht um ihn geschert, weil meine Gedanken besetzt waren, so völlig besetzt waren von Thilda und Vernon und später Helen.

Doch nicht übersehen konnte ich, dass überall in Greenwich Village, auf den Mauern der Untergrundbahn und der Häuser, in den nächsten Tagen wie durch Zauberhand die Worte *Bird lives!* erschienen, während sich drei Frauen darum stritten, wer seine rechtmäßige Witwe war. Ich hingegen hatte in seinem Leben keine erkennbare Spur hinterlassen.

Jedenfalls ließ ich Charlie an unserem letzten Abend einfach an der Bar sitzen, oder er mich, so genau weiß ich das nicht mehr, und das ist eine wirklich dumme Art, von einem Menschen für immer Abschied zu nehmen. Ich ärgere mich nach wie vor darüber. Doch ich hatte plötzlich nur noch einen Wunsch. Nach Hause zu gehen und Zeugin zu werden von dem, was dort geschah. Ich glaubte, dass nichts wichtiger sein könnte, als zu *wissen*.

Kapitel 5

Keine Ahnung, was heute mit mir los ist. Es ist eigentlich nicht meine Art, so sehr über Vergangenes zu grübeln. Ich verstehe mich selbst nicht. Es gibt keinen Grund. Ich habe Thilda so oft getroffen und mich dabei niemals so sehr in meine Erinnerungen versenkt. Warum heute? Normalerweise erzähle ich immer eine Menge, um die absolute Stille zwischen uns zu übertönen. Halte endlose Monologe über Filme, Bücher, irgendwelche Gerüchte, die ich in der Boulevardpresse gelesen habe, oder komische Anekdoten von Freunden. Egal, was. Solange es nicht um Musik, Vernon oder Helen ging, waren die Nachmittage gerettet. Warum will mir das jetzt nicht gelingen? Ich suche verzweifelt nach einem unverdächtigen Thema, das ich anschneiden könnte. Thilda trinkt jetzt wieder Kaffee, ich wundere mich, wie lange sie braucht, um einen mittelgroßen Becher zu leeren. Ich winke dem jungen Mann, und als er mich ansieht, deute ich auf mein Glas und forme lautlos die Worte: «Noch eins bitte.»

«Komisch, wie wenig mir das alles inzwischen bedeutet», sagt Thilda. «Und wie wichtig es einmal war.»

«O ja», sage ich.

«Es spielt keine Rolle mehr, überhaupt keine. Das ist doch zum Lachen», murmelt sie, aber sie lacht nicht.

«Ich weiß nicht. Nein, ich glaube nicht.» Um Gottes willen, denke ich, fang jetzt bloß nicht an, mich zu überraschen. Beginne jetzt nur nicht damit, über all das zu sprechen, worüber ich seit einer guten Stunde nachdenke. Das muss nun wirklich nicht sein.

«Zum Lachen», wiederholt sie. Und dann steht sie plötzlich auf. Vielmehr richtet sie sich langsam auf wie eine sehr alte Frau. Aber das ist sie ja. Sehr alt, wie ich. Sie stützt sich mit den Fingerknöcheln ihrer Faust auf der Tischplatte ab und drückt sich hoch, ich betrachte fasziniert diese Knöchel, die kalkweiß werden vor Anstrengung. Ihre Arme beben ein wenig, zittern wie dünne Äste, sie braucht all ihre Kraft, um sich hochzustemmen. Wahrscheinlich hat sie Probleme mit ihren Knien, denke ich, und zugleich habe ich sie wieder vor Augen, wie sie sich damals aufrichtete, um zu töten. Zwar nicht schwerfällig, aber ebenso unvermittelt. Und wie damals sagt sie kein Wort. Sie sagt nicht: «Entschuldige mich einen Moment», oder «Ich gehe mir rasch die Hände waschen», oder etwas ähnlich Beruhigendes. Und sofort dreht sich in mir die Angst wie ein Kreisel.

Was hat sie vor? Nicht, dass ich glaube, sie hätte eine Pistole in ihrer Handtasche – ich muss bei dem Gedanken sogar leise lachen, obwohl ich das nicht will. Doch es gibt tausend andere Dinge, die sie jetzt tun könnte, jetzt, wo sie da so steht. Sie könnte sagen, dass sie genug habe. Von mir und meinem Geld. Davon, dass ich ihr Schweigen bezahle. Von der Kontrolle, die ich über sie ausübe, indem ich sie Monat für Monat treffe. Etwas in der Art. Sie schaut mich kurz an oder durch mich hindurch, schiebt ihren Stuhl nach hinten, bis er an den Stuhl des Nachbartisches stößt, entschuldigt sich auch jetzt nicht und geht mit kleinen, langsamen Schritten durch das Café.

Natürlich ist mir klar, dass sie auf die Toilette geht, wohin auch sonst. Vielleicht wird sie etwas tun, um ihre fliegenden Nerven zu beruhigen. Trotzdem sorge ich mich und ärgere mich darüber. Ich sorge mich immerzu. Ich sorge mich um meine Zähne und darüber, dass Helen zu schnell Auto fährt. Ich sorge mich, weil Vernon zu wenig Wasser trinkt oder wenn er lange in der Badewanne liegt und ich plötzlich kein beruhigendes Plätschern oder Räuspern mehr höre. Dann rufe ich durch die geschlossene Tür, ob alles in Ordnung sei, obwohl ich doch weiß, dass alles in Ordnung ist, aber bevor er nicht antwortet, kann ich nicht richtig weiteratmen. Ich sorge mich auch, wenn ich beobachte, wie ein fremdes Kind hinfällt, am liebsten würde ich hinzueilen und mich vergewissern, dass es keine Gehirnerschütterung hat, und jedes Mal bin ich erstaunt darüber, wie gelassen die meisten Mütter auf den Sturz ihres Kindes reagieren. Ich werde unruhig, wenn Helen ein paar Tage hintereinander nicht anruft oder wenn sie jeden Tag anruft. Ich kann es nicht abschalten.

Sie ist schon ziemlich lange auf der Toilette, selbst für eine alte Frau. Vielleicht ist ihr schlecht geworden oder sie ist gestolpert, mit dem Kopf auf der Kloschüssel aufgeschlagen, und keiner hat es gehört. Vielleicht aber überlegt sie sich auch gerade, während sie ihre Hände unter dem warmen Wasserstrahl aufwärmt, dass sie künftig mehr Geld von mir verlangen wird, und rechnet aus, wie viel mehr wohl angemessen wäre.

Ich versuche mich zu entspannen. Ich will die paar Augenblicke, die ich jetzt für mich habe, genießen. Sie geht einfach nur auf die Toilette, nichts weiter. Was sollte sie sonst auch tun, schimpfe ich leise mit mir selbst. Stell dich doch nicht so an. Aber noch während die Erleichterung meinen Körper wieder weich und beweglich werden lässt, schießt schon wieder die Angst durch ihn. Vielleicht bleibt sie ja auf dem Weg zur Toilette vor einem Telefon stehen? Fieberhaft versuche ich mich zu erinnern, ob in dem engen, muffigen Gang ein Telefon hängt. Ich kann mich nicht erinnern. Na und? Selbst wenn? Wen sollte sie denn anrufen?

Helen? So ein Unsinn, sie weiß ja nicht mal, wo genau Helen ist, und ihre Telefonnummer kennt sie schon gar nicht.

Vernon? Wieder lache ich leise auf und der Mann, dessen Stuhl Thilda gerade angestoßen hat, schaut mich irritiert an. Ausgerechnet Vernon. Der würde Augen machen, wenn Thilda plötzlich anriefe. Nicht, dass er einfach auflegen würde, das nicht, dazu ist er zu gut erzogen, aber ich vermute, dass er zunächst einmal nachdenken müsste, wer da überhaupt am anderen Ende ist, und dann würde er höflich abwarten, was sie zu sagen hat. Und was sollte das schon sein nach einem halben Jahrhundert? Dass sie endlich über all das sprechen müssten? Wie lächerlich. Ich bin mir ja nicht einmal sicher, ob Thilda sich wirklich erinnert.

Jetzt, wo ich mich davon überzeugt habe, dass ich mich nicht sorgen muss, lasse ich meine Gedanken wieder schweifen. Ein kleiner Rest Nervosität bleibt.

Ob sie Vernon überhaupt wieder erkennen würde?

Vor einem halben Jahrhundert hatte Vernon einen herrlichen Körper. Ich konnte mich lange damit aufhalten, jede Kleinigkeit an ihm zu studieren. Am liebsten, wenn er aus der Dusche kam. Vernon trocknete sich nie richtig ab. Pralle Perlen schimmerten auf seinem Körper und tropften aus den Haaren und von seiner Nase. Ich liebte es, sie mit meiner Zunge aufzufangen, wenn er mich ließ, mit meinen Händen sein Haar zu trocknen. Oder ich betrachtete ihn unauffällig, wenn er sich ankleidete. Ich genieße es auch heute noch, Männer beim Ankleiden zu beobachten. Sie strahlen dabei so eine selbstverständliche Sicherheit aus, wenn sie sich ein Hemd zuknöpfen oder ihre Schuhe binden, Staub von ihrer Jacke wischen. Den Gürtel mit einer einzigen, konkreten Bewegung schließen.

An Vernon mochte ich besonders, wie er in den Spiegel schaute, der im Flur hing, weil es dort am hellsten war. Wie er sein Gesicht von rechts nach links drehte, das Kinn hob und überprüfte, ob er sich auch überall rasiert hatte. Wie er dann, wenn er zufrieden war, eine Grimasse zog und vorsichtig Aftershave einklopfte. Manchmal, selten, reichte er mir die braune Flasche und schloss die Augen.

Vernon hatte einen lang gestreckten Körper. Bewegte er sich, konnte man so ziemlich jeden Muskel in seinen kräftigen Oberarmen und Schenkeln arbeiten sehen. Seine Haut war wie aus einem Guss, gleichmäßig und schimmernd, von Kopf bis Fuß. Ich konnte nicht aufhören, seinen Nacken anzusehen, in dessen liebliche Kurve meine Hand passte wie dafür gemacht. Sie passte im Übrigen auch auf seine Wangen, auf seine Stirn, in seine Haare und schmiegte sich perfekt an seine Lippen, die voll und exakt gezeichnet waren wie mit einem Buntstift. Wenn sie sein Mundstück umschlossen, begannen Frauen im Publikum schwer zu atmen.

Doch ich war es, die das Privileg hatte, ihm beim Üben zuzusehen. Die Minuten bevor er tatsächlich spielte, waren die faszinierendsten, und ich versuchte, sooft es ging, diesen Moment zu erwischen, ohne dass er mich dabei entdeckte. Wenn er sich unbeobachtet fühlte, war der Ablauf jedes Mal der gleiche. Er nahm sein Saxophon in die Hand, zärtlich, und setzte sich auf den Bettrand. Mit einem blassbraunen Lederlappen begann er dann vorsichtig über das Horn zu wischen.

Ich fragte mich oft, wo er in diesem Augenblick war. Konnte es das Instrument sein, das ihn so friedlich wirken ließ? War das möglich? Ich kann es mir bis heute nicht vorstellen, obwohl ich oft genug beobachtet habe, dass Musiker mit ihren Instrumenten sorgfältiger umgehen als mit sich selbst, geschweige denn mit anderen, ihren Frauen beispielsweise. Ich habe einige Male frühmorgens, bevor ich das Haus verließ und Vernon sich unter seinem Laken achtlos auf die andere Seite drehte, sein Saxophon aus dem Koffer genommen. Habe meine Fingerspitzen dorthin gelegt, wo seine die ganze Nacht verweilt hatten, und gewartet, dass etwas passierte. Hoffte insgeheim, dass ich es spüren könnte. Aber die einzigen Bilder, die sein Instrument in mir heraufbeschwören konnte, waren Bilder von ihm und seinen kreisenden Lenden auf der Bühne oder anderswo.

Nach einigen Minuten versunkenen Putzens, das eher wie

ein Streicheln aussah, legte er den Lappen in ein Etui, verschloss es sorgfältig und ließ seine Finger eine Zeit lang über die Ventilklappen turnen. Wenn er das Mundstück an die Lippen hob, blieben seine Augen offen. Auch beim Üben. Vernon Banner – dafür bekannt, dass er beim Spielen nie, auch nicht für eine Sekunde, die Augen schloss, auch nicht, wenn es so schien, als könne er nun nichts mehr ertragen, gar nichts mehr, als müsse er endlich *wegsehen*. Nur einmal hat er die Augen geschlossen. Ganz kurz. Als Thilda schon fort und sein Vater begraben war. Als er zum ersten Mal LaVons Lied spielte.

Keinen Körper habe ich jemals mit so viel Genuss betrachtet wie seinen. Diese Perfektion, diese klaren Linien habe ich nie mehr gefunden. Das ist eine einfache Feststellung und hat mich nicht weiter gestört. Ich begehre Männer aus anderen Gründen, nicht wegen eines schönen Körpers. Ich begehre sie, sobald ich echte Leidenschaft entdecke, die Fähigkeit, sich ausschließlich auf die Frau zu konzentrieren, mit der sie gerade im Bett liegen, also auf mich, und alles andere – vor allem die Musik – zu vergessen. Ich sehe immer schon auf den ersten Blick, wer dazu in der Lage ist. Es sind nicht viele.

Ich stelle fest, dass ich nicht die Vergangenheitsform gewählt habe, obwohl ich Männer seit so vielen Jahren nicht mehr begehre. Jetzt im Alter gibt es tatsächlich nur noch Vernon, und wenn sich auch alles andere geändert haben mag, meine Leidenschaft für ihn ist geblieben, und ich bin stolz darauf, dass er auch heute noch Vergnügen dabei empfindet, wenn er mit seinem Knie oder seinen Händen meine Schenkel teilt. Nicht, dass er das hätte tun müssen, wo doch meine Beine sich, sobald er mein Zimmer betritt, von selbst öffnen wollen. Doch ich zwinge sie, stillzuhalten und abzuwarten, weil ich diese eine, klare Bewegung von Vernon so sehr mag.

Auch in dieser Beziehung habe ich mich grundlegend von Thilda unterschieden. Männer wurden auf mich nicht sofort aufmerksam, es dauerte immer seine Zeit, bis sie mich so wahrnahmen, wie ich es wollte. Andererseits ging dann aber alles sehr schnell. Auf ein langes Vorspiel konnte ich verzichten. Ich wusste, was meinem Körper gut tat, und besonders anspruchsvoll schien er nicht zu sein. Ich bin da nicht etwa stolz drauf. Meine Erregung verlief einfach ähnlich wie die der Männer. Wenn ich es zuließ, reichten mir ein paar Berührungen und Worte, und ich war bereit. Die Männer schätzten das an mir, sie spürten, dass das, was sie taten, richtig war. Ich wollte keine ausgefeilten, Zeit raubenden Spielchen. Sie mussten sich nicht anstrengen, nichts vorbereiten, es war keine Arbeit für sie. Meistens jagte ich zuerst dem Höhepunkt entgegen, und sie mussten mir folgen. Das erregte sie. Immer.

Dass nicht alle Frauen so empfinden, erfuhr ich erst durch Thilda. Eines Nachts – es muss in der Zeit gewesen sein, als wir uns so nahe gekommen waren wie später nie mehr –, wir waren übermüdet und hatten ziemlich viel getrunken, erzählte sie mir, welcher Voraussetzungen es bedurfte, um sie zufrieden zu stellen. Ich war sprachlos. Sie tat mir Leid, weil alles, was sie mir erzählte, so unnatürlich und gar nicht nach Spaß klang.

«Starr mich doch nicht so an!», rief sie. Und behauptete, sie tue es ja trotzdem recht gerne. Ganz ehrlich. Auch wenn es nicht *richtig* hinhaue. Das sei doch völlig egal und es komme überhaupt nicht darauf an.

Und dann bat sie mich in ihrem bedächtigen, kurzen, unschönen Englisch, Vernon nichts davon zu sagen.

Mit Helen habe ich, als sie ein junges Mädchen war, viel darüber gesprochen. Ich habe ihr geraten, an sich selbst auszuprobieren, was ihr gefällt. Ich habe sie davor gewarnt, Männern etwas vorzuspielen, und ihr vor allem verboten, sich jemals schlecht zu fühlen, weil sie mit einem Mann geschlafen hat. Sich Vorwürfe zu machen oder ähnlichen Unsinn, Schuldgefühle zuzulassen. Ich warnte sie davor, jemals ihre körperlichen Bedürfnisse zu leugnen, sagte ihr, sie solle nicht mit ihrem Körper taktieren. Nie überlegen, nach wie langer Zeit sie mit einem Mann schlafen könne, ohne als Schlampe zu gelten. Aber auch nie zu glauben, jetzt müsse sie mit einem Mann das Bett teilen, um ihn zu halten. Ich verlangte von ihr, genau das zu tun, wozu sie Lust hatte. So oft und so lange, mit wem und wo immer sie mochte. Ich hoffe, sie hat sich daran gehalten.

Vernon war entsetzt, als er eines Tages ein solches Gespräch zufällig mit anhörte. Ob ich auch nur die geringste Ahnung hätte, wozu ich Helen da aufforderte, wollte er wissen. Ich machte mir nicht die Mühe, es ihm zu erklären. Wenn es um ihre Töchter geht, können Männer keinen vernünftigen Gedanken fassen. Sie erinnern sich dann auch nicht mehr daran, wie sie selbst ihr Leben gelebt haben und dass die Frauen, mit denen sie es trieben, auch Töchter waren.

Doch Vernon kann ich nicht böse sein. Ich halte ihm zugute, dass er aus anderen Gründen vergessen hat. Wenn sie ihn in Ruhe gelassen, ihm keine Elektroden an die Schläfen gelegt, ihn nicht stundenlang in Eis gepackt hätten – er wäre heute ein anderer. Ganz gewiss.

Kapitel 6

Ich starre auf die Tür, hinter der Thilda verschwunden ist, und beschließe, ihr hinterherzugehen, wenn sie nicht in einer Minute zurück ist. Und da steht sie wieder vor mir. Ich atme meine Erleichterung mit einem tiefen Seufzen aus.

Thilda setzt sich, und es kommt mir vor, als würde ein Film zurückgespult. Sie schiebt sich zwischen Stuhl und Tischkante, stützt sich wieder schwer auf ihren Fingerknöcheln auf, verlagert ihr ganzes Gewicht auf die dürren Ärmchen, zittert und lässt sich auf den Stuhl fallen. Sie atmet schnell.

«Ist alles in Ordnung?», frage ich, noch immer besorgt, weil ich nicht weiß, was sie sagen wird. Ob sie etwas sagen wird, jetzt, vielleicht hat sie auf dem kurzen Weg zur Toilette ja einen Gedankenblitz gehabt, warum nicht, die größten Ideen kommen einem auf ganz kurzen, unwichtigen Wegen, die Lösung eines Problems steht einem plötzlich vor Augen, und man fragt sich, warum man so lange keine Antwort wusste. Möglicherweise ist es ihr ja gerade so ergangen.

«Thilda?», frage ich, weil sie nicht antwortet.

Jetzt nickt sie. «Sicher, alles in Ordnung. Es fällt mir nur nicht mehr so leicht wie früher.»

«Was meinst du?», sage ich so leise, dass ich mich selbst kaum verstehe.

«Meine Beine!» Sie stöhnt, beugt sich etwas vor und streicht wie zur Erklärung über ihre Knie, massiert sie mit knochigen Fingern, zieht stetige Kreise und hört gar nicht mehr auf, ich höre, wie ihre Hand über den kratzigen Stoff streicht, und das Geräusch verursacht mir Gänsehaut.

«Was sagt der Arzt?», frage ich, froh über das Thema.

«Ach, der Arzt», sagt sie und schüttelt den Kopf.

Als ich sie näher betrachte, entgeht mir nicht, dass sie erfrischt aussieht mit ihren leicht geröteten Wangen, also gibt es auch keinen Zweifel mehr, warum sie so lange verschwunden war. Sie legt eine Schachtel Marlboro vor sich, und erst jetzt fällt mir auf, dass sie seit knapp zwei Stunden noch keine Zigarette geraucht hat. Sie löst die Plastikumhüllung mit spitzen Fingern und klopft dann eine Zigarette aus der Schachtel wie ein Mann. Sie raucht auch wie ein Mann, schon immer, hält die Zigarette zwischen Daumen und Zeigefinger, nimmt einen langen, langen Zug und inhaliert tief und laut.

«Ich musste vorhin an Charlie denken», sage ich. «Charlie Parker.» Plötzlich habe ich keine Lust mehr, mich nach ihren Regeln zu richten. Nicht über Musik zu sprechen oder über damals, was soll das denn? Nach fünfzig Jahren kann das alles doch nicht mehr wirklich wehtun.

Sie lässt die Zigarette einen Moment zwischen ihren dünnen Lippen stecken und zieht mit der rechten Hand den Aschenbecher näher. Dann wieder dieses laute Einatmen von Rauch.

Sie schaut mich direkt an. Ihre Augen sind immer noch schön. Oder vielleicht nicht schön, aber auffallend. Hell und eisig.

«An Charlie und wie ich ihn das letzte Mal traf und daran, wie er dann gestorben ist», fahre ich fort und sehe dieses Bild vor mir, das ich mir schon so oft vorgestellt habe: Charlie, wie er an seinem letzten Tag in der Suite der Baronin sitzt, in den Fernseher starrt, bis er wegen einer Jongleurnummer der Dorsey Brothers lachen muss, wie er würgt, zurückfällt und stirbt. Ich glaube, wenn er es sich hätte aussuchen können, hätte er genau so sterben wollen. Es hat eine gewisse Größe.

Thilda lächelt ein wenig, sie sieht immer noch sehr alt aus, aber nicht mehr so erschöpft wie vor wenigen Minuten. Mir ist klar, was auf der Toilette geschehen sein muss, ich will aber nicht darüber nachdenken. Also rede ich weiter, erzähle irgendwas. Sie scheint mir ja zuzuhören, und erstmals habe ich das Gefühl, dass ich ihr etwas aus unserer Vergangenheit erzählen kann, für den Anfang vielleicht nur etwas, das nicht uns beide direkt betrifft.

«Als ich heute Morgen wie immer durch den Central Park gelaufen bin, kam ich wieder an dieser Bank vorbei. Ich habe dir nie von ihr erzählt, oder? Kurz nachdem du …», ich zögere einen Moment, ich sage es noch immer ungern, «… weggegangen bist.»

Ich mache eine kleine Pause und Thilda zieht eine Augenbraue hoch, als würde sie sich über meine Worte amüsieren.

«Also, kurz nachdem du fortgegangen bist, saß Vernon da immer, auf dieser Bank, weil er sich schämte oder einfach keine Lust hatte, nach Hause zu kommen. Oder weil er seine Schmerzen vor mir verbergen wollte. Du weißt schon.»

Thilda nickt. Wer könnte besser wissen als sie, wovon ich spreche.

«Oft war Thelonious bei ihm», fahre ich fort, «seinen Spazierstock hatte er ganz sorgfältig an diese Bank gelehnt.» Immer dieser Bambusstock, er nimmt in meinen Erinnerungen eine wichtige Rolle ein, keine Ahnung warum, jedenfalls habe ich Monk und seinen Bambusstock immer sehr gemocht, diesen massigen Hünen mit den zierlichen Händen, mit denen er die Klaviertasten geradezu prügelte. Besonders gefiel er mir, wenn er Selbstgespräche führte und einfach sagte, was ihm gerade in den Sinn kam. Nicht, dass ich je verstanden hätte, was er sagte, doch seine Stimme rührte mich an, und vielleicht verstand ich ihn doch. Meistens aber war er in düsteres Schweigen gehüllt und in seiner Welt gefangen – außerhalb dieser Welt existierte für ihn nichts. Das war ein guter Weg, sich die Leute vom Leib zu halten, denke ich.

Auch mit Vernon auf dieser Bank im Central Park sah ich ihn nur selten sprechen, meistens zupfte er an seinem Ziegenbärtchen und starrte böse vor sich hin. Dann setzte ich mich zu den beiden und wartete darauf, dass Vernon mit mir nach Hause gehen würde, was er manchmal tat. Sehr oft beschlossen sie aber auch, die Baronin anzurufen.

«Hast du je von ihr gehört?», frage ich Thilda. «Von Pannonica de Koenigswarter?»

Sie scheint keine Probleme zu haben, meinen Gedankensprüngen zu folgen, und nickt. Alles, was ich von der Baronin weiß, habe ich in einem Zeitungsartikel gelesen – ich habe in all den Jahren nur einen einzigen über sie gefunden. Wir haben uns nie unterhalten, die Baronin und ich. Wenn ich sie zufällig in einem Club traf und mein Blick an ihren harten, schönen Zügen hängen blieb, nickte sie mir manchmal zu. Meistens nicht. Doch sie und ihr Leben interessierten mich sehr, nicht nur wegen Vernon, sondern weil es so ganz und gar außerhalb meiner Vorstellungskraft lag, und ich dachte, wenn ein Leben so aussieht, dann muss es einfach ungeheuer viel Spaß machen. Also begann ich ein wenig zu recherchieren und fand Folgendes heraus: Sie stammte aus der englischen Linie der Rothschild-Familie. Sie war mit einem französischen Diplomaten und Résistance-Kämpfer verheiratet gewesen und hatte im Zweiten Weltkrieg verschiedene Missionen für Charles de Gaulle übernommen. Näheres war nicht zu erfahren. Nach dem Krieg ging sie mit ihrem Mann nach Mexico City, wo er für die französische Botschaft arbeitete und ihr das Leben langweilig wurde. Mit siebenunddreißig beschloss sie, die Ehe zu beenden, und ging nach New York, mietete eine Luxussuite im Stanhope Hotel in der Fifth Avenue, der besten Adresse der Stadt, und gründete eine Art musikalischen Salon, wo sich vor allem schwarze Musiker des modernen Jazz trafen.

Thelonious war der Mittelpunkt, um den sie alle kreisten

wie müde Motten um tödliches Licht. Meistens lag er mit schmutzigen Schuhen und aufgesetzter Mütze, zugedeckt von einem ihrer Nerzmäntel, auf ihrem Bett, ein Salatblatt im Knopfloch. Und jedem Besucher, der eintraf, flüsterte sie zu: *Leise! Thelonious schläft!* Mit ihm verband sie bis zu seinem Tod eine tiefe Freundschaft, überall tauchten sie gemeinsam auf, besuchten Jazzkonzerte, gingen zum Dinner aus, und ihr widmete er eine seiner herrlichsten Kompositionen. «Pannonica».

Was mich aber immer am meisten beschäftigt hatte, was mich umtrieb und ärgerte und faszinierte und neidisch machte, alles zur gleichen Zeit, war diese Telefonnummer. Sie war ein zentrales Thema vieler unserer Auseinandersetzungen gewesen. Vernon hatte sie auf jede Menge Zettel geschrieben, die in seinen Hosentaschen zerknitterten, über dem Spiegel in unserem Bad hingen oder unter Gläsern auf dem Küchentisch lagen und sich wellten. Er schaffte es einfach nie, diese Nummer auswendig zu lernen.

Die ausgewählten Musiker, die diese Telefonnummer kannten, brauchten sie nur zu wählen, und schon kam wenige Minuten später ein privates Taxi, ließ sie einsteigen und fuhr sie direkt zur Baronin ins Hotel. Sie suchte sich ihre Schützlinge sehr sorgfältig aus. Ernsthaft interessiert war sie nur an Genies, die sie mit untrüglichem Instinkt erkannte, drunter machte sie es nicht. Thelonious Monk. Charlie Parker. Art Tatum. Oder Vernon Banner. Benjamin, sein Vater, bestimmt auch ab und zu. Diese Telefonnummer wurde gehütet und geliebt, und niemals, unter gar keinen Umständen, hätte ein Musiker sie einem anderen verraten. Eifersüchtig wachten sie über ihr Privileg. Wenn also Vernon in ihr Apartment wollte und mal wieder keinen der Zettel mit der Nummer bei sich hatte, musste er zuerst Monk treffen. Und den fand er meistens auf dieser besonderen Bank im Central Park.

«Wie oft habe ich ihn gebeten, mich einmal mitzunehmen.

Ich wollte mit eigenen Augen sehen, was da vor sich ging, das kannst du dir ja denken.» Ich muss darüber lachen, dass ich mich damals so anstellte, und ich lache auch, weil es mir Freude macht, mit Thilda endlich einmal fast unbelastet zu sprechen. «Gütiger Gott, was ich mir für Vorstellungen machte!» Je nachdem, wie weit ich meine Phantasien damals trieb, sah ich düstere, rauschhafte Szenen, den strengen, weißen Körper der Baronin, der sich an Vernons rieb oder, wenn die Bilder in meinem Kopf sich gar nicht mehr aufhalten ließen, dann betrachtete ich Orgien, Unmengen verschlungener Beine und Arme und Schöße. «Du kannst dir nicht vorstellen, wie eifersüchtig ich auf diesen Ort war. Nicht etwa auf die Baronin – aber auf diesen Ort.»

Thilda drückt ihre Zigarette nachlässig aus, und sie qualmt im Aschenbecher weiter, als sie sagt: «Die Baronin, natürlich erinnere ich mich.» Und sie sagt das ganz ohne Schmerz, ganz ohne Melancholie oder Argwohn, sie sagt es einfach, als hätten wir beide uns schon immer völlig entspannt über die damalige Zeit unterhalten. «Sie war sehr schön», murmelt sie leise.

Ich frage mich, ob sie den gleichen Artikel wie ich gelesen hat, denn das Foto, das darunter abgebildet war, raubte einem tatsächlich den Atem. Wie eine Königin sah sie aus, ernst und streng und wunderschön.

«Ich habe Vernon oft gefragt, wie es bei ihr war.» Ich drücke ihre Zigarette aus. «Er erzählte immer, dass er sich in ihrem Apartment einfach erholen könne, Ruhe finden. Die Baronin verlangte nie etwas.»

Wer reden wollte, sagte er immer, dem hörte sie zu. Wer stundenlang vor dem Fernseher sitzen wollte, den ließ sie in Ruhe dort sitzen. Man konnte bei ihr ein heißes Bad nehmen und sich hinterher in einen duftenden, dicken Bademantel einwickeln, sie gab einem zu essen, zu trinken, zu rauchen, ein sauberes Hemd. Sie kümmerte sich einfach um alles, man wurde in diesem Paradies umsorgt wie ein Kleinkind, es war sicher und warm und man konnte es auch wieder verlassen, wann immer man wollte. Sie hielt niemanden auf. Sie wusste ja, dass sie alle zurückkehren würden.

Wie sehr ich ihn um diesen Ort beneidete.

«Weißt du, Vernon und Monk saßen also sehr häufig auf dieser Bank im Central Park, und dort suchte ich meistens zuerst, wenn Vernon ein paar Tage nicht nach Hause gekommen war. Damals, in der dunklen Zeit. Die beiden saßen meist schweigend nebeneinander, als würden sie sich gar nicht kennen. Und wenn ich Vernon bat, nach Hause zu kommen, stand er oft auf, und statt mir zu antworten, bat er mich um Geld zum Telefonieren. Monk hatte ja niemals Geld bei sich. Ich wusste dann, dass ich allein nach Hause zurückkehren und Helen erzählen würde, dass ihr Vater sie heute nicht ins Bett bringt.»

Ich sehe aus den Augenwinkeln, wie Thilda ein wenig zusammenzuckt, als sie Helens Namen hört. Ein wenig nur. Aber warum sollte ich jetzt aufhören?

«Ich erfand die wildesten Geschichten, von Zwergen und manchmal von Elfen, mit denen sich ihr Vater herumschlug, und dass er lieber bei uns wäre. Helen liebte diese Geschichten.»

Das mit den Elfen und dass Helen sie liebte, habe ich gerade erfunden, aber es ist eine Art Friedensangebot an Thilda.

Ich nehme an, dass er schon früher regelmäßig die Baronin besucht hatte, aber er brauchte sie erst wirklich, nachdem Thilda verurteilt worden war. Vorher hatte Vernon nichts angerührt. Nicht einmal einen Joint geraucht. Im Grunde hatte er nicht anders gelebt als ein treu sorgender Ehemann, nur dass er nachts sein Geld verdiente. Und zu Hause zwei Frauen auf ihn warteten. Er war so normal, dass andere Musiker sich – mit einer Spur von Anerkennung in ihren derben Sprüchen – über ihn lustig machten. Sie nahmen ihn nicht ganz ernst, weil er einfach immer da war und spielte und wieder ging. Nichts deutete damals darauf hin, was für ein einzigartiger Musiker in ihm steckte. Ich bilde mir ein, es schon immer geahnt zu haben, aber vielleicht liebte ich ihn nur zu sehr.

Er wurde erst ein richtiger Musiker, als sein Vater tot war, ermordet von der Geliebten seines Sohnes. Plötzlich ging alles ganz schnell. Er gab Unmengen von Interviews. «Ebony» brachte einen fünfseitigen Artikel mit Fotos von ihm und mir und Helen in unserer Wohnung, von Helen, wie sie an unserem Grammophon mit dem Woody-Hermann-Album daneben rumspielt, von Vernon, der sich stolz gegen unseren nagelneuen Oldsmobile lehnt. Die perfekte Idylle, wir alle lächelten mit strahlenden Zähnen und Augen. Ich habe jeden einzelnen Artikel aufgehoben. Und all die herrlichen Titelbilder mit seinem Gesicht drauf. Er war so verdammt fotogen. Noch heute hängt ein Cover vom «Esquire» in unserem Flur, ein wenig blass geworden im Laufe der Jahre, Vernon trägt darauf ein hellbraunes Kaschmirjackett und eine Hose, die unten eng geschnitten ist. Und «Esquire» schrieb dazu: *Trendig und frech. Die neue Jazzgeneration.* So albern diese Unterschrift ist, das Bild liebe ich besonders, weil Vernon dem Betrachter diesen Thilda-Blick schenkt. Voll von grenzenloser Aufmerksamkeit und selbstsicherer Hingabe. So, wie er mich eben nie angesehen hat.

Für mich hatte er auch spezielle Blicke, schöne, wärmende Blicke. Aber sie waren anders.

Ich konzentriere mich wieder auf Thilda. Als müsse sie all die Zigaretten, die sie in den letzten zwei Stunden nicht geraucht hatte, schnell nachholen, zündet sie sich bereits wieder eine an, und mir fällt auf, dass ihre Hände ganz ruhig sind.

«Mensch, die Baronin», sagt sie und schüttelt den Kopf. Mir wird ganz heiß. Richtig heiß, und mein Magen krampft sich zusammen, in ihm beginnt es zu rumoren und zu stechen. So wie sie das sagt, schleicht sich die Ahnung in meine Gedanken, und noch bevor sie weiterspricht, weiß ich, was sie sagen wird, und ich bin verletzt, nach all den Jahren so sehr verletzt, dass ich ihr am liebsten eine runterhauen würde oder Vernon, aber der ist ja nicht hier. Dieser Betrug scheint schwerer zu wiegen als alles andere, er raubt mir den Atem. Ich mache die Augen zu. Ich will die Bilder nicht sehen, die vor mir in der Luft tanzen. Und ich will nicht, will nicht, dass sie das bemerkt. Mit brennenden Augen wende ich mich ab und tue so, als wolle ich die Aufmerksamkeit des Obers auf mich ziehen. Als wolle ich etwas bestellen. Ich will es nicht hören.

«Ich habe ewig nicht mehr an sie gedacht», kichert Thilda und atmet Rauch ein und aus, fast direkt in mein Gesicht. Halt die Klappe, möchte ich sagen.

«Scheiße, die war vielleicht 'ne Nummer. Diese Suite und diese Musiker und sie – das war schon völlig abgefahren.» Mir ist jetzt sogar ihre kindische Sprache egal.

«Was für rauschende Feste wir da gefeiert haben, Vernon und ich. Wir waren mindestens einmal die Woche bei ihr ...» Jetzt berührt sie mich am Arm, und ich mag das nicht. «Aber sag mal», kichert sie, «das kann doch nicht sein, dass du das nicht wusstest?»

Wir beide werden dieses Gespräch bereuen, so viel ist sicher. Ich bereue es jetzt schon. Ich mag nicht plötzlich nach einem halben Jahrhundert etwas erfahren, das ich nicht wusste. Oder herausfinden, dass ich glaubte zu wissen – und mich irrte. Was Thilda mir da eben eröffnet hat, nagt an mir. Mit kleinen, spitzen und bösen Zähnen. Ich will mich dagegen wehren, schließlich ändert sich ja nichts, nur weil ich jetzt mehr weiß. Ich finde mich selbst albern. Ich bin nicht gerne so. Außerdem könnte ich ihr doch diesen kleinen Triumph gönnen, ich dachte, ich sei großzügiger.

Aber ich gönne es ihr nicht. Nicht die Baronin. Nicht die Suite. Nicht Thilda und Vernon und die Baronin in dieser Suite. Ich sehe, wie sie über mich lachen, über die dumme, kleine, ahnungslose Frau, die ihre Liebe nicht versteckt und sich nicht wehrt.

«Wo ist denn eure kleine Freundin?», fragt die Baronin mit dem streng zurückgekämmten Haar, und sie lächelt so boshaft, dass ich einen Goldzahn blitzen sehen kann. Obwohl ich nicht weiß, ob sie überhaupt einen hatte. «Sie ist zu Hause, natürlich», sagt Vernon. «Sie muss ja morgen früh raus», fügt Thilda hinzu, bildschön und kühl, sie lachen über mich, alle zusammen, und dann schlürfen sie Champagner und essen Austern und tun verbotene Dinge, während ich meine schmerzenden Gelenke massiere, damit ich am nächsten Tag wieder nähen kann, und es ist egal, wie viele Dekaden vergangen sind, für mich geschieht es jetzt, in diesem verdammten Augenblick.

«Hey, hey!», ruft Thilda, und warum, verflucht nochmal, spricht sie mich nie mit meinem Namen an? Hat sie ihn womöglich vergessen? Rühr mich nicht an, denke ich, und sie rührt mich nicht an.

«Was ist denn los?», fragt sie nur, und vielleicht meint sie die Frage sogar ernst. Ich würde alles dafür geben, mich so zu fühlen wie vor Minuten noch, so sicher, so überlegen, ein wenig gelangweilt und voll selbstgerechtem Mitleid. Es geht nicht.

«Wie war es dort?», presse ich hervor und wundere mich nicht darüber, wie bitter meine Stimme klingt.

«Ach Gott, sag mal», murmelt Thilda, und sie scheint ehrlich überrascht. «Ich habe so lange nicht mehr daran gedacht ... das kann dir doch jetzt nichts mehr ausmachen, oder?»

«Wie es dort war, will ich wissen.»

«Na ja, keine Ahnung, ein Hotelzimmer eben, oder mehrere Zimmer, eine Suite, und immerzu waren Musiker dort, immerzu, und die Baronin war jedes Mal gekleidet wie für einen Ball. Sie hat sich um alle gekümmert wie eine Mutter oder so ...»

«Wie eine Mutter oder so», äffe ich sie nach. «Soso.»

«Es war einfach nett, angenehm. Mehr war da nicht. Es war

toll, dort sein zu dürfen …», sie verhaspelt sich. «Ich meine, wenn man dazugehören wollte …», sie schluckt schwer. Dann nimmt sie eine neue Zigarette aus der Schachtel, zündet sie an. Zieht. «Entschuldige, ich weiß nicht, wie ich's besser sagen soll.»

Nach verfluchten fünfzig Jahren sollte sie endlich mal aufhören, immer alles auf ihre Sprachschwierigkeiten zu schieben, wenn sie nicht mehr weiterweiß. Überhaupt ist es geradezu eine Frechheit, wie schlecht sie noch immer Englisch spricht. Ich hätte ihr das schon längst einmal sagen sollen.

Und dann spüre ich die Tränen. Ich kann es nicht fassen. Das glaube ich nicht. So viel hatte ich akzeptiert, so viel ausgesessen, habe gewartet und bin ruhig geblieben. Warum jetzt? Aber ich habe Glück, die Tränen sitzen tief, bleiben in meiner Brust hängen, können nicht weiter. Und weil ich so froh darüber bin, gelingt es mir sogar, zu lächeln. Echt ist es nicht, dieses Lächeln, aber für Thilda reicht es.

«Da kann man mal sehen, was?», sage ich mit kratziger Stimme und räuspere mich. Sie spitzt ihre Lippen wie zu einem Kuss und pustet Rauch hindurch. Mehr sage ich nicht, aber jetzt können wir wieder so tun, als sei nichts geschehen. Und ich kann wieder darüber nachdenken, wie es damals weiterging, denn das ist allemal besser, als noch mehr Neues zu erfahren. Unsere Geschichte soll sich auf keinen Fall ändern.

Kapitel 7

Ich schaue durch das Fenster des Cafés und wundere mich, wie schmutzig es ist. Ich kann nicht begreifen, dass man so etwas Herrliches wie ein Fenster nicht pflegen, dass man sich freiwillig einen klaren Blick auf die Welt nehmen kann. Das Haus, in dem Vernon und ich leben, hat viele und große Fenster. Es ist lichtdurchflutet und wirkt, als könne es dort keine Geheimnisse geben. Meine Wut von vorhin ist fast verraucht. Es war nur eine vorübergehende Hitze, die durch meinen Körper gefahren ist, ein Schmerz aus einer anderen Zeit, doch das ist jetzt vorbei. Ich kann doch nicht im Ernst Thilda ansehen, so wie sie heute ist, und eifersüchtig sein auf ihre Zeit mit der Baronin und Vernon. Ich streichle ihre dünnen Finger. Sie soll wissen, dass ich ihr nichts übel nehme. Als ihre Hand zuckt, ziehe ich mich sofort zurück, ich weiß, dass ein Streicheln sie manchmal schmerzt, wie ein Schlag.

Nach meinem letzten Treffen mit Charlie Parker, bei dem er ein Glas Whiskey nach dem anderen in sich hineingeschüttet, nichts Vernünftiges gesagt und mich hatte bezahlen lassen, ging ich zurück nach Hause, ohne zu wissen, was ich tun sollte.

Als ich in unserer Wohnung ankam, stand die Tür zu Vernons Zimmer halb offen, und ich beobachtete, wie er vorsichtig seinen Arm unter Thildas Kopf hervorzog, aufstand und sich in den alten Sessel setzte, der unter seinem Gewicht aufächzte. Das huschende Licht, das durch das Fenster fiel, gab mir eine ungefähre Vorstellung davon, dass bald der Morgen hereinbrechen würde, und in ihm sah Thildas Körper sehr weiß aus.

Ich sah, wie Vernon sich tiefer in den Sessel rutschen ließ. Vielleicht erinnerte er sich an die Stimme seines Vaters. *Ich möchte mal wissen, worüber du dich beklagst, euch geht es doch gut heutzutage, viel besser, als ich es mir in deinem Alter hätte träumen lassen.* Er hatte diese Worte so oft gesagt, bei so vielen Gelegenheiten, für ihn passten sie immer und klangen wie die eingängige Melodie eines Schlagers, den man nicht mochte und auch nicht vergessen konnte, und oft glaubte Vernon sogar, sein Vater stünde direkt hinter ihm. Er drehte sich dann schnell um, unsinnig erleichtert darüber, die kräftige Gestalt Benjamins nicht zu entdecken.

Während ich so still vor der Tür stand, wirkte Vernon auf mich, als wolle er niemals wieder schlafen. Die letzten Nächte hatte er über Thilda gewacht, ich hatte beobachtet, wie er bewegungslos neben ihr lag und ihre Atemzüge verfolgte, die so leise waren, dass er sich regelmäßig über ihren Mund beugte, um sicherzustellen, dass sie noch atmete. Gelegentlich war er kurz eingenickt, aber irgendetwas hatte ihn davon abgehalten, in einen tiefen Schlaf zu fallen. Vielleicht, dachte ich, war er nur so viel Nähe nicht gewöhnt.

Vor ein paar Tagen hatten sie Thildas Sachen aus ihrem möblierten Zimmer in der 48th Street geholt. Zwei Koffer hatte sie gepackt und eine Reisetasche, mehr nicht, und die Koffer standen noch immer ungeöffnet in Vernons Zimmer, als sei Thilda nur auf der Durchreise.

Vernon und ich hatten seit Tagen kaum miteinander gesprochen. Wenn ich frühmorgens aus dem Haus ging, schliefen die beiden noch, und wenn ich abends heimkam, legte ich mich meist gleich ins Bett, damit ich in der Nacht aufstehen und sie betrachten konnte. Dabei hätten wir einiges klären müssen. Thilda wollte ein eigenes Zimmer haben und Vernon hatte vorgeschlagen, sie könne ins Wohnzimmer ziehen, das sowieso so gut wie nicht genutzt wurde, weil wir meistens in der Küche zusammensaßen. Ich schwieg dazu.

Vernon stand auf und legte sich wieder ins Bett. Vielleicht wäre er gerne spazieren gegangen, wusste aber, dass er Thilda vermissen würde, sobald er die Tür hinter sich zugezogen hatte. Und ich stelle mir vor, dass er ganz plötzlich verstand, was die Leute immer meinten, wenn sie von Liebe sprachen. Er war davon überzeugt gewesen, dass es diese Empfindung, die besungen und beschrieben und beweint wird, nicht wirklich gab, nicht *so*, dass die Menschen nur glaubten zu lieben, weil sie es sich so sehr wünschten. Das hatte er mir immer wieder und unermüdlich gesagt, als könne er so meine Liebe für ihn eindämmen, verringern, um sie besser ertragen zu können. Und jetzt war er mit einem Mal überzeugt, auch zu lieben. Ich spürte es mit meinem ganzen Körper, dass dies ein neues Gefühl für ihn war und vollkommen anders als das, was er für mich empfand. Ich konnte es jede Nacht sehen.

Vorsichtig legte er sich neben Thilda. Und tatsächlich sagte er es. «Jetzt endlich weiß ich, was sie gemeint haben», flüsterte er. «Ich *weiß* es jetzt.»

Ich schloss kurz die Augen und stellte mir vor, er hätte es zu mir gesagt. Er legte eine Hand auf ihre Wange, die sich hineinschmiegte, als habe sie kein anderes Ziel, und er küsste ihr Kinn. Das Grübchen darauf hatte er in einer dieser schlaflosen Stunden entdeckt. Merkwürdigerweise war es im Tageslicht nicht zu sehen und zeigte sich nur im Halbdunkel seines Zimmers.

Vernon hatte mir von dieser Melodie erzählt. Dass er nicht genau wusste, woher sie kam, sie aber hörte, seit Thilda bei uns war. Immer wenn er glaubte, an nichts zu denken, in den vielen aneinander gereihten Augenblicken der Nacht, wenn Thilda einfach nur schlief und er zufrieden war, ihr dabei zuzusehen. Dann durchzog diese Melodie seine Gedanken, in tiefste Lagen tauchend und Bilder rufend, die er nicht sehen wollte.

Die einfache, einschmeichelnde Tonfolge beschrieb LaVons

Gesicht mit dem ernsten Blick, über den Vernon sich so oft geärgert hatte, weil in ihm Fragen lagen, die er nicht beantworten konnte; woher sollte er schließlich wissen, warum es so war und nicht anders. Und dann wurde die Melodie feierlich wie eine Vorahnung darauf, was geschehen würde, um schließlich in einer Wildheit zu explodieren, die ihn frösteln ließ, *und das war der sich windende, junge Körper, der einfach nicht stillhalten will, obwohl er ihn niederzwingt und unter sich begräbt, als solle er in der Erde verschwinden und nicht mehr auftauchen*, spitze, schmerzhafte Töne, die aus LaVons Mund kommen wollten, *aber er muss das verhindern, diesen Mund zuhalten durch die raue Decke hindurch, keinen Ton, er will keinen Ton hören*, und dann der beschwörende Refrain, der sich in seine Erinnerung senkte. Und, vielleicht, der Anfang war.

Ich lehnte meinen Kopf an den kühlen Türrahmen und Vernon riss die Augen auf. Thilda hatte sich nicht gerührt. Natürlich wusste sie nichts von seinem stummen Kampf, seinem Ringen mit Erinnerungen an seine Eltern und LaVon, sie konnte es noch nicht wissen, aber Vernon sah aus, als hoffte er, mit seinen Gedanken ihren Schlaf durchdringen und sie wecken zu können.

War er enttäuscht, dass sie einfach weiterschlief? Erinnerte er sich in diesem Moment daran, dass ich immer für ihn da war, wenn er nachts mit seinen Geistern kämpfte, dass ich ihn aufweckte und hielt und in meinen Armen schaukelte? Was band ihn an diese Frau, die sich jetzt ahnungslos umdrehte und ihm ihre prächtigen Schultern zeigte? Ihr Haar sah aus wie von wilden Träumen zerwühlt, aber ihr Gesicht war völlig ausdruckslos. Ich widerstand dem Wunsch, einfach ins Zimmer zu treten und sie zu schütteln. Weil er sie vermisste.

Und ich, die ich da halb versteckt hinter der Tür stand, wusste, dass die Melodie noch immer in seinem Kopf war, leiser jetzt, aber unmissverständlich. Eines Tages würde er sich an unser altes Klavier setzen und ihr eine Form geben, sie aus seinen Gedanken in die Welt schicken. Noch war er nicht in der Lage, auch nur einen einzigen Ton niederzuschreiben, die Musik schwebte in ihm, aber wenn er danach griff, zog sie sich zurück wie ein schüchternes Mädchen. Doch ich war überzeugt davon, dass es ihm früher oder später gelingen würde, schwarze Punkte und kleine Fähnchen auf Notenpapier zu malen, Takte zu setzen und das Lied, das LaVons war, festzuhalten. Und vielleicht würde er es einmal auf der Bühne spielen.

Doch vorher musste er mit Thilda über LaVon sprechen, eines Tages. Ich kannte ihn. Es wäre ihm wie ein Betrug vorgekommen, die Musik vor das Erzählen zu setzen. Damals dachte er noch so. Damals kam für ihn die Musik noch nicht vor den Menschen. Damals entschuldigte er noch nicht alles mit seiner Kunst, mit seiner Berufung für diese Kunst, mit seinem Genie, das egoistisch sein muss, zerstörerisch und rücksichtslos, um nicht eines Tages zu verfallen, und das als Erklärung herhalten musste in jedem Bereich unseres Lebens. Ich habe nie an diesen Unsinn geglaubt.

Ich zog mich geräuschlos von der Tür zurück, schlich über den Gang, und dann lief ich mit lauten Schritten zurück in die Küche. Ich wollte, dass er mich hörte und zu mir kam. Wenn es sein musste, sollte er mir sogar von seinem tiefen Glück erzählen, das er, zumindest wenn Thilda wach war, empfand. Bestimmt wünschte er sich, dass ich diese neue und, wie er empfand, erste Frau in seinem Leben auch lieben könnte. Ein wenig zumindest. Zwar hätte er keine Sekunde gezögert, wenn er sich zwischen uns hätte entscheiden müssen, doch das wollte er bestimmt nicht herausfordern. Mich zu verlieren wäre ein unschöner Beginn gewesen für seine Liebe zu Thilda.

Leise öffnete er die Zimmertür und tastete sich durch den Gang in die Küche. Ich stand am Fenster und tat so, als hätte ich ihn nicht gehört. Früher hätte er mich von hinten in seine

Arme geschlossen, meinen Kopf an seine Wange gezogen und seine Nase in meinen Scheitel gedrückt – doch jetzt kam es ihm vielleicht wie etwas Verbotenes vor. Jetzt war alles anders. Meine Schultern bebten, weil ich die eine Träne nicht hinunterschlucken konnte, aber nur kurz, und das Spiel aus Licht und Schatten in dieser Nacht war auf meiner Seite. Die Träne blieb unsichtbar.

Er rief meinen Namen.

Ich drehte mich hastig um, als habe er mich erschreckt. Meine Augen lagen im Dunkeln, er konnte sie nicht sehen.

«Ja», antwortete ich. Meine Stimme war so fest und klar wie immer, eine Stimme, die nicht einmal wenn ich schrie oder wütend war oder albern, ihren schönen Klang verlor.

«Ich bin froh, dass du da bist», sagte er, und ich konnte spüren, wie ernst er das meinte und dass es ihm vielleicht doch nicht so leicht fallen würde, sich zwischen uns zu entscheiden.

Ich nickte und trat in den Lichtschein der Küchenlampe, die einen gleißenden Kegel in den Raum malte. Jetzt sah er, dass ich lächelte und meine Augen völlig trocken waren.

Ich legte eine Hand auf seine Schulter wie unzählige Male zuvor. Er zuckte unwillkürlich zurück. Mein Lächeln wurde breiter.

«Hey», sagte ich leise. «Das ist nur eine Hand. Meine Hand.»

«Entschuldige.» Er wurde ein wenig nervös, weil er wusste, dass ich es hasste, wenn er mich so behandelte und außerordentlich empfindlich reagieren konnte. Manchmal verfiel ich dann in ein brütendes Schweigen oder legte mich wortlos ins Bett. Einfach so. Inmitten einer Diskussion oder während eines Essens mit Freunden. Früher, also eigentlich noch wenige Tage zuvor, hatte er sich manchmal zu mir gelegt. Es war schwierig, mich zum Sprechen zu bewegen, wenn ich nicht wollte. Mit mir zu schlafen war einfach.

«Du willst das jetzt nicht mehr, oder?», sagte ich und Vernon nickte.

«Gut», fuhr ich fort. «Das ist schon in Ordnung. Ich habe damit gerechnet. Immer.»

«Es hätte auch anders kommen können», sagte er, lauter als nötig, «du hättest diejenige sein können, die …»

«… sich verliebt?»

«Ja.»

Er hatte keinen Grund, sich zu verteidigen. Wir hatten nie so getan, als führten wir eine richtige Beziehung. Seit wir uns bei seinem Konzert kennen gelernt hatten, waren wir nicht mehr auseinander gegangen. Wir waren die besten Freunde, er liebte meine Kraft und Größe, doch er betete mich nicht so an wie Thilda. Nicht einen einzigen Tag lang. Ich war so groß wie er. Wenn wir uns gegenüberstanden, waren unsere Augen auf gleicher Höhe. Das hatte ihn zunächst unsicher gemacht und dann erregt. Genauso wie meine Männerhände und meine breiten Schultern und mein Becken, das ich so virtuos zu bewegen verstand. So hatte er begonnen, in vielen Nächten meinen Körper zu entdecken, der auf den ersten Blick wenig fraulich wirkte und doch mehr weibliche Energie verströmte, als er für möglich gehalten hatte.

Ich zog ihn neben mich auf einen Stuhl. «Ich mache dir keinen Vorwurf. Thilda ist eine wunderbare Frau», murmelte ich.

Ja, wunderbar, wunderbar, und ich fragte mich, warum er jetzt so heftig schlucken musste, wie als Junge, wenn sein Vater ihn gegen die Wand stieß, als Einleitung für die Strafe, die folgen sollte. Thilda lag nebenan, versunken in ihren einzigartigen, ihn ausschließenden Schlaf, und er hatte wahrscheinlich den glänzenden Schimmer ihrer Haut vor Augen, als er meine Hand nahm und die Innenseite küsste, die Fingerspitzen, die vom vielen Nähen ganz hart waren. Ich war wie eine Schwester für ihn, eine Schwester, mit der er ab und zu das Bett geteilt hatte, ohne dass ihn die Ehrfurcht so ergriffen hätte wie bei Thilda, wenn sie ihre blasse Haut gegen seine presste und helle und dunkle Finger sich verschränkten.

Ich wusste, wie sehr er es genoss, mit mir zu schlafen, aber es fehlte der Zauber, den Thilda ahnungslos über ihn breitete. Nein. Den er selbst über sich breitete, ohne es zu merken, sorgte er doch ganz allein für diesen Zauber, weil er ihn sich so sehr wünschte. Wenn er ehrlich zu sich selbst gewesen wäre, hätte er erkannt, dass Thilda nur ein Gefäß für seine gewagtesten Träume war, mit denen er sie anfüllte und anfüllen konnte, weil sie sich nie gegen irgendetwas wehrte. Weil er in ihr unbeteiligtes Wesen alles hineindeuten konnte, was ihm in den Sinn kam.

Langsam fuhr er mit seiner herrlichen Zunge über die Innenseite meiner Hände. Ich bäumte mich auf und ihm entgegen. Dann zog ich die Hände weg, ließ ein freundliches Lachen erklingen und stellte mich wieder ans Fenster.

Als ich ihn mit meiner Zurückweisung allein gelassen hatte, begann er sich bestimmt sofort über seine Schwäche zu ärgern, die nicht in sein Bild über die reine Liebe zu Thilda passte, und sich zu schwören, sich von jetzt an nicht mehr irreleiten zu lassen. Thilda war sein Ziel, von dem er nicht abweichen wollte. Sie kennen zu lernen war seine Aufgabe. Noch war sie ihm so fremd, dass alles möglich war. Dass sie eine kämpferische Leidenschaft in sich barg, die sie hinter ihrem kühlen, gleichmütigen Gesicht versteckte. Und dass er der Mensch war, dem sie galt. Wie hätte er ahnen können, wie sehr er sich irrte?

Vernon zündete sich eine Zigarette an und atmete den Rauch tief ein. Das Küchenlicht schwappte über ihn und erinnerte an Scheinwerfer. Ich ahnte, dass ihn jetzt das ungute Gefühl überkam, das er immer auf der Bühne verspürte und das ihn trotzdem nicht davon abhielt, weiterzumachen, Konzerte zu geben, die Augen des Publikums auf sich gerichtet, fordernd oder erwartungsvoll und manchmal enttäuscht. Er hatte mir erzählt, wie er oft zu spüren glaubte, dass sich die Musiker insgeheim über ihn lustig machten – der Schlagzeuger vielleicht dem Bassisten hinter seinem Rücken voller Spott zuzwinkerte, während er sein Solo blies. Dann wieder meinte er, aus den Augenwinkeln ein Kopfschütteln zu sehen, wie er es von seinem Vater kannte und das immer ihm galt.

Dieses Kopfschütteln sagte ihm mehr, als es Worte vermocht hätten. Es konnte böse sein und ankündigen, dass eine gehörige Tracht Prügel auf ihn wartete (meistens sonntags – pauschal und rückwirkend für all seine Versäumnisse der vorangegangenen Woche). Es konnte höhnisch sein oder erstaunt, fast schien es ihm, als hätte sein Vater sein Leben lang kaum etwas anderes getan, als den Kopf zu schütteln oder zuzuschlagen oder ihn auf dem Holzboden im Gang knien zu lassen. *Damit du LaVon nicht vergisst und was du getan hast.* Ich hatte viele Jahre lang versucht, ihm diese bösartigen Erinnerungen zu nehmen. Ich sagte ihm, dass er jetzt ein erwachsener Mann und es feige sei, Vergangenes zu beklagen und damit seine Angst vor der Musik und den Menschen zu begründen. Dass er es sich zu einfach machte. Ich weiß nicht, ob er mir je richtig zugehört hat.

In mein Schweigen hinein sagte er: «Diese Lampe erinnert mich an Scheinwerferlicht. Oder vielleicht …»

Er musste nicht weitersprechen. Ich war bei ihm. Jetzt dachte er an eine nackte Glühbirne, die vor so vielen Jahren an einer Kellerdecke hing und viel zu viel Dunkelheit und Schatten zuließ.

In dem Keller riecht es modrig. Die Glühbirne baumelt von der Decke und taucht Vernon in einen schmalen Lichtkegel. Er hat einen gefüllten Schokoladensoldaten gegessen, den er gegenüber im Drugstore gekauft hat und der ihn an andere Zeiten erinnert. Den süßen Geschmack noch im Mund, nimmt er einen

Schluck Wasser, zieht es zwischen seinen Zähnen hindurch, gurgelt und spuckt es auf den Steinboden. Dann nimmt er vorsichtig das Saxophon in die Hand, das er sich in der Schule ausgeliehen hat.

Stumm betrachtet er das buttergelbe Rohrblatt mit dem dunklen Mittelstreifen, dann legt er sich langsam den Halteriemen um. Neben den wackligen Stuhl, auf dem er sich niedergelassen hat, stellt er den Hocker mit seinem Übungsbuch. Seine Finger legen sich zaghaft auf die Klappen, und mit den Schneidezähnen drückt er gegen das Mundstück. Er beginnt mit einer einfachen Skalenübung. Atmet tief durchs Zwerchfell ein und lauscht den Tönen, die in dem Gewölbe widerhallen. Es ist kühl da unten. Ich kann mich seinen Erinnerungen nicht entziehen und schlage fröstelnd die Arme um meinen Körper. Er trägt noch immer den blauen Anzug mit den kurzen Hosen und Kniestrümpfen, den ihm seine Mutter zum Kirchgang aus dem Schrank geholt hat. Ich kann mir genau vorstellen, wie er als Zwölfjähriger aussah, nicht nur, weil ich Fotos von ihm kenne, abgegriffene braune Fotos mit geriffelten Rändern. Ich kenne sein junges Gesicht, als wäre ich da gewesen.

Vernon beendet die Übung, lässt das Saxophon auf seine Knie sinken und weiß nicht weiter. Sein Gesicht verdüstert sich. Er hat Angst vor der Musik.

Sosehr es ihn danach verlangt zu spielen, immer wieder zu spielen, so sehr fürchtet er sich davor. Wenn er sich nicht mehr an die Übungen in seinem Heft halten kann, scheinen seine Finger plötzlich gelähmt. Wie soll es weitergehen? Er hat Melodien im Kopf, unzählige, aber er kann sie nicht umsetzen. Nur nicht aufhören jetzt, befiehlt er sich selbst. Immer weitermachen, irgendetwas spielen, bis sich die Töne formen, zu etwas Ganzem, einen Sinn ergeben, bis sich die Gedanken in Farben und Formen auflösen. Wieder holt er tief Luft und beginnt zu blasen. Er hält die Augen offen, denn in diesem Keller weiß man nie, was als Nächstes geschieht, und wie aus Versehen wandert sein Blick in die rechte Ecke des Kellers, aber natürlich ist es kein Versehen.

Mund und Lippen und Atmen. Die Matratze liegt noch immer dort, niemand hat sich die Mühe gemacht, sie aus dem Haus zu schaffen. Einen Moment lang glaubt er fast, die kurzen, dunklen Locken zu sehen.

Er schüttelt den Kopf und der Ton bricht ab. Er setzt wieder an. Wenn er nur die Augen schließen könnte, dann würde dieses Bild vielleicht verschwinden. Versuchsweise kneift er ein Auge zu, ist aber nicht bereit, sich ganz in die Dunkelheit fallen zu lassen, wo nur noch Musik ist und Erinnern.

An das heftige Atmen vielleicht. Daran, wie der kleine, so kräftige Körper sich unter ihm wehrt. Die Decke kratzt gegen seine bloßen Knie, halt doch still, bitte, sei ruhig, und durch den Wollstoff hindurch versucht er, LaVons Mund zu finden, um seine Hand darauf zu legen. Tränen laufen über seine Lippen. Er weiß doch, warum ich das tue! Das Knie trifft ihn genau in den Magen. Fast hätte er aufgejault, aber er stöhnt nur unterdrückt, er darf jetzt um Gottes willen nicht laut werden, Lärm ist überall um ihn herum, Fluchen, Schreien und das Schlagen einer Faust gegen die Kellertür. Er verlagert sein Gewicht ein wenig, weil er LaVon ja nicht wehtun will. Er drückt den kleinen Kopf in seine Armbeuge und würde am liebsten über das verschwitzte Haar streichen. Er legt seine Wange auf LaVons Gesicht unter sich und hört durch die Decke aufgeregtes Atmen.

Die Töne brechen ab – ein Quietschen. Vernon zuckt zusammen und öffnet die Augen. Die Finger sind noch auf ihrem Platz, seine Lippen um das Mundstück geschmiegt, aber er spielt jetzt nicht mehr. Starrt nur auf den Mann vor sich, seinen Vater, der unbemerkt in den Keller gekommen ist, *schließ niemals die Augen!*, und an dem Saxophon zerrt.

«Was, zum Teufel, bildest du dir ein, hier zu tun?» Benjamins Stimme klingt, als habe er einen Kloß im Hals oder zu viele Zigaretten geraucht. «Wann endlich lernst du, *vernünftig* zu spielen? Das hier ist nichts, gar nichts!»

Vernon zieht den Halteriemen über den Kopf und legt das Saxophon auf seine Knie.

«Keine Lust auf Tonleitern, ja? Ist sich mein Herr Sohn wohl zu fein dazu? Ich habe Tonleitern geübt. Stundenlang, bis mir Lippen und Bauch wehtaten! Hörst du?»

Vernon senkt den Kopf.

«Du hörst nicht. Natürlich nicht.» Wenn Benjamin zuschlägt, dann präzise und schnell. «Jetzt vielleicht?»

Vernon unterdrückt den Impuls, eine Hand an seine brennende Wange zu halten.

«Nun?»

«Ja.»

«Was ja.»

«Ich höre.»

«Gut. Folgendes werde ich tun. Dieses Saxophon ist vorerst gestorben für dich. Ich habe den Eindruck, du musst es erst schätzen lernen. Dir fehlt die Demut – vor dem Instrument und vor der Musik. Oder aber einfach das Talent. Ich werde mit deinem Lehrer reden müssen, diesem Herrn ...» Er zieht fragend eine Augenbraue in die Höhe.

«Newland.»

«Genau. Newland. Vielleicht einigen wir uns darauf, dass du nicht mehr im Schulorchester spielst. Und jetzt komm zum Essen.» Benjamin dreht sich abrupt um. Vernon steht auf und zieht sich die Kniestrümpfe glatt. Ob sein Vater auch dieses Bild sieht, wenn er in den Keller kommt? Erinnert er sich auch jedes Mal an den schmalen Körper und wie reglos er war? An das zerzauste Haar? Hat er deshalb nur einmal zugeschlagen?

Er folgt seinem Vater die Treppe hinauf, möglichst jedes Geräusch vermeidend, das Saxophon fest an sich gepresst. Bevor er sich die Hände waschen geht, legt er das Instrument schnell in sein Zimmer, vielleicht wird sein Vater vergessen, was er angedroht hat. Dann läuft er schnell zurück und setzt sich an den Tisch, wo seine Eltern schweigend warten.

Ellen legt ihrem Mann ein halbes Brathuhn auf den Teller, blickt ihren Sohn kurz an, registriert seine rote Wange und gibt ihm einen Schenkel. Als sie sich selbst bedient hat, versinkt sie in ein kurzes, schweigendes Gebet und beginnt zu essen.

«Hast du den Lärm gehört, den dein Sohn gemacht hat?» Benjamin spricht mit halb vollem Mund.

Ellen zuckt mit den Schultern. «Natürlich nicht. Du solltest wissen, dass man hier oben nicht hört, was im Keller geschieht ...» Ihre Augen sind noch dunkler und hasserfüllter als üblich. Der Hühnerschenkel in Vernons Hand zittert nur ganz leicht.

«Ich weiß nicht, wann er endlich lernt, anständig zu spielen», murmelt Benjamin.

«Von wem denn? Von dir vielleicht?» Ellen lächelt höhnisch. «Von deiner Bumslokalmusik?»

Benjamin leckt sich über die fettigen Lippen und reagiert nicht.

«Weißt du, Benjamin, du solltest dafür sorgen, dass dein Sohn nicht in deine Fußstapfen tritt und etwas Richtiges lernt.»

Vernon muss sich nicht davon überzeugen, dass seine Mutter ihn nicht ansieht. Er weiß es auch so.

Vernons Gedanken kehrten zurück in die Küche, wo ich noch immer stand und ihn ansah, und er erhob sich schnell und schüttelte sich, als könne seine Vergangenheit von ihm abfallen. Ich habe ihn oft dabei beobachtet. Seine Erinnerungen ruhen in meinem Kopf, farbiger und konkreter als meine eigenen.

«Es ist spät», sagte er.

«Ich bleibe noch einen Moment.»

Er lächelte mir nicht zu, als er aus der Küche ging. Er ging einfach. Obwohl ich ihn diesmal nicht zurückgestoßen hätte.

Ob er jemals geahnt hat, dass ich sein Leben mitlebte, das vergangene, das zukünftige? Ein paar Minuten später folgte ich leise seinem Weg und bezog einmal mehr den Posten vor seinem Zimmer.

Thilda hielt die Augen geschlossen, aber ich war überzeugt davon, dass sie nicht schlief. Vielleicht wollte sie nur noch etwas Ruhe – ich hatte festgestellt, dass es sie manchmal ungeduldig machte, wenn Vernon sie so vollständig beobachtete, sie regelrecht studierte. In der Nacht war sie einige Male aufgewacht und hatte ihn im Sessel vor dem Fenster sitzen sehen, den Kopf auf die Faust gestützt. Seine Augen konnte sie in der Dunkelheit nicht erkennen, aber sie hatte bestimmt gespürt, dass er wach war und in ihre Richtung sah. Ich denke, dass Vernons absolute Aufmerksamkeit, mit der er sie umwob, in ihr zugleich ein Gefühl der nie gekannten Geborgenheit und Angst weckte.

Mit Sicherheit hatte sie wahrgenommen, dass ich mit Vernon in der Küche gewesen war. Stellte sie sich vor, wie ich meinen kräftigen Körper durch die Wohnung gleiten ließ, durch den engen Flur hindurch mit den vielen Fotos an der Wand, um dann in die Küche zu gehen? War ihr jede meiner Bewegungen schon vertraut, meine Stimme und mein Blick, der immer ein wenig hochmütig auf ihrem Gesicht ruhte?

Vielleicht wünschte sie, so wie ich zu sein. Die Idee reizte mich. Glaubte sie, dass ich mich in jedem Raum, den ich betrat, sofort zu Hause fühlte und mir nie die Frage stellte, ob ich überhaupt ein Recht hatte, hier zu sein? Hatte sie den Eindruck, dass ich, wenn ich mit anderen Menschen sprach, die Sicherheit in mir spürte, was ich sagte, sei wichtig genug, um nicht verschwiegen zu werden? War sie der Meinung, dass ich im Gegensatz zu ihr nicht mit ungeschütztem Herzen durch eine Welt ging, wo jede Berührung bis ins Innerste verletzen konnte? War sie wirklich überzeugt davon, dass ich nicht genauso wie sie an jener wortlosen Sehnsucht litt?

Sie hat es mir nie gesagt. Auch nicht später bei unseren monatlichen Treffen. Aber sie sprach davon, wie sie meine üppige Weiblichkeit beneidet hatte, und vor allem, wie ich sie so sorglos zur Schau stellte. Wie meine kräftigen Arme und prallen Brüste sich unter engen Pullovern abzeichneten, die runden Hüften unter dünnen Röcken schwangen. Während sie selbst, so schlank, ihren Körper meist unter strengen, langen Kleidern oder weiten Hosen in dunklen Farben verbarg. Denn wenn sie vor den Spiegel trat, bemerkte sie die noch so geringste Wölbung ihres Bauches, ein Wippen der Haut an ihren Oberarmen oder den Schwung ihrer Waden, der ihr nicht perfekt genug schien. Und deshalb deckte sie alles zu, mit langen, fließenden Stoffen. Lenkte von ihrem Körper ab durch Accessoires wie bunt gefärbte Lederhandschuhe, silberne Abendtäschchen oder eine eng anliegende Kappe. Dass sie dabei elegant wirkte, war ihr nie bewusst gewesen. Behauptet sie.

Als Vernon sich neben Thilda aufs Bett setzte, stand sie unvermittelt auf und lief ans Fenster. Seltsam, überlegte ich, dass Menschen immer wieder das Bedürfnis haben, aus einem Fenster zu schauen, wenn ihnen nichts Besseres einfällt. Ich dachte einen Augenblick an den Abend unserer ersten Begegnung, wo sie starr am Klavier gesessen hatte, die Lider so tief gesenkt, dass die Wimpern schwer auf ihrer heißen Haut lagen, während die amüsierten oder peinlich berührten Blicke sie streiften. Oder sich von ihr abwandten. Zu ihren Gunsten stellte ich mir vor, dass sie sich gequält und in einem Augenblick ihre ganze Liebe für die Musik verloren hatte, weil sie so grausam war. Ebenso grausam wie die Menschen, die sie spielten. Die mit triumphierendem Gesicht auf der Bühne standen und ihr Versagen beobachteten, völlig ohne Scham oder Mitleid.

Ich stellte mir vor, dass sie sich fühlte, als hätte sie einen Teil ihres Körpers verloren, als sie die Bühne verließ, gedemütigt und gleichzeitig erleichtert darüber, dass sie nun eine endgültige Entscheidung getroffen hatte: nie mehr zu spielen. Nie mehr vor anderen Menschen Musik machen zu müssen, nie mehr darüber grübeln zu müssen, ob sie wohl gut genug war, tief genug, leidenschaftlich genug, ob der Applaus ehrlich oder höflich gemeint war, ob das Publikum sie mochte wegen ihres Könnens oder weil sie als Frau eine seltene Gestalt auf dem Klavierschemel war. In Deutschland war das Klavierspielen für Thilda ein Spaß gewesen, eine Möglichkeit, anders zu sein, als von ihr erwartet wurde. Als es ihre Eltern von ihr erwarteten. Etwas zu tun, das außergewöhnlich war, aber trotzdem nur ein Witz, den man erzählt, weil man ihn oft zuvor gehört hat und weiß, dass er gut ankommt. Thilda sagte, sie sei überrascht gewesen, als Leonard Feather, der weltbekannte Jazzkritiker, ihr anbot, sie mit nach New York zu nehmen und ihr zu helfen, dort Fuß zu fassen, und sie habe in seinen Augen immer nach dem wahren Grund für seine Fürsorge gesucht. Trotzdem hatte sie gedacht, der Spaß würde einfach so weitergehen, ein wenig Klavierspielen, ein wenig Lächeln, die Musiker mit ihren wasserblauen Augen ansehen – und alles würde funktionieren wie bisher. Aber es war ganz anders gekommen.

Eines Tages hat sie mir erzählt, wie ihre ersten Wochen in New York verlaufen waren, bevor sie zu uns stieß. Als sie davon sprach, hatten wir drei bereits unseren ungeplanten Pakt geschlossen und für eine Zeit, nicht für lange, schien Thilda mir und ihren eigenen, unzulänglichen Worten vollkommen zu vertrauen.

New York hatte ihr den Atem genommen, mit dem pulsierenden Lärm und all dem wuselnden Leben. Diese Vitalität hatte sie nicht etwa inspiriert, wie so viele andere Menschen, sondern sogleich und unabwendbar bedrückt. Nicht nur, dass sie die Sprache nur mühsam und nie wirklich lernte und ihr der spezielle Musikerslang so gut wie unverständlich war. Es kam noch schlimmer.

Leonard Feather brachte sie in der ersten Woche mit Lester Young zusammen. Er sei einer der Größten, schwärmte er ihr vor, als ob sie das nicht selbst gewusst hätte. Ein bisschen verrückt sei er auch. Das zeige sich doch schon daran, dass er seinen absolut fabelhaften Job bei Count Basie hingeschmissen habe, nur weil der eine Schallplattenaufnahme auf einen Freitag, den 13. angesetzt hatte. Dann erklärte er – etwas von oben herab –, dass Billie Holiday Lester den Spitznamen Pres gegeben hatte, Pres, der Präsident der Tenorsaxophonisten, und winkte Lester zu sich an den Tisch. Wortreich stellte er Thilda vor, doch Lester in dem knöchellangen schwarzen Mantel, das Gesicht durch die breite Krempe seines Hutes halb verdeckt, versank in tiefes Schweigen und sah nicht ein einziges Mal auf.

Thilda begann loszureden, so erzählte sie mir, vor Aufregung mischte sie deutsche und englische Wörter durcheinander und konnte doch nicht aufhören, bevor er nicht wenigstens ein noch so geringes Signal gab, dass er sie überhaupt wahrnahm. Nach einigen Minuten richtete er seine Aufmerksamkeit auf Leonard und sagte: «Pres geht jetzt.»

Da hätte ich ihr sagen können, dass Lester in zunehmendem Maße von sich in der dritten Person sprach, aber hätte das einen Unterschied gemacht? Jedenfalls stand er auf, rückte seinen schwarzen Schlapphut zurecht und bewegte sich seitwärts wie ein Krebs in Richtung Bühne. Dort nahm er sein Saxophon, hielt es in seiner eigenen Art schräg und weit vom Körper weg und blies «Lady Be Good».

Leonard versuchte es weiter. Kurze Zeit später besorgte er Thilda einen einwöchigen Gig mit Oscar Pettiford, dessen Pianist eines Abends einfach nicht mehr aufgetaucht war, und hier in der 52nd Street stellte sie erstmals fest, was einen richtigen Musiker ausmachte, der anders zu denken schien als sie, anders zu atmen, der sein Instrument nahm und einen Standard spielte und plötzlich ein Bild malte mit seinen Tönen, schillernder, als sie es je für möglich gehalten hatte. Sie wusste, sie hätte es nie so malen können, sie kannte nicht einmal die *Farben*.

Anfangs versuchte sie noch, Fragen zu stellen, sah Oscar mit ihrem hellblauen Blick an, wenn er versonnen an seinem Bass lehnte. Wie er das mache, fragte sie unbeholfen. Woher er seine Ideen nehme? Sie wollte wissen, wie er seine maßlose Phantasie nährte und wie es ihm gelang, sie an die Oberfläche des Bewusstseins zu holen und in Töne zu kleiden. Als Antwort erntete sie ehrliches Unverständnis. Blicke, als hätte sie gefragt, wie man atmet, schläft oder isst.

Doch sie, so erzählte Thilda, konnte nicht mehr aufhören, darüber nachzudenken, mit zerstörerischer Kraft versuchte sie, über ihren Verstand einen Weg in ihr Unterbewusstsein zu finden, bis ihre Finger bleiern wurden und das Spielen zu einer Qual. Oscar begegnete ihr mit eisiger Höflichkeit, und nach einer Woche trennten sich ihre Wege für immer.

Und wenige Monate später, während ich vor der halb geschlossenen Tür lauerte, hier bei uns in der Wohnung, beschloss sie, dass Musik nicht ihre Berufung war. Dass sie sich aber durch Vernon weiterhin mit Jazz umgeben konnte. Sie würde ihn begleiten, möglichst oft anwesend, aber nur noch Beobachterin sein. Nicht mehr beobachtet werden.

Ich mag das eine oder andere hinzugedichtet haben. Im Grunde stelle ich Vermutungen an, durchsetzt mit einigen wenigen Aussagen Thildas. Aber nur so ergibt sich für mich ein stimmiges Bild, auch wenn es unschärfer wird, je mehr ich mich ihm nähere. Es ist auch nur eine Vermutung, dass Thilda sich Gedanken darüber machte, wie viel Vernon und mich verband. Aber sie musste doch ahnen, dass es mehr war, als wir ihr zeigten, dass es ein stilles Verstehen gab, das nur eine gemeinsame Vergangenheit hervorbringen kann. Bestimmt fühlte sie auch den bebenden Ruck im Zwerchfell, da, wo die Gefühle sitzen, knapp unter dem Brustbein, wenn sie Vernon und mich beobachtete. Sie musste eifersüchtig gewesen sein, ich kann es mir nicht anders vorstellen.

Aber ich sah Thilda lächeln in jener Nacht. Mit tastenden Schritten ging sie im Halbdunkel zurück zum Bett, in dem sich Vernon lang ausgestreckt hatte, und sie sah aus, als könne sie es kaum erwarten, wieder in tiefen Schlaf zu fallen und sich zu vergessen, in einen Schlaf, der, nachdem sie endlich diesen Entschluss gefasst hatte, nie mehr zu spielen, ruhig und vollkommen wäre und aus dem sie am nächsten Morgen erfrischt aufwachen würde. Sie sank auf die Bettkante, und Vernon richtete sich auf. Ich hielt kurz die Luft an, als ich die perfekten Umrisse seines Oberkörpers sah.

«Na endlich», flüsterte er, als habe er sie nicht die ganze Zeit stumm beobachtet. «Als wären meine Gebete erhört worden», raunte Vernon mit seiner Stimme, in dem Ton, der dem geübten Liebhaber eigen ist und der, in das richtige Ohr gesprochen, sofort ein Feuer entzündet, egal, wie lächerlich die Worte, die er wählt, sein mögen. Ich konnte seinen Wunsch in seiner Stimme hören, und sie hätte ihre Hände nur ein klein wenig ausstrecken müssen, um seinen Gürtel zu öffnen, und dann den Kopf nur ein Stück senken.

«Ich schlafe schon fast wieder», sagte sie und versuchte, nicht abweisend zu klingen. Vernon lachte, während er ihre Schultern auf die Matratze drückte und sich langsam neben ihr niederließ, ihren Kopf mit seinen Armen umfing und sanft ihre Schläfen massierte. Ich spürte, wie sich ihr ganzer Körper versteifte. Dass sie ihn am liebsten mit aller Kraft zurückgestoßen hätte, als er mit seiner Zunge über ihre Lippen fuhr. Welch eine Verschwendung!

Doch statt ihre Hände abwehrend gegen seinen Oberkörper

zu drücken, umfing sie ihn mit ihren schmalen Armen, zog ihn auf sich, hielt ihn fest und bat ihn, sich zu beeilen. Vernon hielt kurz irritiert inne, dann lächelte er geschmeichelt, und sie konzentrierte sich ganz auf den Rhythmus, klagte und jammerte – o wie falsch es klang! –, doch als er aufhören wollte, trieb sie ihn unerschrocken weiter mit ihren Seufzern, seinem Gipfel entgegen, der ihm wieder ganz allein gehören sollte. Warum versagte sein sonst so empfindsames Gehör in diesem Augenblick? Als er sich mit einem einzigen Röcheln anspannte und dann auf ihr zusammensank, sah ich Tränen glitzern.

Vernon brauchte einige Minuten, bis sich sein Atem beruhigt hatte, erst dann bemerkte er, dass seine Schulter feucht war.

«Weinst du, meine Thilda?», murmelte er, die Worte schon verwaschen und schläfrig.

Sie nickte und lächelte ihn an, und Vernon fragte nicht weiter, womöglich sich daran erinnernd, dass ich oft in seinen Armen geweint hatte. Und dann sah ich, wie er sich aufrichtete und seine Lippen schürzte. Ich wusste sofort, was jetzt kommen würde, und ich sollte ins Zimmer rennen und ihn davon abhalten, denn das, zumindest das, hatte immer nur mir gegolten, immer nur mir, das hatte er in unseren vielen Nächten geschworen, das hatte er bei keiner anderen Frau getan, niemals, wenigstens das sollte er nur für uns beide aufheben, diese kleine Geste, die mir so viel bedeutete, weil sie nur für mich war.

Aber jetzt setzte er sich auf und spitzte die Lippen und blies ihren Körper trocken, blies über ihre Schulterblätter, ihren Rücken, die Hüften und die langen Beine, ich konnte regelrecht spüren, wie der Schweiß auf ihrem Körper kühl wurde und dann trocken. Und zum ersten Mal fühlte ich mich wahrhaftig verraten.

In dem Moment, in dem Thilda auftauchte, veränderte sich unser Leben so vollständig, dass ich mich bald kaum noch daran erinnern konnte, wie es vorher gewesen war. Sie zog bei uns ein wie eine Königin, die sich einfach nicht vorstellen kann, nicht erwünscht zu sein. Ich empfand das sogar als angenehm. Es gab kein gegenseitiges Herantasten, keine dieser typischen Kennenlerngespräche, kein vorsichtiges Herausfinden, wie der andere war, was er mochte und was er verabscheute. Sie blieb einfach, ohne dass diese Tatsache jemals zur Diskussion gestellt wurde.

Innerhalb weniger Tage hatte sie unsere Wohnung in etwas Neues verwandelt, eine Art Gemütlichkeit zog bei uns ein mit vielen sauberen Tüchern für die Tische und so manchen heruntergekommenen Sesseln. Wo immer ich hinschaute, fiel nun mein Blick auf Kerzen, die Thilda geradezu exzessiv einkaufte, und manchmal füllte sie Wachsreste in einen Topf und erwärmte und vermischte sie wie eine Alchimistin, um sie dann zu merkwürdigen Figuren zu formen, in die sie Dochte steckte. Dicke und dünne, lange, gedrehte, bunte Kerzen in Ständern oder auf Untersetzern zierten unsere Wohnung wie bizarre, stumme Zeugen. Wenn ich am frühen Abend mit schmerzenden Händen nach Hause kam, saß Thilda meist am Küchentisch und blickte in eine Flamme, ohne jemals meine Frage zu beantworten, wie lange sie schon so dasaß.

Thilda hatte uns mit knappen Worten beim Frühstück mitgeteilt, dass sie künftig keine Konzerte mehr geben wolle, dass das Klavierspielen ab sofort nur noch ein Hobby für sie sei und nichts weiter. Darüber diskutieren wolle sie nicht, fügte sie hinzu, ihr Entschluss stehe fest. Vernon verzog keine Miene, hakte nicht nach, hielt nur friedvoll ihre Hand. Es ist seine Art, Entscheidungen zu akzeptieren, ohne zu widersprechen. Heute bin ich überzeugt, dass Thilda insgeheim genau darauf wartete – vielleicht ohne es selbst zu ahnen. Wahrscheinlich hätten ein paar Worte genügt, um ihr die Kraft zu geben, es doch noch einmal anzupacken und sich ihrer Angst zu stellen. Schließlich war sie schon weiter gekommen als die meisten, und ich glaube nach wie vor, auch wenn ich mich an ihr Spiel nicht mehr so recht erinnere, dass sie Talent hatte. Ein Kenner wie Leonard Feather hätte sich nicht so getäuscht.

Doch die Worte, die nötig gewesen wären, fielen nicht. Wie hätte Vernon sie auch aussprechen können, wo ihn doch eine ähnliche Furcht quälte, die zwar einen anderen Ursprung hatte, aber die gleiche Auswirkung: die tiefe Unsicherheit, das Gefühl, nicht gut genug zu sein. Bei Vernon aber war der Wunsch, eines Tages zu triumphieren, stärker und wuchs, je mehr sich Thilda von ihrer Musik distanzierte. Ich vermute, die Tatsache, dass eine Frau wie Thilda, so schön und so blass, einfach aufgab, erfüllte Vernon Tag für Tag mit mehr Kraft.

Vielleicht war er auch wie ich insgeheim überzeugt davon, dass sie nicht wirklich wissen konnte, was der Blues ist, denn egal, wie schlecht es einem Weißen ging, einem Schwarzen ging es auf jeden Fall und immer noch schlechter. Und ohne ein Gefühl für den Blues gibt es keinen Jazz. So viel steht fest. Möglicherweise schlummerte auch in ihm die Wut darüber, dass die weißen Musiker den Schwarzen ihre Musik geklaut hatten und jede Menge Geld damit verdienten, während ihre Schöpfer gerade so über die Runden kamen.

Ich kann nicht wissen, ob Vernon so dachte, über so etwas sprach er nicht. Er schien überhaupt kein Interesse an Politik zu haben, an der Gesellschaft insgesamt. Ich bin aber sicher, dass er Gefallen daran fand, Thilda zu Hause oder allenfalls in einem Büro zu wissen, und nicht in dunklen vibrierenden Nächten auf einer Bühne, wo ihr kurzes Haar im Scheinwerferlicht noch goldener glänzte.

Natürlich hätten auch von mir die erlösenden Worte kommen können, von Frau zu Frau, solidarisch, unterstützend, und ich weiß, dass sie noch mehr Wirkung gezeigt hätten als alles, was Vernon hätte sagen können. Doch es war mir ganz und gar unmöglich, und so nahmen wir beide ihren Entschluss aus unterschiedlichsten Gründen hin.

Vernon begann sogar alsbald laut zu überlegen, welche Arbeit für sie infrage käme. Hilfskrankenschwestern würden immer gesucht, meinte er, aber besser wäre noch ein Job als Sekretärin. Ich nickte nur mit dem Kopf, und das alles bestärkte Thilda in ihrem Glauben, dass der Weg, den sie eher zufällig eingeschlagen hatte, der falsche gewesen war und jeder andere besser.

Wenn ich damals schon von Thildas Zusammentreffen mit Lester Young gewusst hätte, hätte ich ihr erzählen können, dass seine Art, sie zu behandeln, überhaupt nichts zu bedeuten hatte. Ich hätte ihr erzählen können, dass auch er an dieser seltsamen Krankheit litt, die von Ärzten so gerne und vorschnell als Schizophrenie diagnostiziert wurde, wie bei so vielen Künstlern. Ich hätte ihr nicht nur von Charlie erzählen können, von Monk und Lester. Von Bud Powell. Billie. Bessie Smith. Auch von Vivian Leigh oder Janet Frame oder von Judy Garland – von den Behandlungen und Elektroschocks und wie Genie systematisch zerstört wurde.

Heute könnte ich Thilda sagen, dass die Schatten auf Lesters Seele, nur wenige Jahre nachdem sie ihn getroffen hatte, übermächtig wurden. Damals lebte er im Alvin Hotel am Broadway, und aus seinem Fenster konnte er den Eingang des Birdland sehen. Dort saß er auf einem Stuhl mit seinem flachen Schlapphut und in kurzen Hosen, das Saxophon im Arm. Jedem Musiker, den er sah oder zu sehen glaubte, winkte er aufgeregt zu, er drückte stundenlang die Klappen seines Saxophons, ohne auch nur einen Ton zu blasen. Er trank Gin und hörte Platten von Frank Sinatra. Tag für Tag. Bis er sich auf sein Bett legte, die Lippen um ein imaginäres Mundstück geschmiegt, sie bewegend, als würde er spielen, und starb.

Doch zu dieser Zeit saß Thilda schon lange im Gefängnis und hatte alles, was mit Musik zu tun hatte, aus ihrem Leben gestrichen. Es Thilda heute zu erzählen, bei einem unserer Treffen, dieser Gedanke kam mir nicht, es war sowieso zu spät.

Nach ihrem Entschluss, das Klavierspielen zu lassen, begann Thilda zu stricken. Ich konnte beobachten, wie unter ihren Händen phantastische Muster entstanden, Farben ineinander flossen und Zöpfe sich wie Schlangen ausbreiteten. Oft döste ich in meinem Zimmer zum Takt ihrer Stricknadeln, während Vernon in der Küche Tonübungen machte oder Soli blies, wie ich sie nie zuvor von ihm gehört hatte und die sich geheimnisvoll dem Rhythmus ihrer klackenden Nadeln anpassten.

Thilda hörte also auf, sich mit Musik zu beschäftigen. Sie verdiente nicht schlecht als Sekretärin in einer Bank, wo sie nun ihre Finger über die Tasten von Schreib- und Rechenmaschinen gleiten ließ. Es schien ihr nicht das Geringste auszumachen. Vernon war voller Pläne. Er gründete eine eigene Band und begann wie besessen, Musik zu schreiben. In Wahrheit ging ihm natürlich eine ganz bestimmte Melodie durch den Kopf, aber die schrieb er damals noch nicht nieder. Als ich ihn eines Tages darauf ansprach, ob er LaVon ein Lied widmen wolle, wurde er wütend. Also wusste ich, dass ich Recht hatte. Ich fragte ihn, ob er Thilda schon davon erzählt habe.

«Vielleicht könntest du irgendwann anfangen, dich um deinen eigenen Kram zu kümmern», knurrte er und schnallte sein Saxophon ab. «Und noch was. Ich entscheide selbst, wann ich wem was erzähle. Ist das klar?»

Aber er hatte nichts dagegen, dass ich seine Anzüge aus der Reinigung holte. In dieser Nacht gingen wir drei ins Minton's Playhouse in Harlem. Ich dachte an die Zeiten, wo Vernon und ich im Cecil Hotel in der 118th Street gewohnt hatten. In einem großen, sauberen Zimmer zu einem anständigen Preis. Damals trafen wir uns oft nachmittags im Minton's und hörten Musik aus der Jukebox, abends gingen wir dorthin, um uns an den herrlichen Gerichten von Ardelle, der Köchin, satt zu essen. Und danach wurde bis in die frühen Morgenstunden hinein gejammt.

Thilda trug an diesem Abend eine weite dunkelgraue Hose und eine hochgeschlossene schwarze Bluse. Sie sah aus wie eine Göttin, das blonde kurze Haar lag in schimmernden Wellen eng an ihrem Kopf. Die Augen hatte sie kaum geschminkt, aber ihre Lippen glänzten wie violetter Lack. Vernon hatte seinen schwarzen Anzug an, und das cremeweiße Hemd, das ich ihm schnell gebügelt hatte, war noch warm gewesen, als er hineinschlüpfte. Weder Thilda noch ihn schien es zu stören, dass ich meiner alten Gewohnheit nach Vernon umsorgte, ihm half, seine Krawatte zu binden, und tausend andere vertraute Dinge tat, die jetzt eigentlich Thildas Aufgabe gewesen wären.

Der Eintritt war frei, nur für die Tische, auf denen weiße Decken lagen und kleine Blumenvasen standen, musste man zwei Dollar zahlen. Thilda hatte ihr erstes Gehalt bekommen und lud uns ein. Überall sah ich bekannte Gesichter, es waren viele Musiker da, die ihre Instrumentenkoffer neben sich stehen hatten, in der Hoffnung, von Thelonious auf die Bühne geholt zu werden. Auch Vernon hatte sein Saxophon dabei, stellte es aber unter seinen Stuhl, als wolle er sein Schicksal nicht herausfordern. Dabei hatte er es schon längst nicht mehr nötig, sich auf die Bühne holen zu lassen, sondern hätte jederzeit ungebeten einsteigen können.

Es war nicht so voll wie an den Montagabenden, wenn Charlie und Dizzy üblicherweise auftauchten. In solchen Nächten sammelten sich die Leute sogar auf der Straße oder hingen an den Fenstern, um wenigstens etwas von der Musik mitzubekommen. Trotzdem war es auch an diesem Abend nicht leicht, einen Platz zu finden. Ich stellte mich auf eine lange Nacht ein, denn es war Freitag, und Thilda musste am nächsten Tag nicht arbeiten. Ganz im Gegensatz zu mir. Ich hatte einer Nachbarin versprochen, das Hochzeitskleid für ihre Tochter zu nähen, und war für morgens um acht bereits mit ihr verabredet. Nach dem Minton's gingen wir normalerweise ins Monroe's, und dort ging es dann weiter bis sechs oder sieben Uhr. Ich hoffte, dass wir diesmal etwas früher nach Hause gehen würden. Auf die Idee, mir allein ein Taxi zu nehmen, kam ich nicht.

Thilda und Vernon hielten sich fast den ganzen Abend an den Händen. Wie gebannt beobachtete ich, wenn Vernon sich zu ihr hinüberbeugte, ihr Haar küsste oder ihre Armbeuge streichelte. Sie nahm diese Zärtlichkeiten hin wie eine Huldigung. Ihren Blick hatte sie auf die Bühne geheftet, vielmehr auf Thelonious' Frauenhände, auf die parallel zu den Tasten ausgestreckten Finger, die auf und ab schnellten wie kleine Peitschen. Sein Ziegenbärtchen und seine Sonnenbrille vibrierten im Takt, die Baskenmütze war ihm in die Stirn gerutscht. Ob sie ihn beneidete?

«Er würde am liebsten ausschließlich in Harlem spielen», sagte Vernon und versuchte, endlich Thildas Aufmerksamkeit auf sich zu ziehen. «Er will nicht, dass seine Musik von den Weißen gestohlen wird. So wie der Swing. Du weißt schon.»

Ich warf Vernon einen Blick zu, den er ignorierte. Thilda zuckte nur mit den Schultern. Sie ließ sich nicht anmerken, ob sie diese Anspielung schmerzte. Vielleicht hatte sie auch einfach nichts verstanden. Aber sie trank ziemlich schnell hintereinander zwei Gläser Wein.

Ich konzentrierte mich jetzt völlig auf die Musik. Ein Trompeter, den ich nicht kannte, war auf die Bühne gesprungen und blies seltsame Linien mit bizarren Tonsprüngen, blitzschnell über große Intervalle hinweg, und obwohl ich mir nicht sicher war, was ich davon halten sollte, fühlte ich, wie die Musik mich fortriss. Mein Puls ging schneller und mein Atem stoßweise wie nach einem schnellen Lauf. Als er seine Trompete von den Lippen nahm, riss ich erst meine Arme in die Luft, dann folgte mein Körper. Ich stand auf und applaudierte heftig. Ich hörte die Leute im Publikum rufen und lachen, ich sah aus den Augenwinkeln, wie sie sich zunickten, einige schlugen sich auf die Schultern, und Thelonious stand auf und begann zu tanzen. Er wiegte seinen massigen Körper, knickte seine Knie ein, drehte sich mehrfach im Kreis und stampfte laut mit den Füßen auf. Schade, dass ich keine Ahnung habe, wie dieser Trompeter hieß. Damals war er auf dem besten Weg, ein Star zu werden, und verwelkte dann gänzlich – ich weiß nicht warum. Man hat nie wieder von ihm gehört.

Als mein Atem wieder langsamer ging und der Applaus zögernd verklang, spürte ich Thildas Augen auf mir. Mir wurde nicht nur klar, dass sie mich die ganze Zeit über beobachtet, sondern auch, dass ich es unbewusst gespürt hatte, wie ihre Augen über meinen Körper in dem engen dunkelroten Kleid gewandert waren, über meine runden Schultern und den tief gezogenen Ausschnitt, über meinen prallen Bauch, der sich deutlich unter dem Stoff abzeichnete, und wieder zurück auf mein vor Schweiß und Freude glänzendes Gesicht. Vernon war sichtlich irritiert. Er versuchte diesen Blick zu deuten, genauso wie ich. Was lag darin? Missgunst? Anerkennung? Was immer es war, zumindest zeigte dieser Blick ein Interesse, auf das er fast eifersüchtig reagierte. Eine Neugier, die sie in seiner Gegenwart offenbar nicht überkam.

Mit erhitzten Wangen setzte ich mich wieder an den Tisch und sah sie an. Sie war blass und die Hand, in der sie eine halb gerauchte Zigarette hielt, zitterte. Ihr Blick, den sie mit mir teilte, schien ewig zu währen, er war beredt, fast geschwätzig. Ich weigerte mich, zu verstehen. Noch.

Vernon stieß mit dem Fuß an seinen Saxophonkoffer. Mit halb geschlossenen Augen lauschte er der Musik dieses jungen Trompeters, der in irrem Tempo weiterspielte. Aber ich konnte sehen, dass seine Gedanken sich auf die Frau neben ihm konzentrierten, deren Hand er hielt und ab und zu leicht drückte. Ihre Finger lagen bewegungslos in seinen. Bestimmt wünschte er sich, sie würde zumindest einmal den Kopf zu ihm drehen oder sich kurz an ihn lehnen. Um ihm zu zeigen, dass sie seine Gegenwart genauso ganz und gar empfand wie er ihre. Dass nichts auf der Welt sie so sehr gefangen nehmen konnte, dass sie nicht trotzdem in erster Linie ihn wahrnahm.

Thilda rührte sich nicht, sondern heftete ihre Augen wieder auf die Bühne, aber ich war mir nicht sicher, ob sie die Musik überhaupt hörte. Tosender Applaus. Auch Vernon begann jetzt zögernd zu klatschen und ließ dabei zum ersten Mal an diesem Abend Thildas Hand los. Sofort sah er verloren aus.

Thilda drehte sich von der Bühne weg und legte den Kopf leicht in den Nacken. Dadurch hatten sich ihre Lider gesenkt und die langen Wimpern warfen verräterische Schatten auf ihre hohen Wangenknochen. Vernon sprang auf, packte seinen Koffer und lief zur Bühne. Der Trompeter schüttelte umständlich die Hände seiner Kollegen, fiel mit ihnen in ein verbindendes Lachen ein, nur Monk saß jetzt wieder schweigsam brütend am Klavier. Als er Vernon sah, nickte er kurz und bemerkte nicht, dass ein Raunen durch den Saal ging.

Die Leute an den vorderen Tischen drehten die Köpfe, um zu sehen, was da vor sich ging, und hielten den Atem an, als sie den schmalen jungen Mann sahen, der sich mit erhobenem Kopf durch die Reihen schob. In seinem schwarzen Haar, das dick eingefettet nach hinten gekämmt war, tanzten Funken, die Lippen hatte er verächtlich herabgezogen. Sein schlanker Körper steckte in einem Anzug mit unerhört breiten Schultern, dazu trug er ein Mr.-B-Hemd. Seine Bewegungen waren geschmeidig und vorsichtig, als erwarte er jeden Moment, angefallen zu werden.

Ehrfürchtig machten ihm die Gäste Platz, ihm, der eines Tages einer der reichsten Männer im Jazz werden sollte. Der

Schlagzeuger, der aussah wie ein Abziehbild von Kenny Clarke, hatte sich aufgerichtet und rief: «Ladies and Gentlemen, please welcome Mr. Miles Davis.»

Der junge Trompeter begann nervös zu lächeln, als wisse er nicht, ob er nun die Bühne verlassen sollte oder ob sein Idol ihn auffordern würde zu bleiben. Doch Miles sprang aufs Podium und ging einfach an ihm vorbei, auf den Schlagzeuger zu. Und bestimmt dachte er in diesem Augenblick auch an Kenny, und an Paris, wo sie zusammen ungeheure Erfolge gefeiert hatten und wo er hätte bleiben sollen, so wie Kenny. An die Nächte am linken Seineufer, von denen er mir so oft erzählt hatte, dass ich das Gefühl hatte, dort gewesen zu sein. Mit Jean-Paul Sartre, Albert Camus, Pablo Picasso und Simone de Beauvoir, die alle besessen waren von dieser neuen Musik. Die die schwarzen Musiker aus Amerika behandelten wie Menschen. Das müssen Zeiten gewesen sein! Vielleicht erinnerte er sich in diesem kurzen Augenblick, als er den Schlagzeuger anstarrte, an die besitzergreifenden Umarmungen von Juliette Greco. Und sagte sich zum hundertsten Mal, dass er dort hätte bleiben sollen. In Paris. So wie Kenny.

Miles' Augen waren gerötet, mit stecknadelkopfgroßen Pupillen. Der junge Trompeter war wortlos von der Bühne gegangen, und die Leute im Publikum hatten ihn umgehend vergessen. Miles wandte sich jetzt Monk zu und klopfte ihm kurz auf die Schulter. Alle hier wussten, dass er von dessen Musik nicht viel hielt. «Monk spielt lauter falsche Akkorde», pflegte Miles zu sagen, und dass er ein Nichtmusiker sei. Er war jetzt trotzdem im Begriff, mit ihm zusammen zu spielen, und das lag daran, dass es Miles darum ging, sein Können zu demonstrieren und den tobenden Applaus, den sein Vorgänger so unerwartet verursacht hatte, zu übertreffen.

Vernon hatte sein Saxophon ausgepackt und ein paar Mal prüfend hineingeblasen. Miles grüßte ihn mit einem flüchtigen

Hey man, dann ließ er den Trompetenkasten aufschnappen und hob das Horn aus seinem Samtbett, hielt es nachlässig an den Mund, öffnete das Speichelventil und blies leicht hinein. Ein feiner Sprühregen fiel auf die Bühne. Dann schloss er es wieder und bewegte probehalber die Ventilklappen. Er begann ein paar gehaltene Töne zu blasen, halblaute. Er versuchte nicht, die rasenden, nervösen Phrasen seines Vorgängers zu übertreffen. Sein Ton war voll Trauer und Resignation. Jede unnötige Note ließ er aus. Kleine Biegungen und Schleifungen, wie in Samt gebettet, ein Schleier aus Tönen, der durchs Minton's zog. «My Funny Valentine». Nur einige Jahre später warb eine Telefongesellschaft übrigens mit dem Satz: *Ich hörte Miles Davis «My Funny Valentine» spielen und dachte plötzlich an dich*. Was für eine verrückte Zeit das war.

Der Schlagzeuger setzte sich und strich mit dem Besen über die metallenen Teller. Monk fiel mit leisen, noch unentschlossenen Akkorden ein. Das Publikum hielt den Atem an, es ahnte, dass da oben etwas Besonderes geschah. Miles' Töne flossen gelassen wie die Zeit und öffneten die Herzen. Man hörte kein Klirren von Gläsern. Nicht einmal ein Räuspern. Niemand unterhielt sich jetzt mehr. Vernon stand ruhig daneben, blinzelte in das grelle Scheinwerferlicht und suchte Thildas Augen.

Dann setzte Miles die Trompete ab, Vernon war an der Reihe. Er verpasste seinen Einsatz und begann mit einigen Takten Verspätung. Voller Angst. Ein kreischender Ton entrang sich seinem Saxophon. Es lag etwas Herzzerreißendes darin. Bitteres. Vernon zuckte zusammen. Ich stöhnte auf. Und fragte mich automatisch, was Thilda in diesem Augenblick dachte. Der Schlagzeuger tauschte den Besen gegen Stöcke und zog das Tempo an. Monk bearbeitete die Klaviertasten mit den Ellbogen.

Miles starrte den Pianisten an. Man konnte Monks Stimme hören, die zischte: «Zum Teufel, Miles, was glotzt du so?»

«Du spielst Scheiße, Nigger», gab Miles zurück. Dann stellte er sich an den Rand der Bühne und wandte den Musikern den Rücken zu.

Allen war klar, dass er sich nicht wirklich über Monk, sondern über Vernons lieblos aneinander gereihte Noten ärgerte, die im Begriff waren, die Einzigartigkeit dieses Abends zu zerstören. Ich spürte, dass es in Vernons Kopf von Vorstellungen wimmelte. Doch das, was er spielte, war falsch. Ich wusste genau, was auf der Bühne vor sich ging. Dass er zwischen seinen Schulterblättern ein Loch spürte, ein tiefes kaltes Loch, so als stünde sein Vater hinter ihm und starrte auf seinen Rücken. Fast konnte er sein leises Lachen vernehmen, ein Kichern mehr, und unwillkürlich drehte er sich um. Wütend. Und sah in die fragenden Augen des Bassisten.

Ich hörte das nervöse Stühlerücken im Publikum. Reiß dich zusammen, flüsterte ich. Hör auf, daran zu denken. An ihn zu denken. Ich hatte das Gefühl, ich müsse ihm helfen, frei und tief zu atmen. Dort oben bei ihm stehen und gemeinsam mit ihm ringen. Und tatsächlich atmete ich laut und langsam, füllte mein Zwerchfell mit Luft und ließ sie langsam entweichen. Doch er suchte wieder Thildas Augen. Ich erinnerte mich an einen Abend, an dem wir, lange bevor Thilda auftauchte, in seltener Offenheit miteinander gesprochen hatten. Nichts schien uns an diesem Abend zu peinlich, zu persönlich, zu ehrlich. Damals erklärte mir Vernon, dass er es nicht ertragen könne, sich selbst spielen zu hören. Dass er überzeugt sei, alle anderen seien besser, und dass ihn diese Befangenheit niemals verlasse.

Der Raum war zu düster, die Scheinwerfer zu grell. Er konnte nur Umrisse erkennen. Also schaute er nach innen. Und endlich, endlich spürte ich die Erleichterung. Die Phrasen, die zuvor wie erstickt geklungen hatten, wurden jetzt weiter und ruhiger. Seine Hände hörten auf zu zittern. Routiniert brachte er sein Solo zu Ende, kein großartiges, aber ein anständiges

Solo. Die Zuhörer lehnten sich entspannt in ihre Stühle zurück. Dann übernahm Miles wieder und zauberte ein Gefühl von Erhabenheit in den Raum und eine grenzenlose Traurigkeit. Ich sah Frauen mit weit aufgerissenen Augen in seine starren, während ihre Tränen in Strömen flossen. In Strömen – und es war vorbei.

Vernon stand unschlüssig auf der Bühne, hörte den Beifallssturm, der nicht ihm galt, und hielt Miles die Hand hin. «Verdammt, *motherfucker*», rief Miles, «nicht mal spielen kannst du.» Dann wandte er sich dem Schlagzeuger zu. «Macht weiter, ich komme gleich zurück. Ich muss kotzen und will auf die Toilette.»

Vernon ging von der Bühne. Mit einem Grinsen, das er nicht so meinte, kam er zurück an unseren Tisch. Ich stand auf und wollte ihm entgegengehen, mit sorgenvollen Augen und einem tröstenden Lächeln. Er gab vor, es nicht zu bemerken, und ließ sich mit einem lauten Stöhnen neben Thilda auf den Stuhl fallen.

«Ein Wahnsinniger, dieser Miles», sagte er dabei laut. «Völlig verrückt. Und jetzt lasst uns noch was trinken.»

Er bestellte eine weitere Flasche Wein und verstaute sein Saxophon wieder unter dem Tisch. Thilda hatte sich jetzt ganz von der Bühne abgewandt und war näher an ihn gerückt. Ich konnte trotz der Zigarette, die sie in der Hand hielt und deren Rauch mir in die Nase stieg, ihren Duft riechen. Sie trank ihr Weinglas in einem Zug leer und schenkte sich nochmal ein. Ich sah Miles von der Toilette kommen. Ohne zu zögern, steuerte er auf unseren Tisch zu. Er sah aus, als sei er irgendwo weit oben und könnte es nicht fassen, was da unten alles rumkroch.

Er setzte sich auf den freien Stuhl neben mir und grüßte mich nur mit einem kurzen Kopfnicken, als habe er nicht nur wenige Wochen zuvor versucht, mich ins Bett zu kriegen, was ich nicht nur ablehnte, weil er mindestens einen Kopf kleiner war als ich, sondern weil er nicht aus Leidenschaft, sondern Langeweile mit mir schlafen wollte.

Er musterte Thildas Gesicht sehr ausführlich, dann drehte er sich gelangweilt zu mir und fragte:

«Wer ist das Herzchen? Ich habe euch jetzt schon einige Male zusammen gesehen.»

Ich lächelte ihn an. Mir war klar, was kommen würde. Ich wollte ihn ablenken.

«Ich mag deine Musik nicht», sagte ich. «Du bist ein Junkie. Und das hört man aus deiner Musik heraus.»

Miles begann zu lachen.

Er hatte damals noch nicht diese heisere Stimme. Die bekam er erst Jahre später, als sich kleine Knötchen an seinen Stimmbändern bildeten, die operativ entfernt werden mussten. Nach der Operation wiesen ihn die Ärzte an, zwei Wochen lang nur zu flüstern. Sie wussten es ja nicht besser, weil sie ihn nicht kannten. Doch natürlich schrie er bereits am nächsten Tag einen Veranstalter an und ruinierte seine Stimme für immer. Daraufhin konnte er nur noch flüstern und war gezwungen, jedes Wort sehr deutlich zu sprechen, um überhaupt noch verstanden zu werden.

Aber an dem Abend, von dem ich erzähle, war seine Stimme noch in Ordnung und seine Sprache ein wenig verwaschen.

«Mach mir nichts vor, du liebst meine Musik», sagte er. «Und ich merke es sofort, wenn ein Weibsstück lügt. Ich kann es förmlich riechen. Und ich hasse Lügen.» Dann wechselte er das Thema, als sei ich es nicht wert, sich länger mit mir zu beschäftigen. Träge blickte er wieder Thilda an. «Du kannst dir nicht vorstellen, *sweetcake*, wie viele dieser Nutten im Publikum mit mir ins Bett wollen, wenn ich ‹My Funny Valentine› spiele. Oder sonst irgendeine Scheißballade. Wie isses mit dir. Wie wär's mit einem kleinen Fick?»

Keine Ahnung, ob Thilda ihn nicht richtig verstand. Ob sie

überhaupt ein Wort verstand, so nachlässig, wie er sprach. Jedenfalls antwortete sie nicht, sondern schaute ihn nur ausdruckslos an. Vernon richtete sich etwas auf und sah aus, als müsse er noch entscheiden, wie er am besten reagieren sollte.

«Geh zurück auf die Toilette», sagte ich in Miles' Richtung.

«Alles schon erledigt», rief er laut. «Glaub mir, Mädchen, intravenös ist das einzig Wahre. Dann geht das Mistzeugs schnurstracks ins Blut. Alles andere ist reine Geldverschwendung.» Er nahm mein Weinglas, trank einen großen Schluck und starrte Thilda an. «Oder, viel besser noch: Erst spritzt du dir den Scheiß in die Vene. Dann ziehst du's zurück in die Spritze, schön vermischt mit deinem Blut, und alles wieder zurück in den Arm. Das kannst du ein paar Mal hintereinander machen. Und dein Schädel platzt ganz herrlich.» Er lehnte sich zurück und grinste dämonisch. Ich gab Vernon unter dem Tisch einen Tritt. Ich wollte keine Szene. «Ist die tollste Sache der Welt», fuhr er fort. Er strich über seinen rechten Arm. Damals gab es noch keine Durchsuchungen im Minton's. Noch mussten die Musiker nicht regelmäßig ihre Ärmel vor der Polizei hochrollen und sich deshalb das Zeug in die Beinvenen spritzen.

«Wir gehen», sagte Vernon und wollte aufstehen.

«Warum hast du's so eilig? Motherfucker, lern erst mal, anständig Saxophon zu spielen.» Miles lächelte vage.

Noch heute zucke ich zusammen, wenn ich solche Worte höre. Obwohl sie ständig um mich herum sind, konnte ich mich nie daran gewöhnen. Vielleicht weil ich glaube, dass Worte einen tiefen Einfluss auf Menschen haben und Sprache ihr Bewusstsein formt. Ich bin überzeugt davon, dass ein Mann, der Frauen immerzu Nutten nennt, sie auch so behandelt. Wahrscheinlich habe ich mich deshalb nie auf Miles eingelassen.

«Lass ihn, Vernon.» Thilda meldete sich erstmals zu Wort. «Er meint das nicht so.»

«Oh, das Herzchen kann also doch sprechen? Siehst du, die

weißen Weiber müssen erst mal Mitleid mit einem haben. Dann werden auch sie freundlich. Ich will dir was erzählen, Mädchen.»

Seine Augen waren jetzt fast vollständig geschlossen und seine Worte wurden immer undeutlicher. «Bilde dir bloß nicht ein, dass ich mit dir jemals ins Bett gehen würde. Auch wenn du mich anflehst. Ich bevorzuge Afrikanerinnen. Richtig tiefschwarze. Mit hohen Backenknochen und einem anständigen Arsch und geraden Nasen. Die wissen noch, wie man einen Mann behandelt. Und die haben richtig schöne Hüften. Breit und …» Er brach mitten im Satz ab. Von einer Sekunde auf die andere langweilte er sich, stand schnell auf und ließ uns grußlos allein.

Thilda starrte ihm nach. Gerne hätte ich ihr etwas Nettes gesagt. Irgendetwas. Dass man ihn kennen müsse, um ihn zu verstehen vielleicht. Dass er nicht wirklich so sei oder etwas ähnlich Dummes. Und Tröstendes. Aber ich schwieg, weil ich glaubte, das sei nun wirklich Vernons Aufgabe.

Dabei mochte ich Miles wirklich. Im Laufe der Jahre sogar immer mehr. Ich musste mich einfach nur an seine Sprache, an sein ständiges Fluchen gewöhnen. Mit der Zeit konnte ich sogar darüber lachen, selbst wenn ich weiterhin erst mal zusammenzuckte. Nie werde ich vergessen, wie er einfach bei mir vorbeikam, als ich allein in unserer Wohnung lebte, weil Thilda im Gefängnis war und Vernon im Krankenhaus, wo überhebliche Ärzte sich einbildeten, mit Elektroschocks seinen Geist sauber fegen zu können. Wie wenig Ahnung sie doch hatten. Ich war an diesem Morgen wie an jedem anderen bei ihm gewesen und hatte seinen erstarrten Körper in den Armen gehalten. Obwohl Vernon nicht mit mir sprechen konnte, sah ich, dass er nicht wusste, wie er sich hinlegen sollte, um keine Schmerzen zu haben. Ich hatte meine eine Hand auf seine rechte Gesichtshälfte gelegt, die wie eine Fratze nach oben gezogen war, und mit der anderen Hand das Taschentuch gehalten, das seinen Speichel auffing.

Weil er nicht mehr in der Lage war, Geld zu verdienen, nähte ich von morgens bis abends, und sooft es ging, putzte ich die Treppen in der Nachbarschaft oder massierte Mrs. Louries Hände. Wenn ich spazieren ging, sammelte ich leere Getränkeflaschen auf und ließ mir das Pfand ausbezahlen. Unsere Wohnung wollte ich keinesfalls aufgeben.

Und dann stand plötzlich Miles vor mir im Treppenhaus, in einem knapp sitzenden italienischen Anzug. Um den Hals hatte er ein Seidenhalstuch geschlungen. Mürrisch grüßte er mich und weigerte sich hereinzukommen.

«Okay, und wie geht's dir?», fragte er und blickte mich finster an.

«In Ordnung.»

«Gut.» Er druckste eine Weile herum. «Vernon, der Scheißkerl, lässt es sich gut gehen, was, in seiner Klinik?»

«Nicht direkt.» Wir standen noch immer an der offenen Wohnungstür. Ich fragte mich, was er eigentlich wollte.

«Ja, Scheiße, Mann», murmelte er. «Die pusten ihm seinen verdammten Verstand weg, oder?»

Ich zuckte mit den Schultern.

«Also, hör mal», nuschelte er und schien plötzlich entschlossen, das Ganze schnell hinter sich zu bringen. «Nimm das hier, und ich will nichts hören.» Er drückte mir ein Bündel Dollarscheine in die Hand. Ich war zu verzweifelt, um sie zurückzuweisen.

«Und, hey, du brauchst den Scheiß nicht zurückzuzahlen.» Er drehte sich auf dem Absatz um und lief die Treppe hinunter.

«Danke», rief ich ihm nach.

«Bullshit», antwortete er und war verschwunden. Als ich später nachzählte, glaubte ich meinen Augen nicht zu trauen. Fünfhundert Dollar lagen auf dem Küchentisch.

Als er festgestellt hatte, dass er nicht unbedingt mit mir ins Bett musste, wurden wir richtig gute Freunde. Die Leute glauben ja immer, dass er furchtbar arrogant war und seine Zuhörer hasste, weil er ihnen so oft den Rücken zuwandte, seine Ansagen kurz hielt und nach den Soli die Bühne verließ.

«Was, zum Teufel, erwarten die eigentlich? Soll ich da blöd herumstehen?», krächzte er einmal, als wir mit seiner Frau Francis um den großen Esstisch in seinem Haus in der West 77th Street saßen, das früher eine russisch-orthodoxe Kirche gewesen war. Während wir überbackene Makkaroni aßen, las er uns aus irgendeinem Jazzmagazin vor. Dort wurde ihm sein immer finsteres Gesicht vorgeworfen. *Warum spielt er überhaupt, wenn er uns so hasst? Will er nur unser Geld?* stand da. Dabei bin ich überzeugt, dass seine wirklichen Fans schockiert gewesen wären, wenn er sich plötzlich nach jeder Nummer lächelnd verbeugt oder Witze erzählt hätte wie Dizzy etwa.

«Außerdem höre ich verdammt nochmal den Drummer besser, wenn ich mit dem Rücken zum Publikum stehe.» Der Käse zog dicke Fäden, als er sich einen Löffel voll Makkaroni in den Mund schob.

«Die sind gut», sagte er mit vollem Mund. «Da kann nicht genug Käse drauf sein.»

Manchmal – selten – war er in der Laune, Monologe zu halten. «Und was soll der ganze Scheiß, von wegen ich sei ein Rassist?», sagte er. «Auf meiner ersten Scheißplatte ist fast jeder beschissene Musiker ein Weißer, oder etwa nicht?» Er schlug mit seinem Löffel auf den Tisch. «Haben die eigentlich eine Ahnung, wie oft mich irgend so ein Nigger deswegen zur Rede gestellt hat? Weil ich so oft weiße Musiker beschäftige? *Fuck you.* Die sagen nämlich, ich würde mich dem weißen Publikum anbiedern, verstehst du? So sieht das nämlich aus. Ist doch scheißegal, wie ich's mache.»

Es waren ziemlich viele Gerüchte über Miles in Umlauf, die

mich damals gehörig beeindruckten. Zum Beispiel erzählte man sich, dass zwei Männer auf ihn geschossen hatten, als er in Brooklyn mit einer Freundin in seinem Wagen saß. Zwar wurde niemand verletzt, aber Miles soll eine Belohnung von zehntausend Dollar ausgesetzt haben, um die beiden zu schnappen. Ein paar Wochen später sollen sie erschossen worden sein.

Oder die Geschichte um den ermordeten Polizisten. Eines Tages stand Miles vor dem Birdland, wo er gerade ein Konzert gab, auf der Straße, wahrscheinlich wollte er zwischen zwei Sets eine rauchen, als ein Polizist ihm seinen Schlagstock über den Kopf zog. Einfach so. Vorbeugend sozusagen. Ihn erst hinterher aufforderte zu verschwinden. «Aus Angst, einen Schlag auf den Mund zu bekommen, bin ich eben schnell ganz nah an den Polizisten herangetreten, damit er meine Lippen nicht treffen konnte, und dann ist der Scheißer halt gestolpert», so seine Version. Dann war ein zweiter Beamter zur Stelle und schlug auf ihn ein. Den Rest der Nacht verbrachte er im Gefängnis und wurde wegen tätlichen Angriffs auf einen Polizisten angeklagt. Später erzählte man sich, dass ebenjener Polizist kurz darauf getötet wurde. In der U-Bahn.

Ich habe nicht die geringste Ahnung, ob etwas Wahres daran ist, und wenn, ob Miles irgendwas damit zu tun hatte. Ich hütete mich, ihn jemals auf solche Gerüchte anzusprechen. Schließlich kannte ich sein unberechenbares Temperament, mit dem er sich immer unbequeme Fragen vom Leib gehalten hat. Oh, ich könnte Geschichten über Miles erzählen. Besonders liebte er es, sich Feinde zu machen. In einem Blindfoldtest im «Down Beat» beschimpfte er beispielsweise jede Menge Musiker so übel, dass die Macher der Zeitschrift sich nicht trauten, seine Flüche abzudrucken, sondern sie durch viel sagende Striche ersetzten. Dabei war es Miles übrigens völlig egal, wen er beleidigte. Das konnte genauso gut Duke Ellington wie Cecil Taylor sein. Er machte vor niemandem Halt. Nicht einmal vor Mick

Jagger. Der hatte nämlich eines Tages einfach an Miles' Tür geklingelt. Also das ist eine von Miles' Anekdoten, die ich wirklich immer wieder gerne hörte. Was er hier wolle, habe Miles gefragt. Der dürre Rolling-Stones-Sänger kam gerade noch dazu, sich vorzustellen.

«Hau ab», rief Miles. «Scheiß drauf, wer du bist.» Und knallte ihm dann die Tür vor der Nase zu. Bei Miles brauchte man gar nicht erst unangekündigt aufzutauchen, egal, wer man war.

Das war der Miles, den ich in späteren Jahren kennen lernen sollte. An jenem Abend im Minton's aber fand ich ihn vor allem vulgär und unerträglich eitel. Außerdem hatte ich das Gefühl, Thilda beschützen zu müssen, und das ärgerte mich. Warum, zum Teufel, konnte sie sich nicht wehren?

Wir verließen das Minton's und beschlossen, zu Fuß nach Hause zu gehen. Es war eine dieser schwülen Nächte, die nur New York hervorbringen kann, wo die Luft wabert und summt, bis einem schwindlig im Kopf wird. Meine Gedanken waren auf den Ventilator gerichtet, der die feuchte Luft zerwühlen würde, und auf mein Bett, das ich, bevor wir die Wohnung verließen, frisch bezogen hatte und wo Träume auf mich warteten, die mich weit weg führten von Musik. Und von Vernon und Thilda. Die beiden verschränkten wieder ihre Finger ineinander und sahen sich an, als wären sie sicher.

Ich wunderte mich, dass sie kein Wort über den Abend verloren. Thilda fragte nicht nach, was auf der Bühne geschehen war, warum Vernon fast ebenso versagt hatte wie sie ein paar Wochen zuvor. Und Vernon fragte nicht, was sie von Miles' Worten hielt – ob sie sie überhaupt verstanden hatte. Sie liefen vor mir her, als sei nichts geschehen, nur Thilda warf ab und zu einen Blick über die Schulter, als habe sie das Gefühl, dass ich plötzlich nicht mehr da sein könnte.

Kapitel 8

Ich sehe Thilda dabei zu, wie sie ihre dünnen Finger um den Pappbecher legt. Der Himmel hängt tief und es hat angefangen zu schneien. Ich mache mir Sorgen darüber, ob wir später ein Taxi finden werden. Thilda scheint die klumpigen Schneeflocken, die in stetigem Rhythmus am Fenster des kleinen Cafés zerplatschen, gar nicht wahrzunehmen. Sie konzentriert sich auf ihren Caffè latte, den sie bestellt hat, ohne dass ich es bemerkte. Ich war wohl zu sehr in meine Gedanken versunken. Sie nimmt den Plastikdeckel vom Becher und reißt eines der Tütchen auf, die sie auf den grauweiß gesprenkelten Tisch – soll wohl aussehen wie Marmor – gelegt hat. Vorsichtig häuft sie Schokolodenpulver auf den Milchschaum und darüber dann den Inhalt von drei Zuckertütchen und etwas Zimt. Sie rührt nicht um, sondern beobachtet, wie der Schokolade-Zucker-Zimt-Berg langsam untergeht.

Obwohl sie sich jetzt ganz ruhig bewegt und sich auf den ersten Schluck freut, wie ich weiß, sieht ihr Gesicht angespannt aus. Dafür kann sie nichts. Die Linien und Falten in ihrem Gesicht haben sich in die falsche Richtung entwickelt – so, wie man sie auf gar keinen Fall haben will, wenn sie kommen. Ihr Mund wirkt dadurch immerzu verkniffen und ihre Augen sehen todtraurig aus. Deshalb ist es äußerst schwierig, Thilda anzusehen, wie es ihr geht. Sie wirkt einfach immer schlecht gelaunt. Selbst hier in dem warmen Café und kurz vor dem ersten Schluck ihres übersüßten Milchkaffees. Und obwohl sie mir vorhin einen solch schweren Hieb versetzt hat. Doch das ist ihr nicht anzusehen. Sie rührt unbeteiligt ihren Kaffee um und packt ihren Bagel aus, den sie ebenfalls bestellt haben muss, der in der Mitte durchgeschnitten und dick mit Frischkäse und Kräutern beschmiert ist.

Ich wundere mich. Normalerweise bittet sie immer mich, zu bestellen.

Thilda kann essen, was sie will. Und wird immer dünner. Seit ich sie kenne, hat sie sich nie um eine vernünftige Ernährung geschert. Sie liebt Zucker, nicht nur in Kaffee und Tee, ich habe sie auch schon dabei erwischt, wie sie Zucker auf eine gebutterte Brotscheibe streute und genüsslich hineinbiss. Außerdem, so erzählt sie, trinkt sie mindestens anderthalb Liter Cola am Tag und hat ein ausgemachtes Faible für alles Frittierte. Auch heute noch geht sie durchaus zweimal am Tag in ein Fastfood Restaurant und isst sich durch den auf dem Plastiktablett wartenden Berg aus weichen Brötchen, gepresstem Fleisch, frittierten Hühnchen und Pommes frites.

Sie schweigt und es stört mich nicht im Geringsten. Wir haben schon mehr gesprochen als sonst. Ich bin noch immer verärgert, aber ich werde es ihr auf keinen Fall zeigen. Im Gegenteil. Ich werde ihr beweisen, wie großzügig ich noch immer bin. Und dass das, was sie mir vorhin eröffnet hat, überhaupt nichts verändern kann.

Sie nimmt einen großen Bissen von ihrem Bagel. Ein wenig Käse und ein Stück Petersilie bleiben an ihrer Nase hängen. Ich wische mit meinem Zeigefinger darüber und probiere.

«Schmeckt gut», sage ich, und Thilda ist erstaunt über diese Albernheit und muss lächeln. Etwas gequält. Mit vollem Mund. Sie will etwas sagen und beginnt wieder zu husten, trinkt dann von dem hellbraunen Zeug, schluckt das Ganze herunter, und ich kann nicht umhin, mir vorzustellen, wie das Gemisch in ihrem Magen aussehen mag. Sie atmet tief durch.

«Es macht keinen Spaß, mit dir irgendwohin zu gehen», sagt sie. «Schau dich doch an mit deinem Glas Mineralwasser und sonst nichts. Fast kommt es mir so vor, als hätte ich dich noch nie essen sehen.»

«Ich bin nicht hungrig.»

Essen ist für mich im Laufe der Jahre eine äußerst intime Sache geworden. Am liebsten bin ich dabei allein und unbeobachtet. Natürlich kann ich es nicht verhindern, ab und zu auch im Beisein anderer zu essen. Es schmeckt mir aber nur, wenn ich mit ihnen sehr vertraut bin und sie sich nicht daran stören, dass ich kein Wort spreche. Ich will dabei nicht reden. Meine ganze Konzentration richtet sich auf meine Empfindungen im Mund. Wie die Zunge das Essen hin und her schiebt und die Geschmacksnerven ihre Arbeit tun. Wie die Zähne zerkleinern und der Speichel das alles angenehm durchfeuchtet. Wenn ich schlucke, will ich spüren, wie das Essen im Rachen noch einmal ganz kurz verharrt, während der Geschmack langsam verblasst, und dann in der Speiseröhre verschwindet.

Am schlimmsten sind unerwartete Fragen, während ich gerade esse. Oder solche, bei denen ich erst genau überlegen muss, wie ich am klügsten antworte.

Wenn ich mit Thilda zusammen bin, denke ich bei fast jeder Frage darüber nach. Ich bin ständig auf der Hut und versuche, es sie nicht spüren zu lassen. Natürlich fragt Thilda nicht viel. Aber jede Frage kann gefährlich werden. Und tatsächlich:

«Wie geht es Helen?» Sie spricht die Worte ganz beiläufig, als ob sie nicht ahnt, dass ich bei jedem Treffen genau auf diese warte. Und erleichtert bin, wenn die Frage nicht kommt, und zugleich angespannt, weil sie dann ja beim nächsten Treffen gestellt werden könnte. Aber ich muss ihr zugestehen, dass sie nicht oft nach Helen fragt.

«Helen», sage ich und ziehe den Namen unnötig in die Länge. «Ich habe sie schon eine Weile nicht mehr gesehen. Seit sie in Los Angeles lebt.»

«Sie lebt in Los Angeles. So.» Schon seit fast einem Jahr, will ich spontan sagen und mich so doch ein klein wenig für die Nächte mit der Baronin rächen, entscheide mich dann aber dagegen und – na bitte, wie soll man da in Ruhe essen können.

«Seit wann?», fragt Thilda weiter und beginnt, den Schaum vom Becherboden zu löffeln.

«Seit ein paar Wochen», antworte ich vage und versuche, in ihre Augen zu sehen. Doch die blicken an mir vorbei in die Ferne, als könnten sie in die Wand und tiefer dringen.

«Seit ein paar Wochen. Hast du das mal erwähnt?»

«Ich weiß nicht genau, kurz vielleicht. Keine Ahnung.»

«Ein Mann?»

«Wie?»

«Ist sie wegen eines Mannes dorthin gegangen?»

Kurz blitzt vor meinem geistigen Auge das Bild von dem wunderschönen Holländer auf, der gar nicht so aussieht, wie ich es von einem Holländer erwarte, und der meine Helen fast um den Verstand bringt.

«Nein», sage ich. «Beruflich.»

«Ist sie zu einer anderen Bank gegangen?»

Ich bestelle noch ein Wasser. Helen ist schon seit Jahren nicht mehr bei der Bank beschäftigt. Als Spätberufene hat sie plötzlich eine Tanzausbildung begonnen und zog dann mit einem Straßentheater umher. Meist in den Staaten, einmal aber auch quer durch Europa. Helen kam ohne ihre Truppe, aber mit diesem Holländer zurück und wollte kein Wort darüber verlieren, was geschehen war. Nach Los Angeles zogen die beiden wegen der Sonne, und, wie Helen mir bei ihrem letzten Anruf erzählte, sie verdiente jetzt ihr Geld mit Algenprodukten. Algendragees. Algenshampoo. Algencreme. Algenkaugummis. Algentee. Und noch viel mehr. Das sei sehr gesund, man könne damit abnehmen und allerlei Wehwehchen kurieren und vor allem eine Menge Geld verdienen.

Thilda wartet auf meine Antwort und schaut mich endlich auch einmal an.

«Nein, sie hat aufgehört. Bei der Bank, meine ich. Sie ist jetzt selbständig. Immer unterwegs. Verkauft Kosmetikprodukte und Nahrungsergänzungsmittel. Läuft ganz gut. Sie ist glücklich.»

Das klingt wie eine Beschwörung, und damit ende ich immer, wenn ich ihr von Helen erzähle. Was, wie gesagt, nicht so oft vorkommt. Sie ist glücklich. Was für ein Unsinn. Als ob das ein Zustand und nicht nur eine kurze Sinneswahrnehmung wäre. Aber ich weiß, dass Thilda diese Aussage hinnehmen wird.

«Ich habe sie bestimmt drei, vier Jahre nicht mehr gesehen», sagt sie, und ihre Augen schauen noch ein wenig trauriger als sonst. Mindestens fünf, denke ich bei mir und nicke.

«Vielleicht, wenn sie euch das nächste Mal besucht. Vielleicht komme ich dann ja mal vorbei.»

Als ob Thilda jemals vorbeikommen würde. Ich gehe auf diese Äußerung überhaupt nicht ein.

«Helen scheint mich nicht besonders zu mögen?» Obwohl sie das letzte Wort in die Höhe zieht, erwartet sie keine Antwort. Denke ich. Sie ist sich vollkommen bewusst, dass Helen sie nicht mag. Noch nie gemocht hat. Bei ihrer ersten Zusammenkunft, kurz nachdem Thilda aus dem Gefängnis entlassen worden war, sah Helen sehr erschrocken aus. Sie war fast elf Jahre alt und drückte sich wie ein kleines Kind gegen meine Beine, während ihre Finger meinen Arm umklammerten. Thilda war damals noch schöner als zu der Zeit, als sie mit uns zusammenlebte. Sie hat wirklich viele Jahre mit ihrer ungeheuren Schönheit verbracht, das muss ich schon sagen. Sie kniete sich hin, als wolle sie ein kleines Mädchen begrüßen, weil Helen für Thilda nicht älter geworden war in den Jahren ihres Gefängnisaufenthaltes. Aber Helen ging mir damals schon fast bis an die Schulter. Thilda bemerkte ihren Fehler sofort, schon beim Hinknien, und richtete sich schnell wieder auf. Sie streckte Helen ihre schlanke, blasse Hand hin und lächelte, aber nur ein wenig. Helen verschränkte die Arme auf ihrem Rücken und eine Wolke zog über ihr Gesicht. So hatte ich sie nun wirklich nicht erzogen. Ich stupste sie an und schaute böse. Helen aber konnte noch viel böser schauen und rührte sich nicht.

«Schade», sagte Thilda, und obwohl sie Helen ansah, sprach sie mehr zu mir als zu meinem Mädchen. «Ich habe in den letzten Jahren so viel von dir gehört. Es kommt mir fast so vor, als würde ich dich richtig gut kennen.»

Sie bemühte sich wirklich. Aber vielleicht ließ das unübersehbare Flehen in ihren Augen Helen zurückschrecken, die Bitte, nicht zurückgewiesen zu werden. Oder die Einsamkeit, die über ihre Schulter grinste.

Auch damals hatten wir uns in einem Café getroffen, ebenfalls in der Nähe vom Times Square, und ich war froh, als zwei Stunden rum waren und wir aufbrechen konnten, ohne unhöflich zu sein. In diesen Stunden war mit Helen absolut nichts anzufangen, sie schwieg und hob die Augen nicht ein einziges Mal von der Tischplatte. Auf die wenigen, angstvoll bemühten Fragen von Thilda reagierte sie überhaupt nicht. Zu Hause legte ich sie übers Knie, ohne ihr wirklich wehzutun, und ließ sie versprechen, sich beim nächsten Mal anständig zu benehmen. Sie nickte, und dann sagte sie etwas Seltsames.

«Ich mag es nicht, wie sie spricht. Und außerdem. Sie ist so hässlich.»

Wie sie darauf kam, konnte ich bis heute nicht herausfinden.

«Warum antwortest du nicht?» Thildas Stimme reißt mich zurück an den grauweißen Plastiktisch.

«Was hast du gesagt?»

«Ich habe dich gefragt, ob es stimmt, dass Helen mich nicht mag.»

«Ganz so würde ich es nicht ausdrücken.»

«Warum ist das so?»

«Was meinst du?»

«Warum mag sie mich nicht?»

Ich weiß nicht, was heute mit Thilda los ist. Normalerweise kann man sie mit umständlichen und unpräzisen Antworten abspeisen. Normalerweise hakt sie nie nach.

«Ich weiß nicht, wie du darauf kommst, ich meine …»

«Was hast du ihr von mir erzählt?»

«Ich? Ich verstehe nicht.» Noch hoffe ich, das Gespräch beenden zu können.

«Du hast ihr erzählt, dass ich ihren Großvater erschossen habe.»

«Natürlich. Aber erst später. Als sie alt genug war. Damals wusste sie das noch nicht.»

«Wann damals?»

«Als ihr euch zum ersten Mal gesehen habt. Als du wieder … du weißt schon.»

«Aber schon da war sie seltsam.»

«Willst du noch etwas trinken?» Eine blödsinnige Frage, ihr Becher ist doch noch halb voll.

«Ich frage mich, warum.»

«Warum?»

«Warum sie mich so ablehnte. Das muss doch einen Grund haben.»

Mir scheint, dass wir plötzlich zum ersten Mal wirklich miteinander sprechen. Es ist noch ungewohnt. Frage. Antwort. Ein richtiger Dialog. Keine Ausflüchte. Fast freue ich mich darüber.

«Ich glaube nicht, dass es immer für alles einen Grund geben muss. Manchmal … Menschen mögen sich manchmal nicht. Einfach so. Ohne Erklärung.»

«Bitte. Was hast du ihr erzählt?»

«Nur wenig. Das, was geschehen ist. Einen Teil davon.

Nichts wirklich Wichtiges. So wie es Vernon und mir am vernünftigsten erschien.»

«Wie hast du es ihr erklärt?»

Ich weiß natürlich, was sie meint. «Was erklärt?», frage ich.

«Dass ich ihren Großvater getötet habe. Und alles andere.»

Ich richte mich auf und ziehe die linke Augenbraue nach oben. Nur die linke. Thilda hat früher immer versucht, mir das nachzumachen. Aber bei ihr gehen beide Brauen nach oben oder gar keine.

«Was soll ich Helen schon gesagt haben.» Meine Stimme ist eindeutig zu laut. «Ich habe doch selbst keine Ahnung, warum du das getan hast.»

Thilda lehnt sich zurück. Betrachtet mich lange schweigend. Plötzlich fühle ich mich ertappt. In ihrem Blick liegt Verachtung. Oder etwas, das dem sehr nahe kommt. Als wolle sie sagen, ich wisse besser als jeder andere, warum sie damals so gehandelt hat. Fast fühle ich mich wie eine Mitwisserin.

Und dann zündet sie sich eine neue Zigarette an und gibt mit einem Mal auf. Ihr Kopf senkt sich wieder. Ich sehe eine runde kahle Stelle zwischen ihrem dünnen Haar. Die weiße Kopfhaut ist bestimmt ganz zart. Ich hätte Lust, meine Hand darauf zu legen.

«Ihr habt das alles richtig gemacht. Da bin ich mir sicher», sagt sie.

Zum ersten Mal seit vielen, vielen Jahren vermisse ich meine Mutter. Sie hätte ich um Rat fragen können. So wie ein Kind einen Erwachsenen fragt. Nur sind wir eben jetzt die Erwachsenen.

Am Fenster wehen Schneeflocken vorbei wie frostige Schmetterlinge. Thilda beginnt das nächste Schweigen, und ihr Gesichtsausdruck verrät nicht, woran sie denkt.

Ich habe mir nie die Frage gestellt, ob Vernon tatsächlich Helens Vater ist. Und Vernon auch nicht – zumindest nicht laut. Auch hielt ich es nie für nötig, in seinem Gesicht zu forschen, wenn er Helen auf seinem Schoß schaukelte oder in die Luft warf. Zwar kamen andere Männer in Betracht – doch weiß ich genau, in welcher Nacht Helen empfangen wurde. Ich weiß es. Und denke wieder an Vernons fragende Augen in dieser Nacht, die in dem Licht, das von einer Straßenlaterne ins Zimmer fiel, glänzten wie altes Gold. Ich sehe sein Zweifeln, seine Abwehr und die stumme Bitte, nicht zu bleiben, nicht weiter zu dringen in sein Begehren, das er trotz allem, trotz allem, nicht zurückzudrängen vermochte. Ich sehe seine Hand, die er beschwörend zu mir hochstreckte, mit den Handflächen nach außen, als wolle er mich fortschicken, und es dauerte einen langen Augenblick, bis sich diese Hand drehte und meinen Arm so hart umfasste, dass ich nicht mehr gehen konnte, selbst wenn ich gewollt hätte. Als das Seufzen, das die drückende Luft in dem Zimmer zum Klingen brachte, endlich verstummt war, wusste ich, dass es ein Mädchen werden würde.

Thilda lachte, als ich es ihr sagte, ich verstand nicht ganz, wie sie da lachen konnte.

«Ein Mädchen also? Wie willst du das wissen?»

Aber auch sie zweifelte nie daran, dass in jener Nacht ein neuer Mensch entstanden ist.

Ich wollte sie von Anfang an Helen nennen. Nie ist mir ein anderer Name in den Sinn gekommen. Zunächst behielt ich ihn noch für mich. Wenn ich im Bett lag, flüsterte ich den Namen, zärtlich, liebevoll, schmeckte ihn auf meiner Zunge, schob ihn in meinem Mund hin und her, während ich mir ihr Gesichtchen vorstellte und bereits im Geist Schnittmuster all der Kleider entwarf, die ich in den nächsten Monaten nähen wollte. Nie kam mir der geringste Zweifel. Nicht eine Sekunde lang.

Als dann die Schwangerschaft bestätigt war, trank Vernon in

stummer Freude einen Whiskey, während Thilda immer blasser wurde. Ihre Haut schien durchsichtig zu werden, als sei sie dabei, sich einfach aufzulösen, unsichtbar zu werden wie ihre Elfen, um eines Tages, getragen von einem Windhauch, aus dem Fenster zu schweben. Ich hatte tatsächlich Angst, dass sie uns verlassen und alles mit sich nehmen würde, was meine Gedanken so beschäftigte. Und kaum ein Jahr später ließ sie uns wirklich allein, als sich schwere Gefängnistüren hinter ihr schlossen. Doch da trug ich bereits Helen in meinen Armen und ließ sie an meinen Brüsten saugen, die keine Milch gaben.

Wir saßen um den Küchentisch, wie jeden Sonntagmorgen, als ich sagte: «Was meint ihr? Wäre Helen nicht ein schöner Name?»

Vernon massierte sich die Schläfen und sah dann Thilda an, als wolle er sagen, es sei ihre Entscheidung. So ein Blödsinn.

«Und wenn es ein Junge wird?» Thilda hatte in den letzten Wochen stark an Gewicht verloren, und die dünne Haut unter ihren Augen hatte eine violette Farbe angenommen. Ich war besorgt. Doch ihr Arzt meinte, sie solle einfach öfter an die frische Luft gehen und mehr essen. Ich beschmierte eine Scheibe Toast so dick mit Honig, dass er klebrig an meinen Fingern herablief.

«Du musst etwas essen», sagte ich leise und sah vorwurfsvoll auf ihre Tasse mit starkem Kaffee, die sich bereits zum dritten Mal gefüllt hatte.

«Ich kann nichts essen. Und Honig schon gar nicht.» Sie zündete sich eine Zigarette an und sah mir lange in die Augen. Sie wusste, wie sehr ich es hasste, sie rauchen zu sehen. Schnell stellte ich mir Helens künftige schwarze Locken vor und wie ich sie mit Sesamöl abreiben würde, bis sie glitzerten. Ihre weichen braunen Wangen streicheln und ihren Babyduft einatmen würde.

«Helen ist ein schöner Name, oder nicht, Vernon?» Thilda

strich sich eine goldene Strähne aus der Stirn und nahm Vernons Hand.

Vernon nickte. «Wenn es ein Mädchen wird, soll es Helen heißen. Das ist beschlossene Sache!», sagte er und sah uns beide abwechselnd an.

«Und jetzt gib mir diesen Honigtoast», stöhnte Thilda. Und fügte mit vollem Mund hinzu: «Sie sollte die Augen ihres Vaters bekommen. Und sein Wesen.»

Mit den Augen war ich einverstanden. Mit Vernons Augen. Auch hoffte ich, dass Helen seine langen, schlanken Glieder erben würde, und seinen prachtvollen Mund. Aber um ihr Wesen – darum wollte ich mich lieber selbst kümmern.

Ob Helen als rauschgiftsüchtiges Baby zur Welt kam, diese Frage beschäftigte mich erst viele Jahre später. Damals ahnte ich nicht einmal, dass es so etwas gab. Der Arzt jedenfalls hatte mir gegenüber nichts in dieser Art erwähnt. Es ist noch gar nicht so lange her, dass ich vor dem Fernseher saß und den Bericht über einen kleinen Jungen sah, dessen Mutter vor und während der Schwangerschaft alle möglichen Drogen genommen hatte. Als ich das Baby da liegen sah, aus dessen dürrem Körperchen Schläuche wuchsen wie bunte Würmer, schlich dieses dumpfe Gefühl in meinen Bauch. Es zitterte und schüttelte sich, zuckte wie unter Stromstößen und schrie. Die kleine Nase und die spitzen Knie waren aufgeschürft, denn, so sagte die gesichtslose Stimme im Fernsehen, unter Entzug drehte es sich verzweifelt selbst auf den Bauch und rieb sich tiefe Wunden.

Ich stand wie betäubt auf und suchte in meiner Erinnerung nach dem ersten Bild, das ich von Helen hatte. Ich erinnerte mich an ihre kleinen, zu Miniaturfäusten geballten Hände und die blicklosen Augen mit den langen Wimpern. Ja, sie war ungewöhnlich klein und leicht gewesen. Und so schwach, dass sie nicht hatte schreien, sondern nur leise wimmern können. Aber sie hat sich nicht gewunden, sie hat nicht gezuckt. Das nicht.

Damals rief ich Helen sofort an. Ich wollte Antworten, auf der Stelle, und erst später fiel mir ein, dass ich sie wahrscheinlich geweckt hatte, denn es war spät in der Nacht. Aber Helens Stimme klingt sowieso immer ein wenig verschlafen und so rau, als wehrten sich ihre Stimmbänder ständig gegen ihre eigentliche Aufgabe.

«Wie geht es dir, Helen?», fragte ich atemlos, und wenn sie deswegen verwirrt war, zeigte sie es nicht. Ich hörte ihr dunkles Lachen, das wie ein Gurren klang.

«Immer noch gut, Ma. So wie heute Mittag, als du mich zum letzten Mal angerufen hast.» Helen hat mir zeit ihres Lebens das Gefühl gegeben, dass sie mich ein wenig wunderlich findet. «Gibt es etwas Besonderes?»

«Ich weiß nicht. Ich habe mich gerade gefragt ...» Aber wie stellt man seiner Tochter eine solche Frage? Ich lauschte dem Rauschen in der Leitung, das mir das Gefühl vermittelte, wir wären durch Weltmeere und nicht durch ein paar Häuserblocks voneinander getrennt, und so fühlte ich mich auch. Ich hörte ihr langsames, abwartendes Atmen. Helen beherrscht meisterlich die Kunst, die Gedankengänge anderer nicht durch Fragen zu unterbrechen. Sie hält Gesprächspausen ungeheuer lange aus. Ich rief mir wieder das Bild des schmächtigen, zitternden Kinderkörpers ins Gedächtnis, das ich zuvor auf dem Fernsehschirm gesehen hatte.

«Helen?», flüsterte ich.

«Ich bin noch da, Ma.»

«Ich habe mich gefragt – ich meine, wir haben ja nie darüber gesprochen, aber ... plötzlich frage ich mich ...» Und dann sagte ich es einfach heraus. «Hast du jemals Drogen genommen?»

Es knackste in der Leitung, als ob sie den Hörer von einem Ohr zum anderen wechselte.

«Helen, hörst du?»

«Ich höre dich, Ma. Das kommt nur ein wenig überraschend.»

Sie hustete, und danach war ihre Stimme noch rauer. «Ich verstehe nicht ganz. Du hast mich das nie gefragt. Und jetzt, nach so vielen Jahren. Warum jetzt, wo ich eine erwachsene Frau bin?»

«Mir ist es vorher einfach nie in den Sinn gekommen. Ich verstehe das auch nicht. Es gab nie einen Grund, anzunehmen ...»

«Eben. Warum willst du jetzt davon anfangen?»

Ich setzte mich in den alten Sessel im Gang, mit dem Vernon und ich so viele Male umgezogen sind. In dem er saß, wenn er mir wieder und wieder LaVons Lied vorspielte, in dem ich so oft Helen im Arm gehalten hatte, wenn ihr Kinderherz verletzt worden war, von Freundinnen oder kleinen Jungs, und manchmal auch von mir. Der abgewetzte Stoff erzählte die Geschichte unseres gemeinsamen Lebens. Mit der linken Hand fuhr ich an der grauen Armlehne entlang, die einmal hellblau gewesen war, dann hob ich das Sitzpolster leicht an, bis meine Finger auf etwas stießen, als hätten sie gewusst, dass es jahrelang dort verborgen gewesen war. Ich zog ein rosa Haargummi hervor. Ich hätte alles darum gegeben, ein letztes Mal Helens widerspenstiges, drahtiges Haar zu Zöpfen zu drehen, bis sie von ihrem Kopf abstanden wie Pfeifenreiniger.

«Ich weiß nicht, wie ich darauf komme. Vielleicht, weil ich einen Bericht im Fernsehen gesehen habe. Und plötzlich dachte ich, dass ich nie mit dir über Drogen gesprochen habe.»

«Du hattest auch keinen Grund dazu. Mach dir keine Sorgen. Es ist alles in Ordnung.»

Meine drängende Frage war nicht beantwortet. Auch wenn mir mein Verstand sagte, dass ich es dabei bewenden lassen sollte, bohrte ich weiter.

«Früher», sagte ich. «Als du jung warst. Ein Mädchen, vielleicht sogar ein Kind. Hast du da manchmal das Bedürfnis gehabt, dich irgendwie zu betäuben? Hat dein Körper dir vielleicht Signale gegeben, die du nicht verstanden hast, als würde ihm etwas fehlen, als ...»

«Ma», unterbrach Helen mich. «Was denkst du dir nur wieder aus? Was ist denn los? Hast du Ärger mit Dad?»

«Das ist es nicht.»

«Weißt du, ich kann mir genau vorstellen, was du jetzt tust. Du sitzt in diesem uralten Lehnstuhl, nicht?»

«Ja.»

«Und immer wenn du da sitzt, fängst du an, über Vergangenes nachzugrübeln. Jedes Mal. Das ist ja nicht zum Aushalten. Wann schmeißt du ihn endlich raus?»

«Es ist nicht der Sessel. Du wirst eines Tages selbst feststellen, dass die Vergangenheit immer lebendiger wird. Weil du nicht mehr viel von der Zukunft zu erwarten hast. Dass Erinnerungen viel lebhafter sind als dein Leben, dein augenblickliches. Und dass du dir wünschst, mit all deinem Wissen und deinen Erfahrungen zurückkehren zu können, wenigstens für einen Tag, um zu verhindern, was geschehen ist, und es besser zu machen.» Dabei glaube ich nicht einmal, dass ich irgendetwas verhindern würde.

Helen sagte nichts. Auch ich schwieg und drückte den Telefonhörer fester gegen meine Wange, als sei er ihre Hand, und im Zimmer nebenan drehte sich Vernon im Schlaf laut stöhnend um. Nachdem ich schon fast befürchtete, Helen hätte aufgelegt, begann sie wieder zu sprechen. Ihre Stimme plötzlich hell wie die eines Kindes. Aber vielleicht bildete ich mir das nur ein.

«Ich liebe dich, Ma. Du bist die beste Mutter, die ich mir wünschen konnte. Was immer geschehen ist, es war schon richtig so.»

«Meinst du das wirklich?», fragte ich, und Tränen, die ich schon lange nicht mehr gespürt hatte, tropften auf die graue Lehne des alten Sessels. Ich glaube jedoch nicht, dass sie meine Frage noch gehört hat. Denn zur gleichen Zeit sagte sie:

«Gute Nacht, Ma», und legte auf.

Kapitel 9

Inzwischen flattern die Schneeflocken nicht mehr wie Schmetterlinge, sie erinnern vielmehr an Heuschrecken, die wütend gegen die Fensterscheibe knallen, als wollten sie sich Einlass verschaffen. Mir wird angst und bange. Wenn das so weitergeht, weiß ich nicht, wie ich nach Hause kommen soll. Auch Thilda nimmt jetzt zum ersten Mal dieses verrückte Wetter wahr, diesen unwillkommenen Wintereinbruch mitten im April, der in New York fast schon Tradition hat. Wie hypnotisiert starrt sie auf das Treiben, nein in das Treiben hinein, sie sieht etwas, das mir ewig verborgen bleiben wird. Allerdings bin ich nicht sonderlich neugierig darauf.

Sie kneift ihre wasserblauen Augen zusammen, als seien sie kurzsichtig, und durch das harte weiße Licht der Neonlampen über uns kann ich jede einzelne Pore ihrer Haut sehen. Ihre ledrigen Wangen sind blass. Ich versuche angestrengt, ihr jüngeres Ich heraufzubeschwören.

«Heute wäre es einfacher», sagt sie plötzlich, ohne sich mir zuzuwenden. «Heute würde ich wissen, was es zu bedeuten hatte. Ich würde mich nicht dafür schämen.»

Alles, nur das nicht, möchte ich am liebsten sagen. Denn ich weiß, was sie denkt, was sie gedacht hat, was sie empfand, warum sie zuließ, dass ich in dieser Nacht seine Hand hielt und in seine Augen schaute. Ich weiß, dass ihr Beweggrund für diese eine Nacht ein ganz anderer war als meiner. Ich habe immer gehofft, dass sie mich niemals darauf ansprechen würde.

Als ich vor dem Gefängnistor auf sie wartete, am Tag ihrer Entlassung, ging mein Puls unruhig, weil ich keine Ahnung hatte, ob ihre neu gewonnene Freiheit nun auch ihre Zunge lösen würde. Ob sie mir unangenehme Fragen stellen oder mich sogar nötigen würde, ihre Beichte abzunehmen. Am meisten Angst hatte ich natürlich um Helen. Was sie im Kopf meines Mädchens hätte anrichten können, wäre unmöglich wieder zu heilen gewesen. Doch ich konnte mich in den folgenden Wochen erleichtert davon überzeugen, dass Thilda noch schweigsamer geworden war. Als sei Schweigen das Einzige gewesen, das sie ihre Gefangenschaft hatte ertragen lassen, und als könne etwas, das nie ausgesprochen wird, auch nicht existieren.

«Wie Hunderttausende, wie Millionen weiße Elfen», flüstert sie jetzt. Zwischen Daumen und Zeigefinger formt sie aus den Bröseln ihres Bagels kleine Kügelchen. «Erinnerst du dich an meine Elfen?»

Ich nicke, obwohl sie das nicht sehen kann, weil sie weiterhin aus dem Fenster blickt.

«Eine schöne Idee», fährt sie fort, «dass es Völker gibt, die wir nicht sehen können. Ich habe mir oft vorgestellt, wie herrlich es sein müsste, unsichtbar zu sein.»

Vielleicht wird sie deshalb immer dünner. Vielleicht arbeitet sie daran, zu verschwinden. Ich möchte ihr gerne etwas Tröstendes sagen, aber mir fällt nichts ein. Schließlich habe ich alles, was sie verloren hat. Die Musik. Den Mann. Die Tochter. Sie ordnet die Teigkügelchen auf dem Tisch zu einem krummen Dreieck, dann schaut sie hoch und ich fürchte mich.

«Ich hätte mich auch anders entscheiden können. Hast du mal darüber nachgedacht?»

Habe ich mal darüber nachgedacht? Soll das ein Witz sein? Glaubt sie wirklich, ich hätte auch nur einen einzigen Tag in meinem Leben nicht daran gedacht?

«Ich hätte reinen Tisch machen können. Sagen, was geschehen ist. Und warum. Ich hätte mir zurückholen können, was mein ist.» Zum ersten Mal habe ich das Gefühl, dass sie mich hasst. Aber nur ganz kurz.

«Du hättest dir nichts zurückholen können. Nicht einfach so. Das weißt du sehr gut.» Ich zwinge mich, meine Angst zu verbergen. «Und vor allem: Du hast das Richtige getan. Und du hast es für sie getan. Dir ist doch klar, dass es für sie so am besten war. Und ist.»

Thilda sackt leicht in sich zusammen, als habe dieses kurze, rebellische Aufblitzen ihres Willens sie ermüdet. Ich atme auf. Mit fahrigen Fingern bringt sie die Teigkugeln wieder in Unordnung und wischt sie dann mit einer abschließenden Bewegung vom Tisch.

«Ich brauche Geld», sagt sie leise.

«Wie viel?», antworte ich

«Nicht viel. Du weißt schon. Diesen Monat hat es einfach nicht gereicht. Es tut mir Leid.»

«Nein. Nein. Kein Problem.» Ich greife in meine Handtasche und ziehe die Geldbörse heraus. Dann schiebe ich ihr ein paar hundert Dollar hin. Ich habe immer viel Geld bei mir, wenn ich mich mit Thilda treffe. Meistens kommt sie mit dem Betrag, den ich ihr monatlich überweise, gut zurecht. Nur manchmal bittet sie mich um mehr, wenn sie ein paar schlechte Tage oder Wochen hinter sich hat. Deshalb gehe ich vorsichtshalber vor einem Treffen mit ihr immer zur Bank.

«Es kommt nicht wieder vor.» Das hat nichts zu sagen, aber es gehört zu diesem Ritual dazu. «Ich verspreche es. In letzter Zeit fühlte ich mich so …»

«Thilda», flüstere ich beschwörend und sie verstummt. Ihre Lippen sind so trocken. «Du weißt, dass mir das nichts ausmacht. Ich habe versprochen, für dich zu sorgen.»

Vorsichtig fahre ich über die Innenseite ihrer dürren Arme und spüre ihre kalte Haut unter meinen Fingerspitzen. Wenigstens hat sie schon vor vielen Jahren aufgehört, sich das Heroin zu spritzen. Sie schnupft es. Ich frage mich, ob es noch irgendjemanden in ihrem Alter gibt, der heroinsüchtig ist. Oder ob sie die einzige Überlebende aus dieser Zeit ist. Die einzige, die so lange ausgehalten hat. Es erstaunt mich noch heute, dass das Gift ihrem Körper so lange Jahre scheinbar nichts anhaben konnte. Thilda, die bis vor kurzem noch aussah wie das blühende Leben und die, wie ich schon erzählte, mit einem Schlag hässlich und alt geworden ist.

Wann Thilda begann Drogen zu nehmen, weiß ich nicht. Vermutlich hatte sie schon damit angefangen, bevor wir sie kennen lernten. Zumindest glaube ich das, denn es würde so vieles erklären. Es vor mir geheim zu halten war damals überhaupt kein Problem gewesen. Ich beobachtete Thilda nicht annähernd so aufmerksam wie Vernon.

Und dann erwischte ich sie eines Nachts. Da lebte sie schon einige Wochen, vielleicht schon ein paar Monate bei uns. An diesem besonderen Abend gingen wir mal wieder ins Five Spot. Das Five Spot war ein eigenartiger Club. Von außen war er gar nicht als solcher zu erkennen. Die Eingangstür war von zwei großen Fenstern flankiert, nichts wies auf einen Musikclub hin, es hätte auch irgendein Laden sein können. Durch die Fenster konnte man alles sehen, was im Club vor sich ging, und gedämpft die aufregende Musik hören. Immer wieder pressten Jugendliche, die sich den Eintritt nicht leisten konnten oder zu jung waren, um eingelassen zu werden, gegen die Scheiben und hinterließen, wenn sie verscheucht wurden, fettige Abdrücke von Nasen und Fingern.

Der Club war sehr klein, die wenigen Tische waren fast immer besetzt. Die Bühne befand sich links an der Wand. Rechts drängten sich die Gäste meist in mehreren Reihen an der langen hölzernen Bar.

Wir waren wie immer zu dritt unterwegs – zwischenzeitlich schon ein gewohnter Anblick: Vernon steht lächelnd in der Tür, zwei Frauen im Arm, die eine groß und stark und ansonsten nicht weiter auffällig, die andere leuchtend hell wie von einem Stern angestrahlt, der sie immerzu verfolgt, sie sucht niemanden und grüßt niemanden.

An diesem Abend spielte der noch ziemlich unbekannte John Coltrane. Ich erinnere mich noch gut an den nörgelnden Ton seines Saxophons, daran, wie er klagte und schrie, die tiefen Töne überblies, und sofort bekam Vernon wieder diesen Gesichtsausdruck. Eine Mischung aus tiefer Bewunderung und dem festen Willen, eines Tages auch so zu spielen, wenn er endlich den Weg gefunden hatte.

Thilda trank an diesem Abend nur Wasser. Sie schüttete ein Glas nach dem anderen herunter, bis ich mich fragte, wo sie das wohl alles hin trank. Sie hörte einfach nicht auf. Während sie sich mit der einen Hand an Vernon festhielt – was ihm ein kindliches Lächeln ins Gesicht malte –, führte sie mit der linken in gleichmäßigem Rhythmus unermüdlich das Wasserglas an ihren Mund. Bald war ich auf diese Bewegung so sehr fixiert, dass ich mich nicht mehr richtig auf die Musik konzentrieren konnte. Also rief ich den beiden durch vibrierende Rauchschwaden hindurch zu, ich würde mich eine Weile an die Bar stellen.

Eingekeilt zwischen aufgeheizten Körpern, die im Rhythmus wogten, fiel mein Blick auf drei junge Frauen, die sich ein Dizzy-Gillespie-Bärtchen aufs Kinn gemalt hatten und durch Hornbrillen mit Fensterglas die Musiker auf der engen Bühne anstarrten. Ich musste kichern und spürte, wie mich jemand von hinten um die Taille fasste. Als ich meinen Kopf drehte, sah ich die lachenden Augen eines Mannes, den ich für mich sofort Paul nannte, weil er die blauen Augen und traurigen Lippen von Paul Newman hatte, und das ist, ich muss es gestehen, der Name, an den ich mich heute noch erinnere. Wie er wirklich hieß, weiß ich beim besten Willen nicht mehr, auch wenn ich ihn in dieser Nacht mit nach Hause nahm.

Wir begannen im hinteren Teil des Clubs eng umschlungen zu tanzen. Coltrane spielte «Smoke Gets in Your Eyes» in weinerlichem Ton. Da tippte mir Vernon auf die Schulter, fröhlich, um mir zu zeigen, dass ihm mein Vergnügen nicht das Geringste ausmachte – aber warum hingen seine Wangen so kraftlos, oder war es das Licht? Er sagte, sie führen jetzt heim, ich solle aber ruhig so lange bleiben, wie ich wollte. Er kniff mir in die Wange, Paul in meinen Armen lachte und presste sich fester an mich. Wir bewegten uns kaum noch, wiegten uns nur sanft, obwohl die Musik wieder schnell und wild geworden war. Aus halb geschlossenen Augen sah ich, wie Vernon Thilda in den Mantel half und ihr einen Kuss in den Nacken drückte. Sie ließ sich ganz kurz gegen ihn sinken, ich sah es wie in Zeitlupe und schloss schnell die Augen. Als ich sie wieder öffnete, waren die beiden verschwunden. An den Tisch hatten sich ein paar lärmende Studenten gesetzt, die verzweifelt versuchten, nicht fehl am Platz zu wirken, indem sie sich benahmen, wie sie dachten, dass man sich in so einem Club eben benimmt. Sie blickten über die Ränder ihrer tiefschwarzen Sonnenbrillen, streckten die Beine weit von sich und wackelten mit den Köpfen im Takt der Musik.

Ohne es zu wollen, sah ich durch die großen Fenster auf die Straße und ertappte Thilda dabei, wie sie sich im Weggehen umdrehte, einen Arm um Vernons Hüfte geschlungen, und mich ihrerseits mit ihrem Blick suchte.

Die Nacht mit dem blonden Paul verlief so zufrieden stellend, wie ich es erwartet hatte, unkompliziert und ohne viel Pathos, also ganz nach meinem Geschmack. Hinterher dauerte es nur wenige Sekunden, bis er von mir abgewandt und wie ein Baby mit angezogenen Knien einschlief. Ich war kein bisschen müde, zumal ich am folgenden Tag endlich mal frei hatte, Mrs. Lourie war für ein paar Tage zu ihrer Tochter nach Charlotte gefahren. Ich konnte den ganzen Tag schlafen, wenn mir der Sinn danach stand.

Als ich in die Küche kam, hatte sie sich den Schuss bereits gesetzt. Zuerst dachte ich, sie sei tot. Sie hing auf dem Küchenstuhl wie eine Gummipuppe, ohne Rückgrat, ohne Knochen, ohne Gelenke. Eine helle Strähne hing in ihr fahles Gesicht, das dem Fenster zugewandt war, als habe es jemand in diese Richtung geschoben und sei dann gegangen.

Dann sah ich, dass sich ihr Brustkorb hob und senkte, sie also noch lebte, und fand die Spritze, die auf den Boden gefallen war. Vorsichtig löste ich den Faden von ihrem Arm, hob die Spritze auf und legte alles ordentlich vor ihre reglose Gestalt auf den Küchentisch. Weil ich wusste, dass ich jetzt sowieso nichts mehr tun konnte, trank ich ein Glas Cola und weckte dann Paul auf, um mich nochmal von ihm umarmen zu lassen.

Am nächsten Morgen saßen wir vier um den Küchentisch. Thilda, Vernon und Paul tranken tiefschwarzen Kaffee. Ich füllte ein Glas Wasser nach dem anderen und trank jedes einzelne aus, ohne auch nur einmal abzusetzen, so wie Thilda am Abend zuvor. Ich hatte einen so gewaltigen Durst, dass keine Wassermenge ihn zu löschen schien, bis er ganz plötzlich vorbei war. Die beiden Männer unterhielten sich, ohne ein Gespräch zu führen. Freundlich redeten sie aneinander vorbei. Vernon zeigte sich von seiner charmanten Seite, wie immer, wenn er einen meiner Liebhaber kennen lernte. Paul war geschmeichelt. Ich konnte spüren, dass er sich zunehmend in dem Leben, das wir führten, wohl fühlte und daran arbeitete, ein Teil davon zu werden. Vielmehr von dem Leben, das er glaubte, hier zu finden. Ein paar verrückte Leute, die eine Wohnung teilen, eingebettet in das pulsierende, romantische, leidenschaftliche Musikerleben, die erst aufstehen, wenn es draußen schon wieder dunkel wird (schließlich hatte er keine Ahnung, wie und vor allem wie früh ich mein Geld verdiente). Die unaussprechliche Gedanken hegen, Vorstellungen haben von einer anderen Welt, freier Liebe, wilden Nächten – nun gut, er konnte es schließlich nicht besser wissen.

Daran, wie ein Mann seine Beine von sich streckte oder wie selbstverständlich über meine Wange strich, gelang es mir immer, sofort festzustellen, ob er nach einer Nacht bleiben oder sich aus dem Staub machen würde. Paul gehörte zur ersten Sorte, er fühlte sich wohl bei uns und würde nicht gehen, bevor ich ihn nicht darum bat. Ich beschloss, genau das zu tun. Sofort. Oder vielleicht doch erst in ein paar Stunden. Es war Sonntag und weiter nichts zu tun, also warum nicht noch einmal seine Fingerspitzen küssen und unsere Schöße aneinander reiben. Später, nach dem Frühstück. Dann konnte ich ihn noch immer auffordern zu gehen.

Ich schob das leere Glas von mir und wischte mir die Tränen aus den Augen, die der prachtvolle Durst angerichtet hatte, und als ich wieder scharf sehen konnte, begann ich Thildas Gesicht zu erforschen. Es war ihr nichts anzumerken. Ihr milchsanfter Teint und die geröteten Wangen vermittelten ein solch überzeugendes Bild von Unschuld und Gesundheit, dass ich einen Augenblick daran zweifelte, sie in der Nacht zuvor wirklich gesehen zu haben. Dann fiel mein Blick auf den Tisch, der Kaffeelöffel wurde zu einem verbogenen Blechlöffel, auf dem ein Rest weißer Saft eintrocknete. Ich glaubte zu sehen, wie sich der Bindfaden zwischen Marmeladengläsern und Zuckertüte schlängelte.

Thilda zog geräuschvoll Luft durch ihre Zähne, es klang, als würde sie geschmolzenes Eis aus einer Waffel schlürfen, und ich fragte mich, wo sie wohl ihr Spritzbesteck versteckt hielt. Ob sie es in einem unauffälligen Schminktäschchen aufbewahrte oder in einer kleinen Papiertüte. Ich war eher neugierig als schockiert. Wusste sie, dass ich sie gesehen hatte? Hatte sie mich durch ihren wabernden Gedankennebel hindurch wahrnehmen können?

Sie erwiderte meinen Blick ganz ruhig, und das machte mich sicher. Sie wusste, dass ich letzte Nacht hinter ihr gestanden hatte. Ich versuchte mir vorzustellen, was sie sah, wenn sie in meine dunkelgrauen Augen blickte. War es Wärme? Oder Gleichgültigkeit? Wartete sie darauf, dass ich sie auf die vergangene Nacht ansprach? Wünschte sie insgeheim, sich mir anzuvertrauen, mir ihre Geschichte zu erzählen, wie sie dahin gekommen war und wann?

«Es war eine lange Nacht», sagte Thilda und hielt meinen Blick noch immer fest, und wieder störten mich ihre schleppende Stimme und ihr hässliches Englisch. Ich weigerte mich, als Erste wegzusehen. Vernon und Paul waren weiterhin mit sich selbst beschäftigt, und für einen Moment verlor Vernon seine Aufmerksamkeit für Thilda. Er sah nicht hin, er sah absichtlich nicht hin. Er wollte das Bild, das er von Thilda und sich und ihrer Liebe so sorgfältig gezeichnet hatte, nicht zerstören. Dabei nahm er in Kauf, Thilda zurückzulassen. Ich bemerkte es sofort, ein zartes Flattern meines Herzens, und wusste, das war der Anfang. Der Abschied würde unausweichlich, auch wenn beide es noch nicht ahnten.

«Ich wollte Klavier spielen. Gestern», sagte Thilda.

Ich konnte sie vor mir sehen, wie sie an dem wackligen Klavier sitzt, der Schemel sich gegen ihre blassen Schenkel presst und ihre Finger auf den Tasten ruhen, deren Farbe an schmutzigen Schnee erinnert. Ihre kurzen, mit Klarlack bemalten Fingernägel schimmern, und sie versucht zu vergessen, dass sie in New York ist, der Stadt der Musik. Des Jazz. Des Showbusiness. Der Freiheit. Wo alles möglich ist. Und sie versucht zu vergessen, dass nebenan ein Mann liegt, dessen Stern langsam aufgeht und der in ihr nicht die Musikerin sieht, sondern nur die Frau, die sein Leben vervollkommnen soll. Sie verdrängt den Gedanken, dass ich jeden Moment nach Hause kommen könnte, im Arm eines liebeskranken Mannes, angefüllt mit John Coltranes Musik. Sie will nicht daran denken, wie die Töne, die ihre Finger anschlagen, klingen, wie sie in die Nacht hinauswehen und auf die Straße, die ihr nach wie vor so fremd ist, dass sie nur, wenn es sich nicht vermeiden lässt – wenn sie Stoff braucht –, allein hinausgeht.

Ich wusste, dass sie dann den Klavierdeckel wieder zugeschlagen hat, ohne auch nur einen Ton gespielt zu haben, aber ich sagte nichts. Thilda trank ihren Kaffee und sah mich über den Rand der Tasse weiterhin an. Ich konnte nicht in ihren Augen lesen, ich hatte keine Ahnung, was sie von mir wollte – und endlich sah ich weg, an ihr vorbei durchs Fenster und weiter. Ich wünschte mir, die Küche zu verlassen, die Treppe hinunterzulaufen und mich in ein Taxi zu setzen. Einfach durch Harlem zu fahren, ohne Ziel, um den Kontakt herzustellen zu der anderen Welt, die es da draußen gab und die mir auf einmal so verlockend erschien. Stattdessen tastete ich unter dem Tischtuch nach Pauls Schenkel und legte meinen Zeigefinger auf seinen Schoß, ein Finger genügte auch. Sofort spürte ich das vertraute Zucken unter meiner Fingerkuppe und Pauls geschmeichelten Blick auf meinem Gesicht. Vernon grinste – etwas gequält –, und das erregte mich. Während ich am Stoff von Pauls Hose zupfte, lächelte ich erst Thilda an und dann Vernon und dann wieder Thilda. Paul räusperte sich. Die ganze Küche stand unter Spannung, als wären der Herd und die Hängeschränke und sämtliches Geschirr vorwurfsvolle Beobachter, und es gefiel mir, wie ich die Stimmung in dem Raum mit einem Schlag verändert hatte. Oder mit einer Handbewegung, um genauer zu sein. Jeder konzentrierte sich bewusst oder unbewusst auf meine Hand unter dem Tischtuch. Thilda rührte sich nicht, doch Vernon begann, auf seinem Stuhl zu zappeln.

Lasst uns allein, sagte mein Blick, zum einen, weil es das war, wonach mir der Sinn stand, zum anderen, weil ich Thilda und Vernon spüren lassen wollte, dass ich sie nicht brauchte. Man muss ja nicht immer ehrlich sein. Pauls Hand legte sich um meinen Nacken und drückte ihn, wie es mein Vater immer getan hatte, wenn er mich über eine viel befahrene Straße dirigierte. Ich ließ meinen Kopf nach hinten fallen und kicherte. Thilda schenkte sich Kaffee nach.

«Wie wär's», sagte Vernon, seine Stimme wie ganz fernes Donnergrollen. «Lass uns den Kaffee in meinem Zimmer trinken.» Thilda reagierte nicht. Er nahm ihre Hand und zog sie hoch. Stellte seine und ihre Kaffeetasse auf das Tablett mit den pinkfarbenen Rosen, lächelte noch einmal, gezwungen, in Pauls Gesicht, sagte so etwas wie «See you» und ließ die Küchentür zuschnappen wie ein Taschenmesser.

Paul stellte sich unverzüglich hinter mich und drückte meinen Oberkörper auf den Küchentisch. Mit den Ellbogen schob ich Tassen und Marmeladentöpfchen zur Seite und machte es mir bequem. Ich glaube, mein letzter Gedanke war, dass ich danach Paul taktvoll zu verstehen geben würde, dass ich ihn nicht wieder sehen wollte. Und es scheint mir gelungen zu sein, denn er verschwand so vollständig aus meinem Leben, dass mich diese eine Begegnung mit ausschließlich angenehmen Erinnerungen erfüllt.

Tatsächlich dauerte unser Liebesspiel auf dem Küchentisch nicht sonderlich lange. Ich beeilte mich und kümmerte mich nicht darum, wie unhöflich ich mich verhielt. Als ich den verdutzten Paul aus unserer Wohnung geschoben hatte, kehrte ich zurück in mein eigenes Zimmer. Ich hatte seltsamerweise erst kurz zuvor festgestellt, dass einer der Risse in unserer maroden Wohnung mir zwar einen eingeschränkten, aber bequemen Blick in Vernons Schlafzimmer ermöglichte. Ich musste nur das Bild von der Wand nehmen, das ich, als wir einzogen, über diesen Schlitz gehängt hatte, ohne zu ahnen, welche ungeahnten Möglichkeiten er mir eröffnete. Zugleich weiß ich, dass vielleicht alles anders gekommen wäre, hätte es diese Möglichkeit nicht gegeben. Ich glaube kaum, dass ich noch sehr viele Nächte auf dem Flur verbracht hätte, um die beiden durch die immer nur angelehnte Tür zu beobachten. So aber hatte ich eine äußerst befriedigende Kontrolle über sie, zumindest solange sie sich in Vernons Zimmer aufhielten. Und oft wachte ich mitten in der Nacht auf, nahm das Bild von der Wand, sah den beiden eine Weile beim Schlafen zu und kehrte dann zu meinen eigenen Träumen zurück. So wurde ich noch mehr ein Teil von ihnen.

Auch diesmal stellte ich das schwere Ölbild, das das einzige Vermächtnis meiner Großmutter war, so achtlos neben mein Bett, dass sie sich bestimmt im Grab umdrehte. Ich stapelte meine Kissen an der Wand entlang, damit ich bequem sitzen konnte, und presste ein Auge gegen den Riss.

Als könnte er Thildas Gänsehaut auf ihren Armen sehen (was aus dieser Entfernung ganz unmöglich war), schloss Vernon behutsam das Fenster, das gekippt gewesen war und das ganze Zimmer mit klammer Luft gefüllt hatte, weil es kurz zuvor ein großartiges Gewitter gegeben hatte, das die drückende Hitze für eine Weile verbannte.

«Ziemlich unangenehmes Wetter», murmelte er und hüllte sie in diesen glücklichen Blick.

«Netter Kerl, dieser Paul, was meinst du?», fragte er und deutete mit dem Kinn Richtung Küche, was mir die beruhigende Sicherheit gab, dass er mich noch immer dort vermutete. Thilda nickte und setzte sich auf den Bettrand. Sie starrte die Kissenbezüge mit den großen blauen Kornblumen drauf an, als habe sie sie nie zuvor gesehen, geschweige denn selbst übergezogen. Insgesamt waren mindestens acht Kissen auf dem Bett verteilt, die Vernon nachts, wenn er sich müde geküsst hatte, am liebsten übereinander gestapelt unter seinen Kopf schob, sodass er fast aufrecht im Bett lag und mich an einen müden Regenten auf seinem Thron erinnerte.

«Komm her.» Vernon sagte nicht mehr bitte, weil er inzwischen wusste, dass sie Befehlen gehorchte, vielleicht weil es weniger anstrengend war, als sich zu wehren. Sofort stand sie auf und ging auf ihn zu, die Schultern so schmal wie die eines Kindes, und als sie vor ihm stand, legte er sein Kinn auf ihren Scheitel. Er liebte es, den Atem einer Frau ganz nah an seinem Hals zu spüren. Es machte ihn verrückt. Während sein Herz sich immer mehr weitete, umschlang er sie mit seinen kräftigen Armen – du hast so herrliche Arme, pflegte ich immer zu ihm zu sagen – und wiegte Thilda an seiner Brust. Sie hielt ganz still, die Hände locker neben ihrem Körper baumelnd, und ich wusste, wie sehr sie es genoss. Sie mochte es, wenn er sie wiegte wie ein Kind.

Ich betrachtete ihre langen Wimpern, die über den geschlossenen Augen auf ihren Wangen ruhten. Vernon begann eine Melodie zu summen. Achtlos. Als bemerkte er nicht gleich, dass es LaVons Lied war, an dem er seit geraumer Zeit arbeitete und dessen Melodie ihm oft einfach in den Kopf kam, ohne dass er wusste, warum. Dann verstummte er. Die Zeit war noch nicht gekommen. Ich war froh, dass es nicht Thildas Art war, viele Fragen zu stellen. Dass sie nicht auf die Idee kam, herauszufinden, was er da gesummt hatte.

Ich hingegen hätte nicht geruht, bis ich erfahren hätte, was das war. Ich lächelte. Er glaubte, er habe dieses kleine Geheimnis ganz für sich. Er nährte es und arbeitete daran, um es eines Tages als vollkommenes Lied in die Welt zu schicken, gerade so, als sei es soeben und aus einem Zufall heraus entstanden, einfach plötzlich da gewesen. Ich stellte mir vor, wie es wäre, wenn es sich um einen ganz und gar unvergesslichen Titel handelte, den nach und nach jeder in sein Repertoire aufnehmen würde, den Generationen von Musikern spielen würden, immer wieder, der in verschiedensten Versionen aufgenommen werden würde. Überall auf der Welt entstünden Plattencover, auf denen LaVons Lied stand. Tausende, Abertausende von Lippen würden seinen Namen formen, LaVon, LaVon, LaVon, Frauenlippen, Kinderlippen, der Name ausgesprochen mit den verschiedensten Akzenten. Spanisch. Französisch. Wer weiß. Chinesisch. Deutsch. LaVons Lied.

Ich sah, dass er sehr erregt war. Das wunderte und ärgerte mich zugleich, denn ich hatte in den vergangenen Nächten festgestellt, dass er Thilda immer öfter lieber mit zarter Verehrung im Arm hielt, als tatsächlich mit ihr zu schlafen. Als schien es ihm nicht richtig, in solch ein perfektes Wesen einzudringen, es auszufüllen mit seinem Samen, während ihre blauen Augen so hell blieben wie immer, bis es mir vorkam, als schwämmen kleine Eisschollen in ihrem Gesicht.

«Mach die Augen zu», befahl er, und sie gehorchte. Während er sich auf den Stuhl fallen ließ und Thilda auf sich zog, stellte er sich vielleicht vor, was gerade in der Küche geschah. Zumindest gefiel mir der Gedanke, dass er an mich dachte, in diesem Augenblick.

Hinterher zog Thilda an ihrer Zigarette und blies den Rauch durchs Fenster in den New Yorker Nachmittag. Sie hatte es wieder geöffnet, um die großen Wolken zu sehen, die zwischen den Hochhäusern festgeklemmt warteten. Völlig bewegungslos, als seien sie schon immer dort gewesen und würden bleiben. Vernon schloss gerade seinen Gürtel.

«Ich liebe dich», sagte sie, und als Vernon sie bat, das zu wiederholen, wurde mir klar, dass sie das noch nie zuvor zu ihm gesagt hatte. «Ich liebe dich.»

Ich hielt den Atem an.

Vernon schwieg. Er musste auch nicht antworten. Es war klar, wie sehr er diesen Augenblick genoss, den er von Anfang an herbeigesehnt hatte. Ich weiß nicht, was sie mit ihrer Liebeserklärung bezweckte. Ob sie es wirklich ernst meinte. Oder ob es nicht nur ein Ausdruck dafür war, wie froh sie war, zu jemandem zu gehören. Zu wissen, dass da eine Wohnung ist, in die sie heimkehren konnte. In der sie erwartet wurde. In der sich jemand auf sie freute. Dafür, dass es sich richtig anfühlte, am Arm eines Mannes in ein Restaurant zu gehen oder in einen Club. Mit ihm an einem Tisch zu sitzen. Wein zu trinken. Musik zu hören. Weil sich dann niemand wunderte. Und keiner sich fragte, was macht sie hier, ganz allein?

Erst viele Jahre später erfuhr ich, dass Thilda manchmal ein paar Blocks weit lief, nur um sich ein Taxi rufen zu können. Um ihre eigene Stimme zu hören, die dem Fahrer die Adresse nennt. Die Adresse ihres Zuhauses.

Und um sich wieder Stoff zu besorgen. Es war noch nicht dringend, nein, das nicht. Sie kam wahrscheinlich noch ganz gut einen Tag ohne zurecht, manchmal sogar zwei oder drei. Vielleicht war es nicht einmal schwierig. Vielleicht machte es ihr sogar Spaß, es hinauszuzögern. Das Begehren, die Vorfreude so lange auszukosten, bis es zur Qual wurde, und dann: – dieses unbeschreibliche Gefühl, wenn der Kopf explodierte und die Gedanken rausschossen in hohen Fontänen und schließlich alles nur noch Ruhe war. Trägheit. Sanftmut.

Wahrscheinlich hatte sie einige Leute kennen gelernt, die das genauso gut im Griff zu haben glaubten wie sie selbst. Das war immer so. Sie, Thilda, war sicherlich überzeugt davon, dass sie niemals zu einem zitternden, elenden Bündel werden würde. Dass es so nur den ganz Schwachen erging, die auch ein paar Gläser Whiskey sofort umhauten und die nichts hatten, an das sie sich anlehnen konnten. So wie sie. Sie hatte Vernon. Und diese Kornblumenkissen. Sie war in New York, in der aufregendsten und schrecklichsten Stadt der Welt, und das war ihr Zuhause.

Ich sah, wie sie an der Kruste an ihrem Unterarm rumkratzte, dort, wo die Haut besonders weich ist. Sofort bildeten sich kleine, perfekte Bluttröpfchen. Es wirkte wie eine harmlose Wunde, die nicht richtig verheilen wollte. Das fiel keinem Menschen auf. Nicht einmal Vernon, der ihre Gestalt in den letzten Wochen so gründlich studiert hatte wie ein besessener Maler und ihren Körper besser kannte als sie selbst. Und auch mir war es zuvor nicht aufgefallen, mir, die ich diese Wunde so oft von der anderen Seite der Wand aus betrachtet hatte.

Kapitel 10

Ich muss nur einen Moment weg von ihr. Nur kurz einmal ganz tief atmen und meine Gesichtsmuskeln entspannen, die nun wirklich zu schmerzen beginnen, und ich glaube, mich keine Sekunde mehr zusammenreißen zu können. Am liebsten würde ich schreien, aber ich habe Angst, dass dieses Schreien dann nicht mehr wissen würde, wo oder wie es aufhören soll. Ich wusste nicht, dass ich noch solcher heftigen Gefühle fähig bin. Eigentlich wusste ich überhaupt nicht, was da in mir brodelt, ich hatte ja keine Ahnung, wie viel Neid und Schmerz sich da vermischt haben zu einem klebrigen Wutbrei.

Und ich hatte gedacht, eine besonnene alte Frau zu sein!

Und ich hatte gedacht, mein Leben gemeistert zu haben!

Und ich hatte gedacht, ich sei als Siegerin hervorgegangen!

Und dann reißt Thilda mit einer unbedachten Äußerung alles auseinander.

Im Gegensatz zu ihr entschuldige ich mich, bevor ich aufstehe und zur Toilette gehe. Es ist eine erstaunlich hübsche Toilette, die dazu verführt, länger zu bleiben. Zwar hätte ich es vorgezogen, rauszugehen, eisige Luft einzuatmen, bis die Lungen schmerzen, und loszulaufen, damit der Schmerz vergeht. Aber draußen toben die Schneeflocken, also lasse ich mich in den zartrosa Sessel fallen, der so aussieht, als hätten sich schon eine Menge alte Frauen mit wunden Herzen in ihn fallen lassen. Ich beobachte in dem großen, viel zu gut beleuchteten Spiegel, wie mein Gesicht auseinander fällt, jetzt, wo ich alle Anstrengungen unterlasse. Aber ich erschrecke nicht einmal, ich sehe genau so aus, wie ich mich fühle. Und es ist mir auch egal. Ich will nur einen Moment hier sitzen, wenn ich schon nicht schreien kann, und mich nicht rühren. Dann geht das schon vorbei. Und danach werde ich ein wenig von dem Haarspray, das hier so fürsorglich neben den Spiegel gestellt wurde, auf mein kurzes Haar sprühen, werde meine Hände mit der duftenden Creme einstreichen, die daneben liegt, und meine Lippen mit einem glänzenden Goldbraun nachziehen. Und dann wird alles so sein wie vorher. Und zwar endgültig. Dann wird es niemals, niemals mehr Überraschungen für mich geben – bis an mein Lebensende.

Ich schaue mir in die Augen und sehne eine Zigarette herbei. Ausgerechnet ich, die ich nur als junges Mädchen ein paar Zigaretten gepafft habe. Mit einem Mal scheint es mir dringend notwendig, zu rauchen, den Rauch so tief zu inhalieren wie Thilda und mich von dem Kratzen im Hals trösten zu lassen. Fast schon bin ich bereit, an die Theke zu gehen und zu fragen, ob ich jemandem eine Zigarette abkaufen kann. Und dann kommt diese Idee aus heiterem Himmel. Nicht ein einziges Mal in meinem Leben habe ich diesen Gedanken vorher gedacht, und das scheint mir ganz und gar unglaublich.

Was noch hat Thilda vor mir, vor uns verheimlicht? Hat sie Benjamin wirklich erst an dem Abend kennen gelernt, an dem wir bei Vernons Eltern zum Essen eingeladen waren? Oder kannte sie ihn womöglich schon länger, hatte sie ihn schon vorher bei der Baronin getroffen? Ich versuche, mich zu konzentrieren. Wie war das gewesen, als sie sich damals begegneten – gab es Anzeichen, die ich übersehen habe?

Vernon zog gerade seine Krawatte zurecht, als Thilda aus dem Badezimmer kam. Sie trug ein hellblaues Kleid mit einem miederartigen Oberteil und einem bauschigen, langen Rock. Er umfasste ihre schmale Taille und hob sie in die Luft. Ich atmete eine Wolke *L'Air du Temps* ein. Das war ihr Lieblingsparfum, und er hatte es ihr gekauft, obwohl er es nicht mochte. Ich überlegte kurz, ob ich ihr sagen sollte, dass etwas weniger Elegantes passender wäre, weil ich mir schon jetzt den Blick von Vernons Vater vorstellten konnte. Diesen abschätzenden Blick, versteckt hinter einem freundlichen Lächeln. Aber ich wusste nicht so recht, wie ich es sagen sollte, und zog es vor zu schweigen. Außerdem wäre es Vernons Aufgabe gewesen.

Mal wieder.

Vernons Eltern wohnten in der 153rd Street, im Sugar-Hill-Bezirk. Das war zu dieser Zeit der vornehmste Teil Harlems, hier lebten Jazzmusiker wie Coleman Hawkins oder Sonny Rollins. Sogar Nat King Cole. Und eben Benjamin und Ellen Banner. Ich war ein paar Mal dort gewesen, und ich muss gestehen, dass ich Benjamin trotz allem, was ich wusste, gern hatte. Irgendwie. Ich konnte ihn nie mit den Schreckensbildern in Verbindung bringen, die Vernon in meinen Kopf gesetzt hatte. Auch habe ich keine Ahnung, warum sie mich dabeihaben wollten, als Thilda Vernons Eltern kennen lernen sollte. Vielleicht hofften sie, dass ich wieder einmal die Spannung zwischen Vater und Sohn mildern würde.

Seine Mutter öffnete die Tür. Ich war von ihrer Schönheit überrascht, wie jedes Mal, wenn ich sie sah. Auch Vernon konnte sich nie daran gewöhnen. Ihren schmalen, straffen Körper betrachtete er wie ein Mann, nicht wie ein Sohn, und in seine Bewunderung mischte sich ein Gefühl von Fremdheit, das er nie überwunden hatte. Er konnte sich kaum vorstellen, dass diese Frau, die ihn jetzt flüchtig in die Arme nahm und einen Kuss in die Luft neben seiner Wange hauchte, ihn geboren und an ihren Mädchenbrüsten genährt haben sollte. Und es fiel ihm schwer, sie mit der Mutter in Verbindung zu bringen, die sie einmal gewesen war. Fern waren die Bilder, als sie ihre Söhne schützend umfangen gehalten und trotzig in die glühenden Augen ihres Mannes gestarrt hatte. *Wenn du ihnen auch nur ein Haar krümmst, bringe ich dich um. Bei Gott, das schwöre ich.* Sosehr sein Verstand ihm sagte, dass sie einmal so gewesen war, ein paar Jahre lang, bevor sie vollständig aufgab, so sehr hatte er doch das Gefühl, als gehörten diese Erinnerungen einem anderen. Oder stammten aus einem Traum. Er konnte diese Frau nicht mehr finden.

Schon hatte Ellen sich von ihrem Sohn abgewandt und ihre schmale Hand Thilda entgegengestreckt. Ihre langen, grell lackierten Fingernägel leuchteten wie Signallampen, und Thilda zögerte einen Moment, bis sie die Hand ergriff. Dann nickte sie mir zu.

«Schön, dass ihr es einrichten konntet», sagte Ellen in einem Ton, der einem geschäftlichen Treffen angemessen gewesen wäre. «Kommt rein. Dein Vater wird gleich herunterkommen. Er ist noch im Bad.»

Wir gingen durch den mit weißem Marmor gefliesten Flur und eine Glastür in den Wohnbereich. Der Raum wirkte kahl, fast klinisch steril. Die wenigen Möbel erinnerten mich immer an Statisten, die nicht wirklich hierher gehörten und unschlüssig herumstanden und darüber nachdachten, ob sie vielleicht besser gehen sollten. Im hinteren Teil stand eine große halbkreisförmige Couch mit dicken Kissen, die aussahen, als hätte sich noch nie jemand daran angelehnt. Daneben ein Regal mit kostbar gebundenen Büchern und ein Kamin mit breitem Sims.

Vernon räusperte sich und begann ein unverbindliches Gespräch mit seiner Mutter. Die Worte hallten in dem großen Raum leise wider. Seine Blicke flogen in regelmäßigen Abständen zur Treppe, die sich weiß schimmernd nach oben schlängelte, in das Stockwerk, in dem sich das Badezimmer befand mit der riesigen, hellgrün gekachelten runden Wanne, wo sein Vater sich wahrscheinlich gerade noch einmal vor dem Spiegel durch sein kurzes Haar fuhr.

«Ich hatte keine Zeit, viel vorzubereiten», sagte seine Mutter jetzt, während sie uns an einen langen Tisch in der Mitte des Raums führte, um den zwölf Stühle mit außergewöhnlich hohen Rückenlehnen standen. Ich fragte mich, wofür die beiden um Gottes willen zwölf Stühle brauchten. Sie luden fast nie Gäste ein, weil Ellen nach wie vor mit Musikern nichts zu tun haben wollte und selbst kaum Freunde hatte. Gelegentlich traf sie sich mit zwei, drei Nachbarinnen auf einen Cocktail, meist bei Beth, die ein paar Häuser weiter die Straße runter wohnte und gerne Leute um sich hatte. Ansonsten verbrachte Ellen ihre Zeit mit unerhört langen Spaziergängen, unabhängig von Jahreszeiten, und mit Büchern.

Sie hatte sich einem Literaturzirkel angeschlossen und war zur Vorsitzenden bestimmt worden, weil sie immer auf dem Laufenden war. Sie wusste, was die Literaturszene Neues zu bieten hatte, wen man unbedingt gelesen haben musste, um des Genusses willen oder um mitreden zu können. Sie verfasste kleine Artikel und Buchkritiken, die sie einmal im Monat den Mitgliedern zur Verfügung stellte, malte geschmackvolle Einladungen und Programmübersichten und hatte es sogar einmal fertig gebracht, LeRoi Jones zu einer Lesung in dem ausgesuchten Kreis zu bewegen.

Tatsächlich bevorzugte sie aber europäische Schriftsteller, vor allem die Franzosen, wie sie mir jedes Mal erzählte. Stendhal. Zola. Flaubert. Maupassant. Wenigstens beim Lesen wollte sie sich nicht auch noch Gedanken über ihre eigenen Probleme machen, sondern für kurze Zeit vergessen, dass es so etwas wie Hautfarben gab, wollte nicht an ihre eigene erinnert werden, die sie selbst zutiefst verabscheute – dafür brauchte sie nicht die beredten Blicke der *Weißenleute*. Wenn sie hier in ihrem Haus war, die nackten Füße in den weichen grauen Teppich gedrückt, ein dickes Kissen im Rücken und ein gutes Buch in der Hand oder der Musik von Brahms oder Debussy lauschend, dann, so sagte sie, konnte sie alles vergessen, was mit Schwarz zu tun hatte, welch eine Wohltat.

Thilda musterte sie aufmerksam. Ellen bewegte sich in

ihrem eleganten buttergelben Hauskleid wie eine Tänzerin, füllte Sherrygläser und setzte sich dann aufrecht an den Tisch. Sie saß Vernon gegenüber, sah ihn aber kaum an, während sie sprach. Sie machte Thilda einige Komplimente wegen ihres ungewöhnlichen Kleides – *das ist der New Look, nicht wahr, à la Dior, nicht wahr?* –, die französischen Worte perfekt ausgesprochen, während ihre klaren Augen jede Einzelheit aufnahmen. Das zierliche, weiße Armband an Thildas rechtem Handgelenk, das perfekt zu ihrer weißen Handtasche passte, die sie noch immer auf dem Schoß hielt, weil sie nicht recht wusste, wohin damit, die auffallend schmale Taille, gegürtet mit einem hellblauen Stoffband, und die weißen Pumps.

Ich rutschte nervös auf meinem Stuhl hin und her. Ich hatte Hunger. Vor allem aber ärgerte ich mich, überhaupt gekommen zu sein. Und mich irritierte, dass Vernons Vater so lange auf sich warten ließ.

Jede andere Frau hätte in der Zwischenzeit ihren Mann gerufen, doch ich wusste, Ellen würde das niemals tun. Ich bin überzeugt davon, dass Ellen den Namen ihres Mannes nur, wenn es unvermeidlich war, aussprach, so als würde sie damit seine Existenz anerkennen. Dass sie seinen Namen gar laut rufen könnte, war völlig unvorstellbar.

«Wie gesagt, ich hatte wenig Zeit, mich auf euren Besuch einzurichten», stellte sie jetzt mit einem weiteren Lächeln für Thilda fest. «Steak und Salat – mehr war nicht im Haus. Ich hoffe, das ist in Ordnung.»

Ich verzichtete darauf, anzumerken, dass wir unseren Besuch bereits vor einer Woche angekündigt hatten.

Aus dem oberen Stockwerk hörte ich ein Husten und dann laute Schritte auf der Treppe. Benjamin erschien mit dem sehr weißen Lächeln, mit dem er sein Publikum zu begrüßen pflegte. Ellens Gesicht umwölkte sich einen Augenblick, dann sah sie ihm ausdruckslos entgegen. Thilda saß sehr aufrecht.

Alles an Benjamin war laut. Seine Schritte. Seine Stimme. Selbst das, was er nicht sagte.

Er schlug seinem Sohn kräftig auf die Schulter und maß dann Thilda mit zusammengekniffenen Augen. Sein Blick glitt geschmeidig über ihren Körper, verharrte kurz an den schmalen Fesseln und verweilte dann auf ihrem Gesicht wie auf einem Gemälde, dessen Einzelheiten er sich einprägen wollte. Vielleicht suchte er auch nur etwas, das ihre ganz und gar saubere Schönheit schmälerte, vielleicht aber betrachtete er ja nur etwas, was er schon kannte. Eine Antwort habe ich darauf nie bekommen. Benjamins große Hand umschloss Thildas Finger und hielt sie ein wenig länger und fester als nötig. Dann bedachte er seinen Sohn mit einem gelassenen Blick und nickte mir freundlich zu.

Benjamins Platz war nicht neben seiner Frau, sondern am rechten Tischende, und dort saß er und zerteilte das noch blutige Steak in mundgerechte Stücke. Ich sah ihm dabei zu, wie er die Gabel zum Mund führte und das nutzlos gewordene Messer in der Faust hielt. Auf seinem weißen Hemd verteilten sich ein paar Fettspritzer, was er entweder nicht bemerkte oder einfach ignorierte.

«Ich habe schon viel von Ihnen gehört», sagte er mit vollem Mund zu Thilda. «Sie spielen ein wenig Klavier, wenn ich mich nicht irre. Wie nett. Oder singen Sie?» Er lächelte.

«Ich spiele nicht mehr.» Thilda starrte auf das blutige Stück Fleisch, das an seiner Gabel in der Luft hing.

«Wie schade. Ich hätte Sie gerne einmal gehört. Haben Sie nicht mal mit Oscar gespielt? Oscar Pettiford? Oder war es Charlie Mingus?» Ohne eine Antwort abzuwarten, fuhr er fort: «Charlie ist ein guter Freund von mir. Er hat so was erzählt. Oder war es Art Blakey?» Er runzelte die Stirn.

Was er eigentlich damit sagen will, ist, dass er über alles Bescheid weiß, dachte ich. Dass er von Thildas Unfähigkeit, spontan bei einer Band einzusteigen, genauso gehört hatte wie von Vernons Fastversagen im Minton's, als er mit Miles und Monk auf der Bühne stand.

«Es ist ein hartes Geschäft, das ist es. Man muss schon einen starken Willen haben. Und gut sein. Sehr gut. Um nicht unter die Räder zu kommen.» Stolz ließ er seinen Blick durch den Raum schweifen – seht her, das alles habe ich erreicht. «Mann, wenn ich an die Tage mit King Oliver denke, damals in Chicago!»

Benjamin schloss die Augen, und während er einen Moment schwieg, war er davon überzeugt, dass die Aufmerksamkeit aller Anwesenden auf ihn gerichtet war. Und er hatte Recht.

«Wenn wir nicht zusammen auf der Bühne standen, dann haben wir Baseball gespielt. Oder Billard. Weißt du noch, Ellen? Dieser Hurensohn hatte die Angewohnheit, zehn Würstchen auf einen Schlag zu essen und einen Liter Milch dazu zu trinken. Ah – und manchmal kochte Ellen Rote Bohnen für uns. Die besten Roten Bohnen der Welt. Mit Reis.»

Benjamin öffnete wieder die Augen und kicherte. Er warf seiner Frau nicht einen einzigen Blick zu.

«Was für herrliche Zeiten», fuhr er fort. «Wir haben das Publikum zum Toben gebracht, das war unglaublich! Ein einziger Hexenkessel! Sie haben keine Ahnung, wie das damals war, Thilda.»

Er warf einen langen Blick in ihre Richtung. Vielleicht hätte ich wissen müssen, was er bedeutete, aber ich passte nicht auf.

«Wir hatten immer einen Eimer Wasser auf der Bühne, mit Eis drin. Und wenn wir uns so richtig verausgabt hatten und Durst bekamen, sind wir einfach zum Eimer, Schöpfkelle rein, und haben daraus getrunken.» Er lächelte und versank immer tiefer in seinen Monolog. «Oder wenn ich da an die Zeiten denke, als Al Capone und seine Jungs in Chicago unterwegs waren und zu unseren Konzerten kamen. Al Capone liebte uns! Sie kamen rein und schmissen gleich mal, sozusagen als Begrüßung, alle Tische um. Oder zerschlugen ein paar Flaschen auf dem Kopf des Barkeepers. Die räumten richtig auf, das kann ich euch sagen, ich hab gesehen, wie sie einem Gast das Gesicht zerschnitten haben, heilige Scheiße, überall Blut. Capone kam immer mit sieben oder acht Mann, und wenn die da waren, wurden alle Türen verschlossen, damit niemand mehr reinkam. Oder raus. Schießereien habe ich genug erlebt, das war vielleicht was, aber wir da oben auf der Bühne, wir haben immer schön brav weitergespielt. Um uns herum wurde der Laden kurz und klein geschlagen, und wir machten die Musik dazu.»

Vernon stieß ein unterdrücktes Stöhnen aus. Thilda sah Benjamin an, als sei sie sich nicht sicher, ob sie ihm glauben sollte. Benjamin bemerkte nichts von alldem. Auch nicht, dass seine Frau sich noch weiter von ihm abgewandt hatte und unter ihrer Gabel Salatblätter zerquetschte.

«Das war eine ganz gute Schule für einen Musiker, möchte ich meinen. Danach schockiert dich so schnell nichts mehr!»

Benjamin berührte Thildas Arm. Jetzt sprach er leiser, beschwörend. Nur noch für sie.

«Ich bin mit Louis Armstrong nach New York gekommen. Er trug damals immer diese großen Polizeischuhe, Sie wissen schon. Und da ging es dann richtig los. Tagelang saß ich mit Monk, Dizzy oder Ben Webster zusammen, mit Bird, all den Jungs, die es geschafft haben wie ich, und wir hörten uns alle Schallplatten an, die wir kriegen konnten.»

Benjamin lehnte sich zurück und schloss die Augen, als säße er in einem Gartenstuhl und hielte sein Gesicht in die Sonne. Ich wusste genau, was jetzt kam. Ich kannte Benjamins Geschichte in- und auswendig. Er liebte es, sie zu erzählen, und immer glühte in seinen Augen eine eigenartige Leidenschaft, und vielleicht deshalb ist auch daraus eine Geschichte geworden, die ich erzählen kann, besser als meine eigene, weil sie wichtiger ist. Ich kann erzählen von seinen Großeltern, die noch Sklaven gewesen waren, auf der kleinen Farm des Samuel E. Banner, dessen Namen sie bekamen und nie ablegten. Von seinem Vater, den er nie kennen lernte und der sich mit etwa fünfzehn Jahren – niemand kannte sein Alter ganz genau – einer Minstrel-Show angeschlossen hatte und durchs Land reiste, weiter, als er es sich je hätte vorstellen können, um *Szenen aus dem Leben der Neger* zu zeigen, eine schwarze, grinsende Maske über seinem eigenen schwarzen Gesicht. Dass er so eines Tages nach Virginia kam und Carol traf, Benjamins Mutter, mit der er sich abends ins Zuckerrohrfeld legte und sie Goldmädchen nannte. Dass er glücklich lachte, als sie ihm sagte, er werde bald Vater. Sie zogen gemeinsam nach New Orleans, wo er Arbeit in einer Fabrik fand und Carol die Treppen bei den Weißen scheuerte oder für sie kleine Besorgungen machte, bis sie im letzten Jahr des neunzehnten Jahrhunderts im alten kreolischen Viertel ihren Sohn Benjamin zur Welt brachte.

Benjamins Vater aber konnte sich nicht an die Vorstellung von Familie gewöhnen, die er nie kennen gelernt hatte, und so gelang es ihm auch in Freiheit nicht, seine Fesseln abzulegen. Benjamin war kaum zehn Monate alt, als sein Vater für immer verschwand. Mutter Carol putzte weiter, und Benjamin begann Geld zu verdienen, sobald er laufen konnte, indem er Kohlen verkaufte und Milch oder Zeitungen austrug. Als er etwas älter war, lud er Baumwollballen auf die Schiffe des Mississippi. In seiner Freizeit sang er mit seinem Schulchor bei verschiedenen Feierlichkeiten, bis ihm eines Tages sein Lehrer ein zerbeultes Kornett in die Hand drückte. Und Benjamin, der mit der Musik der farbigen und weißen Kapellen, der Musik von Hochzeiten, Taufen, Picknicks an den Seen der Umgebung, der Musik von Mardi Gras und katholischen Taufen aufgewachsen war, lernte so schnell, dass er bald schon auf einen der Wagen steigen durfte, die durch die Stadt fuhren und von denen eine Mischung aus Ragtime und Spirituals schallte, aus Blues und Work Songs, die von zwei Pferden gezogen wurden und von denen die Posaunisten ganz hinten die Beine baumeln ließen, weil sie dort sitzen mussten, um mit ihren langen Posaunenzügen nicht ihre Kollegen zu behindern.

Sie fuhren durch die Stadt und hielten an Straßenkreuzungen, um große Ereignisse anzukündigen – einen Boxkampf etwa, oder einen Tanzabend –, und wenn sie einer anderen Band begegneten, was sie zugleich hofften und befürchteten, dann veranstalteten sie furiose Wettkämpfe untereinander. Jeder versuchte den anderen in Grund und Boden zu spielen, wovon sie sich auch nicht abhalten ließen, wenn sie durch den riesigen See voneinander getrennt waren; dann bliesen sie eben von Ufer zu Ufer gegeneinander an, immer lauter und schneller und aufgeregter.

Manchmal spielte er mit seiner Kapelle auf den Mississippidampfern oder lief hinter einem Sarg her, «Nearer my God to Thee» in langsamem Viervierteltakt. Im Falle, dass die Hinterbliebenen ernstlich trauerten und es sich leisten konnten, trugen die Pferde, die den Leichenwagen zogen, einen edlen Spitzenumhang. Einen schwarzen, wenn der Tote ein Erwachsener war, einen weißen, wenn es sich um ein Kind handelte. Benjamin hat mir von zwei berühmten Pferden erzählt, die gelegentlich sogar weinten, nämlich dann, wenn es sich um einen besonders beliebten Menschen handelte. Selbst als das Rätsel gelöst war (man hatte den Pferden den Saft einer großen Zwiebel in die Augen gerieben), waren die Trauergäste noch immer ergriffen, wenn Tränen aus den großen, dunklen Pferdeaugen tropften.

Während die Trauernden am Grab ihre Fragen sangen *(Hat er ein gutes Leben gehabt?, Hat er sich rumgetrieben?, War er ein guter Mann, bevor die Polizei ihn niedergeschossen hat?)*, machten Benjamin und seine Kapelle eine Pause und sammelten ihre Kräfte, um auf dem Rückweg richtig loszulegen. «When the Saints Go Marchin' in» und «High Society» – die Straßen voller Menschen, die den Musikern folgten, meilenweit durch Staub liefen, tanzten und tranken, während sie ihre Hüften wiegten und die polierten Schuhe in der Sonne blitzten.

Ich liebte es, in Benjamins bunte Geschichten einzutauchen.

Manchmal blies Benjamin sein Kornett im Lincoln Park mit einer kleinen Band, Posaune, Klarinette, Banjo und Schlagzeug, oder er trat in zahlreichen Bordellen in Storyville auf, in der die berühmte Basin Street lag, und wenn er nicht spielte, dann lauschte er den leisen Zurufen und Gesängen der wunderschönen Huren, die in Nachthemden oder Kinderkleidern vor den Türen ihrer Hütten standen, wo Lichter funkelten und sprühten und sich aus den Kneipen Musik ergoss wie ein warmer Regen. Er lernte Zuhälter kennen, Schläger und Betrüger, die großen Mätressen wie die Gräfin Willie Piazza oder Lulu White, die Königin der Halbwelt, von deren herrlich schwarzem Haar und den blauen Augen er bis zum heutigen Tag schwärmte, die sich für vierzigtausend Dollar ein prunkvolles Haus hatte errichten lassen, die Mahagony Hall, wo es einen Fahrstuhl für zwei Personen und eine Dampfheizung gab. Es war das luxuriöseste Bordell in New Orleans, in dem die schönsten Geschöpfe, die Benjamin sich vorstellen konnte, in feinen Abendkleidern ihre Liebhaber empfingen und zum Klang der elektrischen Klaviere ihre Dienste taten. (Ein lang gezogenes Räuspern von Benjamin, und seine schwere Hand legte sich ganz kurz auf Thildas Unterarm. Dann faltete er die Hände wie zum Gebet vor dem Gesicht und machte eine lange Pause.)

Eines Tages lehnte Benjamin an seinem Kohlewagen und stellte fest, dass er jetzt ein Mann war und New Orleans verlassen musste, nicht zuletzt, weil zu dieser Zeit in Storyville ein einzigartiger Trauermarsch gespielt wurde.

Die Bundesregierung hatte beschlossen, Storyville zu schließen. Ein letztes Mal waren die Straßen gefüllt mit Prostituierten, doch diesmal zogen sie auf kleinen Schubkarren ihr Hab und Gut hinter sich her. Am Abend war Stille eingekehrt, die grünen Fensterläden öffneten sich nun nicht mehr, nur hin und wieder zog ein alter Mann mit seiner Drehorgel durch die Straßen und schaute in die verlassenen Hütten.

Und der Exodus der Schwarzen ging weiter. Große Trecks zogen in die Industriezentren der Nordstaaten, in das Land der Verheißung, wo es Arbeit und Häuser gab. Detroit, Chicago oder New York, und Benjamin beschloss mitzuziehen, um ein besseres Leben zu finden, und so küsste er seine Mutter, die zum vierten Mal schwanger war (von wem, wusste er nicht), und ging nach Detroit, wo er sich in die lange Schlange vor dem Personalbüro der Fordwerke einreihte, weil Mr. Ford seinen Arbeitern fünf Dollar pro Tag versprochen hatte.

Say, I'm goin' to get me a job now, workin' in
Mr.
Ford's place
Say, I'm goin' to get me a job now, workin' in
Mr.
Ford's place,
Say, that woman tol' me last night: «Say, you
cannot
even stand Mr. Ford's ways.»

Benjamin nahm sich ein Zimmer in dem rasch wachsenden *Negerviertel* und hatte Glück, vom Ersten Weltkrieg verschont zu bleiben. Viele seiner Kollegen wurden in spezielle Einheiten gesteckt, wo sie ihre Körper hinhielten für ein Land, das nicht ihres war, wenn sie zurückkehrten. Wenn sie überhaupt zurückkehrten. Wo sie in Zügen oder Bussen wieder in *Negerabteilen* sitzen mussten.

Benjamin rackerte im Fordwerk und blies an den Wochenenden sein altes Kornett. (Als er bei diesem Teil seiner viel erzählten Geschichte angekommen war, sah er Thilda besonders lange an, mit diesem nach Verstehen heischenden Blick. So deutete ich ihn damals. Aber ich passte noch immer nicht auf. Und er sprach weiter.)

Als er genug von der harten Fabrikarbeit hatte, zog er nach Chicago, wo die ersten Jazzplatten für das immer beliebter werdende Grammophon aufgenommen wurden, nahm sich ein Zimmer im Commercial Hotel und beschloss, ein für alle Mal, Musiker zu werden.

Als Benjamin dann Ellen zum ersten Mal sah, fuhr ihm ein hitziger Strahl durch den Körper, denn ihre glatte Haut schimmerte und ihre schwarzen Augen sahen aus wie die eines Säuglings, der gerade aufgewacht ist und erstaunt die Welt um sich betrachtet. Und genau so sah sie ihn an. Durch diesen Blick war er sich seiner Existenz so völlig bewusst, dass ihm erstmals der Gedanke kam, eine Familie zu gründen.

Ellen hatte ihn nicht als Musiker kennen gelernt, sondern als Mann. Als sie erfuhr, womit er sein Geld verdiente, war es schon zu spät, sie hatte sich bereits in ihn verliebt. (An dieser Stelle wandte er sich zum ersten Mal seiner Frau zu, und ich glaubte, einen Moment lang echte Zärtlichkeit in seinen Zügen zu finden, obwohl sie mit versteinertem Gesicht an ihm vorbeischaute.)

Für ihre Eltern war das die schlimmste vorstellbare Katastrophe, sie hatten so hart daran gearbeitet, die Weißen nachzuahmen. Sie wollten vergessen, dass sie in diesem Land als Fremde geboren worden waren, und allein die Erwähnung Afrikas rief in ihnen einen namenlosen Schrecken hervor, kannten sie dieses ferne Land doch nur aus Tarzanfilmen. Weil sie sich ihrer Herkunft so sehr schämten und sie am liebsten lauthals geleugnet hätten, war es in ihrem Haus auch verboten, Blues oder Boogie-

Woogie zu spielen, schließlich hatten sie aus Predigten und Zeitungen erfahren, dass das keine richtige Musik war. Farbigengedudel eben. Schädlich. Peinlich.

«Diese Musik ist gefährlich», pflegte Ellens Mutter zu sagen. «Sie lässt einen merkwürdige Dinge tun.»

Welch ein Jammer, aber ihre Befürchtungen wurden bestätigt, als Ellen eines späten Abends, kaum sechzehn Jahre alt, nach Hause kam und sich schluchzend an das Bett ihrer Mutter setzte. Diese nahm mit hochgeschlossenem Nachthemd und unbewegtem Gesicht die Beichte ihrer Tochter entgegen, stand dann mühsam auf und murmelte, dass sie versuchen werde, es ihrem Mann schonend beizubringen.

Ellens Vater schrie nicht, als er zu ihr ins Zimmer kam. Wohl sagte er, dass er sich überlegt habe, sie des Hauses zu verweisen, ganz kurz auch sei ihm der Gedanke gekommen, ob sich womöglich das Problem in Luft auflösen würde, wenn er ihr einmal fest in den Bauch boxte, aber er war ein vernünftiger Mann und fuhr mit seiner tiefen Stimme fort, dass er eine Hochzeit erwarte und hoffe, ihr künftiger Mann würde sich einen anständigen Job suchen. («Wie hätte er es auch besser wissen können», sagte Benjamin hier sehr freundlich und verständnisvoll, «mich ärgert nur, dass er nicht mehr erlebt hat, *wie* anständig ich später Geld verdiente!»)

Damit war Ellens Schicksal besiegelt. Sieben Monate später brachte sie einen schmächtigen Jungen zur Welt und nannte ihn Vernon. Mein Vernon.

Sosehr sich Ellen auch bemühte, sie konnte der Musik ihres Mannes weiterhin nichts abgewinnen und weigerte sich, seine Konzerte zu besuchen. Eines Tages brachte Benjamin einen jungen Freund mit nach Hause, der einen abgetragenen braunen Anzug trug, helle Schuhe und einen Strohhut. Er stellte ihn als Louis Armstrong vor, aber sie wollte sich mit seinen Freunden genauso wenig abgeben wie mit deren Frauen, die, während ihre

Männer auf Tournee waren, einander Gesellschaft leisteten, sich gegenseitig besuchten, Kinder hüteten oder zusammen einkaufen gingen. Oder sich halfen, wenn ihre Männer vergaßen, Geld zu schicken. Ellen wollte mit dem ganzen Gesindel nichts zu tun haben, und so hielt sie dem merkwürdigen jungen Mann nur stumm ihre kühle Hand hin und zog sich in ihr Schlafzimmer zurück.

Daraufhin zerrte Benjamin sie wütend aus dem Haus, schleifte sie über die Straßen, bis sie vor einem großen Gebäude standen, an dessen Wand eine riesige Leinwand hing. KING OLIVER AND HIS CREOLE JAZZ BAND.

«Schau dir das an», schrie er in ihr abweisendes Gesicht. «Hier spiele ich heute Abend, verstehst du? Joe Oliver, stell dir das vor! Er ist der König von Chicago. Der größte Trompeter überhaupt. Und ich bin in seiner Band! Der King hat mich geholt! Verstehst du, verdammt nochmal? *Kapierst du das?*», zischte er und: «Kannst du nicht ein wenig stolz darauf sein?»

Ellen wand sich aus seinem harten Griff und strich den Ärmel ihrer Jacke glatt. Auch wenn sie die Clubs nie betreten hatte, in denen ihr Mann arbeitete, wusste sie, dass sich Unaussprechliches in ihnen abspielte. Wenn Benjamin frühmorgens von einem Gig zurückkam, roch er nach Rauch, nach Schweiß und Alkohol und nach etwas, das sie nicht benennen konnte. Deswegen drehte sie sich auch meistens weg, wenn er seinen immer bereiten Körper gegen sie presste, und sagte: «Geh unter die Dusche. Du riechst komisch.»

Es dauerte nicht lange, und ihre junge Liebe trocknete einfach aus. Fiel von ihr ab und ließ sich nicht mehr zurückholen, sosehr sie sich auch bemühte. Benjamin brauchte eine Weile, bis er es bemerkte. Sie schliefen noch miteinander wie zuvor, aber eines Nachts, als er aufmerksamer war als sonst, spürte er, dass ihre Berührungen streng waren, ihre Küsse ohne Hitze, und ihr Gesichtsausdruck war nicht entspannt, sondern gelangweilt. Erschrocken setzte er sich auf, stellte aber keine Fragen. Er hatte gelernt, dass Worte, wenn es um Liebe ging, nicht angemessen waren, dass sie nie hätten ausdrücken können, was geschehen war. Einige Male noch näherte er sich seiner Frau, dann zog er sich zurück, akzeptierte ihre Entscheidung und spürte ein leises Bedauern.

Wie viel Benjamin an diesem Abend wirklich verriet, daran kann ich mich beim besten Willen nicht mehr erinnern. Allerdings erzählte er genug, um Thilda das Gefühl zu geben, dass sie in diesem Land völlig überflüssig war, in diesem Land, in dieser Stadt und vor allem in dieser Musik. Natürlich vermische ich hier sämtliche Perspektiven, aus denen ich über Jahre hinweg die Geschichte erzählt bekommen habe. Ich habe mir die Ereignisse aus den vielen Begegnungen, die ich mit Vernons Eltern hatte, zusammengereimt. Doch ich glaube, so war es, muss es gewesen sein, und es ist wichtig, weil es ein Teil von Vernon ist.

Nach einer langen Pause hob Benjamin mit einem Ruck seinen Kopf und schenkte ihr einen seiner berühmten Blicke. Von oben. «Sie haben keine Ahnung, was Jazz wirklich bedeutet. Ich mache Ihnen da gar keinen Vorwurf, natürlich nicht. Sie können es nicht wissen. Kein Weißer kann es wirklich wissen. Wie denn auch.» Er beugte sich noch näher zu ihr und starrte beschwörend in ihre Augen. «Sie sollten sich einen anständigen Job suchen, Mädchen. Sie haben bestimmt andere Talente.» Wieder lächelte er, und ein Fetzen Fleisch hing zwischen seinen Schneidezähnen.

«Thilda arbeitet als Sekretärin», murmelte Vernon.

«Na also. Wunderbar. Das war sicher die richtige Entscheidung.» Ein paar Minuten herrschte Stille. Ellen schien nicht die Absicht zu haben, in das Gespräch einzugreifen.

«Wissen Sie …» Benjamin richtete seine ganze Aufmerksamkeit wieder auf Thilda. Hätte ich nur genauer hingesehen. «Ich darf Sie doch Thilda nennen?» Er grinste. «Wissen Sie, Thilda, ich habe meinem Sohn immer abgeraten, in meine Fußstapfen zu treten. Nicht, weil sie zu groß sind», jetzt lachte er laut. «Kleiner Scherz. Nein, weil ich ihm Erfahrungen ersparen wollte, die ich gemacht habe. Glauben Sie mir, man kann sein Leben weitaus angenehmer verbringen, als es mir vergönnt war.»

Er trank einen Schluck von dem eisgekühlten Weißwein. «Wirklich. Musik machen, schön und gut. Solange man damit nicht sein Geld verdienen muss, geht das schon in Ordnung. Aber ansonsten ... es gibt mehr Musiker als Sterne am Himmel. Und verdammt gute, wenn ich mir die Bemerkung erlauben darf. Bessere als ...» Er hielt inne. «Sei's drum. Ich hab's geschafft. Und ich wollte meinen Söhnen ein gutes Leben ermöglichen.» Er wandte sich wieder seinem Steak zu.

Ich beobachtete, wie Thilda überrascht ihr Besteck zur Seite legte. Nun, dachte ich, dann geht es also los. Auch wenn sie den Moment noch eine Weile hinauszögerte. Vielleicht, weil sie die Information erst verarbeiten musste, um dann nach Worten zu suchen, sie im Geiste zu übersetzen und schließlich aussprechen zu können.

Fragend sah sie auf Vernon, der den Blick gesenkt hielt. Sie schwieg noch immer.

«Ich wollte, dass sie studieren, wissen Sie. Irgendwas. Wäre mir ja egal gewesen, was. Hauptsache studieren. Und dann einen ordentlichen Job finden.»

Thilda sah Vernon noch immer an und sprach nur ein Wort. «Söhne?»

Vernon schüttelte den Kopf. «Nicht jetzt, bitte», sagte er.

«Was ist?» Benjamin richtete sich auf. «Was flüsterst du da?»

Ich fragte mich, ob Benjamin eigentlich niemals vergaß zu lächeln. Ellen hatte inzwischen ihren halb vollen Teller zur Seite geschoben und starrte ausdruckslos in den Raum.

«Ich wusste nicht, dass Vernon Brüder hat», sagte Thilda,

und ihre Worte schienen endlos lang unbeantwortet durch den Raum zu geistern. Sie sah mich an, als bitte sie mich um Hilfe. Ich lehnte mich in meinem Stuhl zurück.

«*Einen* Bruder», sagte Benjamin endlich und wischte sich den Mund mit einer großen, steifen Serviette ab. «Und *hatte*.»

«Könnten wir das Thema wechseln?» Vernon hob abwehrend eine Hand, um die Worte seines Vaters zurückzuhalten.

«Aber, aber, mein Sohn.» Benjamins Stimme klang tadelnd. «Warum hast du deiner kleinen Freundin noch nicht von LaVon erzählt? Das ist nicht in Ordnung! Ganz und gar nicht. So geht das nicht. Oder was meinen Sie, Thilda?»

Thilda schwieg, und ich hörte, wie Ellen laut Luft holte.

«Nicht heute, okay. Nicht heute!», sagte Vernon beschwörend. «Ma, soll ich dir noch Wein nachschenken?»

Ellen tauchte aus ihrer Versunkenheit auf, und ihr Blick wurde hart, als sie ihren Sohn ansah. «Nein. Ich habe genug.»

Wir verabschiedeten uns dann ziemlich schnell von seinen Eltern. Ich winkte nach einem Taxi und ließ die beiden zuerst einsteigen. Vernon saß neben mir, und ich fühlte die Wärme seiner Hand, die er achtlos neben meinen Schenkel legte.

«Warum hast du mir nie von ihm erzählt», sagte Thilda, ihre Stimme so unbeteiligt.

«Von wem?», fragte er halbherzig und nannte dem Taxifahrer unsere Adresse.

«Wir wissen nichts voneinander», murmelte Thilda so leise, als hoffe sie, er könne sie nicht verstehen, und starrte auf die Straße.

«Du hast Recht. Du hast noch nicht viel von dir erzählt.»

«Ich habe aber auch keinen Bruder verschwiegen. Vor allem keinen toten Bruder. Was ist mit ihm geschehen?»

Vernon rückte ein wenig von ihr ab und blickte nun seinerseits aus dem Fenster. So saßen sie stumm und bauten an ihren

Mauern, während ich auf das ungewaschene Haar des Taxifahrers vor mir starrte.

Ahnte sie, dass ich alles wusste? Dass Vernon und ich trotz allem eine untrennbare Einheit waren? Zusammengeschmiedet, egal, was in der Welt um uns herum geschah? Sie wandte sich zu mir und ich schenkte ihr ein prachtvolles, großzügiges Lächeln, das alles andere wegwischte. Ich spürte, wie ihr Verstand sich wehrte gegen die Erkenntnis und ihr Herz bange zu schlagen begann.

Vernon schloss auch jetzt die Augen nicht, während er seinen Kopf an der Fensterscheibe des Taxis kühlte. Wahrscheinlich sehnte er sich danach, Thilda an sich zu ziehen und in ihr klares Gesicht zu blicken, das so glatt war, als habe es nie etwas Hässliches sehen müssen. Als habe es niemals geweint. Aber er rührte sich nicht.

Warum hatte Benjamin davon angefangen? Warum hatte er LaVons Namen wie zufällig in ein belangloses Gespräch gestreut, nachdem jede Erinnerung an LaVon in diesem Haus über Jahre hinweg im Keim erstickt worden war, bis es so schien, als hätte er nie wirklich gelebt, nur in atemlosen Albträumen, in unerhörten, schweißtreibenden Albträumen. Nie hatte Benjamin zu mir von LaVon gesprochen. In all den Jahren nicht. Warum jetzt, was hatte er damit bezweckt?

Und ich dachte an Ellens Blick, als sie zu ihrem Sohn gesagt hatte: «Nein. Ich habe genug.» Ich habe genug von dir, von deiner Schuld, von deinem unaussprechlichen Verbrechen, das war es, was sie gesagt hatte.

«Es war ein Unfall», rief Vernon plötzlich, und Thilda und ich zuckten zusammen. Der Taxifahrer warf einen schnellen Blick in den Rückspiegel und konzentrierte sich dann wieder auf die Straße.

«Was sagst du da?» Thilda sah ihn nicht an, und ich hielt die Hände über meinem Schoß krampfhaft verschränkt, aus

Angst, sie könnten sich selbständig machen und Vernon berühren.

«Ich werde es dir erzählen», sagte er durch seine zusammengebissenen Zähne hindurch. «Du willst es hören, also werde ich dir alles erzählen. Sobald wir zu Hause sind.»

Die restliche Fahrt verlief schweigend. Als der Taxifahrer in der 147th Street Ecke Broadway anhielt, stieg Vernon mit düster entschlossenem Gesicht aus, packte Thilda am Ellbogen und dirigierte sie in die Wohnung, zog sie fast die fünf Stockwerke hinauf, entschlossen, zu Ende zu führen, was er begonnen hatte, und sich durch nichts davon abhalten zu lassen. Nicht einmal von einem Stolpern, als Thilda das Gleichgewicht verlor, weil er sie zu schnell die Treppe hinaufzog. Ich existierte in diesem Moment nicht für ihn. In der Wohnung nahm er ihr den Mantel ab, und ihr hellblauer Rock bauschte sich, als er sie in die Küche schob.

«Setz dich», befahl er. «Das hier wird eine Weile dauern. Hier sind deine Zigaretten. Du wirst bestimmt rauchen wollen.»

Ich war ihnen in die Küche gefolgt und erschrocken über sein wütendes Gesicht. Thilda sah mich mit einem Blick an, der mich bat, sie nicht allein zu lassen mit diesem Mann, den sie kaum kannte, eigentlich überhaupt nicht kannte, wie er da mit seinem wie in Stein gemeißelten Gesicht vor ihr stand und laut atmete. Weil ich wissen würde, was zu tun war, schließlich kannte ich ihn genau, ich konnte seine Angst vertreiben. Für einen Moment.

Vernon zog sein Feuerzeug aus der Hosentasche. Thilda nahm mit fahrigen Fingern eine Zigarette aus dem Päckchen und steckte sie zwischen die Lippen.

«LaVon war mein kleiner Bruder», begann Vernon. «Zwei Jahre jünger als ich.»

Er lief quer durch die Küche, stellte sich ans Fenster, und dort blieb er die ganze Zeit stehen, unbeweglich, während seine Worte Thildas Kopf anfüllten für eine, wie es schien, endlos lange Zeit. Ich ließ die beiden allein. Ich kannte die Geschichte. Trotzdem lauschte ich von meinem Zimmer aus seiner viel zu lauten Stimme. Ich wollte genau wissen, was er Thilda erzählte.

Er hatte ein für einen kleinen Jungen ungewöhnlich eckiges Kinn und karamellfarbene Haut, große, warme Augen und einen gedrungenen Körper, der nur darauf wartete, sich zu straffen und zu strecken, das konnte man bereits sehen. Wahrscheinlich wäre er eines Tages in die Höhe geschossen und hätte seinen Vater um eine Kopflänge überragt. Aber noch waren seine Wangen kindlich rund und sein Körper weich, fast pummelig.

Vernon liebte es, die Welt durch die Augen seines Bruders zu betrachten, denn der sah noch Farben, die sich vor ihm verbargen, und nahm Gerüche wahr, an die sich Vernon erst wieder erinnern musste. Sein Kopf war voll gestopft mit geheimen Schätzen, und vielleicht malte er sich aus, was er eines Tages tun könnte, um es seinem Vater heimzuzahlen. Nur, dass dieser Tag nie kam.

Ihm blieb auch keine Zeit mehr für seine großen Pläne. Die Welt zu umsegeln oder ein berühmter Detektiv zu werden, am liebsten aber wollte er eines Tages einen Drugstore haben, wie der gegenüber auf der anderen Straßenseite, wo ein gemütlicher Mann mit seinem zufrieden runzligen Gesicht über Reihen von Schokoladensoldaten herrschte. Drei Stück für einen Penny verkaufte, und an dessen dunklen Mundwinkeln man erkennen konnte, dass er gerade selbst einen davon auf der Zunge hatte zerschmelzen lassen. Manchmal, wenn er sprach, konnte man sogar den Schokoladenbrei noch sehen, auf seinen Zähnen oder ganz hinten auf seiner Zunge, und eines Tages hatte LaVon gleich fünf Schokoladensoldaten auf einmal in den Mund genommen, bis seine Wangen prall gefüllt waren und es nichts mehr gab auf der Welt als diesen herrlichen Geschmack.

Seine Mutter steckte ihn immer in Hemden mit hohen Stehkragen, die so gestärkt waren, dass er seinen Hals kaum bewegen konnte, und in diesen weißen Hemden war es besonders gefährlich, Schokoladensoldaten zu essen. Zwar schimpfte seine Mutter nie, wenn er mit seinen klebrigen Händen aus Versehen sein Hemd beschmutzte, aber er musste aufpassen, dass sein Vater ihn nicht erwischte.

Vernon wusste immer, wann sein Bruder an ihren Vater dachte, weil dann seine kindlichen Augen mit einem Mal trübe wurden. Vernon versuchte ihn zu trösten, wenn er wegen der steifen Kragen stöhnte und seine Haut am Hals zu jucken begann. *Du siehst aus wie Fred Astaire*, sagte er dann, *genau wie Fred Astaire*, und LaVon begann wieder zu strahlen. Vernon war sich nicht einmal sicher, ob sein kleiner Bruder eine Ahnung hatte, wer dieser Fred Astaire eigentlich war, aber mit ihm verglichen zu werden schien ihn glücklich zu machen und seine Sorgen eine Zeit lang wegzuschieben.

Seine Sorgen kannte Vernon nur allzu gut. Sie kamen spätestens an jedem Sonntag, meistens vor dem Mittagessen. Kein Tag der Woche schien Benjamin so wütend zu machen wie der Sonntag. Vernon hatte keine Ahnung, warum das so war. Vielleicht war ihm langweilig, weil er den ganzen Tag zu Hause rumsaß, vielleicht machte es ihn wütend, dass Ellen sich und die Kinder herausputzte und in die Kirche ging, während er noch im Bett lag, vielleicht machte er einfach seinem Ärger der ganzen Woche Luft, und wahrscheinlich glaubte er sogar, seinen Söhnen etwas Gutes zu tun.

Zumindest sagte er immer, dass es ihm genauso wehtue, vielleicht sogar noch mehr, dass er aber schließlich die Verantwortung für sie beide trage. Sie sollten anständige Jungs werden und stark, vor allem stark, denn das Leben würde sie noch viel härter prüfen und sie müssten lernen, Schmerzen so zu nehmen, wie sie kommen.

Vernon vergaß nie das ratschende Geräusch, das der Gürtel machte, wenn sein Vater ihn langsam aus den Schlaufen seiner Hose zog, und auch nicht die paar Sekunden Stille, in denen er sich vorstellte, wie die Schnalle in der großen Faust verschwand – immerhin schlug er nicht mit der Schnalle zu –, aber er hatte ihn nie dabei beobachtet, weil sein Vater immer hinter ihm stand. Vernon schloss niemals die Augen und war dankbar, dass er nicht laut mitzählen musste, so wie viele seiner Freunde, also konnte er sich ganz darauf konzentrieren, stumm zu bleiben und sich nicht zu bewegen. Nur nicht zu bewegen, denn das machte seinen Vater erst richtig wütend, und mit der Zeit lernte er, den Schmerz zu kanalisieren, auszuatmen während des Schlags, einzuatmen in der kurzen Pause, bevor das Leder wieder niedersauste, einen gleichmäßigen Rhythmus zu finden und ihn den Bewegungen seines Vaters anzugleichen.

Wenn er sich überhaupt nicht gerührt hatte, wenn kein Ton über seine Lippen gekommen war, dann fasste sein Vater ihn hinterher am Nacken und gab ihm eine spielerische Ohrfeige, als wollte er sagen, gut gemacht, mein Junge. So ist es gut. Dann schickte er ihn aus dem Zimmer und befahl ihm, LaVon zu holen. Die Reihenfolge änderte sich nicht. Nicht sonntags.

Vernon war nie im Zimmer, wenn sein Bruder sich über das Bett beugte, aber er hörte ihn schreien, und bestimmt ruckte auch sein ganzer kleiner Körper von einer Seite zur anderen. Das mag auch der Grund gewesen sein, warum sich Benjamin mit seinem jüngeren Sohn immer länger beschäftigte als mit dem älteren.

Vernon hatte LaVon öfter mit in den Keller genommen und versucht, ihm das richtige Atmen beizubringen. *Du musst ausatmen, wenn der Schlag kommt, ausatmen, hörst du, das ist ganz wichtig. Niemals einatmen. Sonst tut es nur noch mehr weh. Ausatmen, und zwar langsam!* Gemeinsam lagen sie auf der Matratze, und LaVon atmete folgsam ein und aus, so lange, bis ihm übel wurde und er anfing zu heulen. Aber es half nicht, weil LaVon sofort die Luft anhielt, sobald sein Vater ihn aufforderte, sich umzudrehen, und dann war der ganze Rhythmus durcheinander.

Die Sonntage waren aber nicht die schlimmsten Tage, schließlich konnten sie sich darauf einstellen, es kam nie überraschend und würde nach einigen Minuten vorbei sein. Ellen hatte in der Zwischenzeit das gekocht, was sie am liebsten mochten. Würstchen und Rote Bohnen mit Reis. Kandierte süße Kartoffeln. Brathuhn. In Butter gebratene Kutteln. Manchmal gab es Eierpunsch oder Pfannkuchen mit Zuckersirup. Benjamin saß hinterher am Tisch und lachte, und wenn er besonders gute Laune hatte, legte er seine Hand auf Ellens Knie und drückte es, bis sie sich mit müden Augen wegdrehte, während Vernon und LaVon auf ihren geröteten Pobacken hin und her rutschten.

Schlimmer war es, wenn sie nicht damit rechneten. Manchmal erwischte sie ein Schlag gegen den Hinterkopf, ohne Ankündigung. Gelegentlich drückte er auch LaVons Gesicht in den Teller mit Spiegeleiern, weil er zu langsam aß. Oder er riss gleich das gesamte Tischtuch herunter, das Geschirr und die Gläser flogen durch die Küche und zersplitterten auf dem Boden. Dann befahl er seinen Söhnen, die Sauerei wieder in Ordnung zu bringen und vorher die Schuhe und Socken auszuziehen. Dann wieder schlug er LaVons Kopf gegen die Wand. Oder gegen den Schrank. Ab und zu stellte er ihm sogar ein Bein. Die Gründe spielten keine Rolle. Die Gründe verschwammen in Vernons Gedächtnis zu einem zähen Brei, es waren Kleinigkeiten wie offene Schnürsenkel, ein Kichern zur falschen Zeit oder eine schlechte Note. Ein Gesichtsausdruck, der ihm nicht zusagte. Das gleiche Vergehen konnte ihn an einem Tag amüsieren, am anderen landete seine Faust erst auf dem Tisch, dann in LaVons Gesicht.

Mit den Jahren entwickelte Vernon einen untrüglichen Instinkt dafür, wann es sein Vater wieder auf seinen kleinen Bruder abgesehen hatte. Er spürte es lange vor LaVon, als flögen die Gedanken seines Vaters durchs Zimmer und träfen ihn. Dann versuchte er, den Groll auf sich zu ziehen. Es gelang ihm fast nie. Als hätte auch sein Vater ein Gespür dafür entwickelt, wann er ihn mit Absicht herausforderte. Als seien sie telepathisch miteinander verbunden.

Er hatte das Gefühl, dass LaVon öfter die Wut seines Vaters anfachte als er selbst. Objektiv gesehen, war das wohl nicht der Fall, aber es kam ihm so vor, weil LaVon so viel kleiner war, so viel schwächer, so wie er selbst früher eben. Manchmal war sein Vater zu müde, und dann sollte Vernon seinen Bruder verprügeln. «Mach du das für mich», sagte sein Vater dann und gab ihm einen Stups gegen den Hinterkopf. Vernon versuchte, sein Lächeln zu verstecken, und auch LaVon hatte gelernt, sich nicht durch das Aufleuchten seiner Augen zu verraten. Im Schlafzimmer brauchte Vernon ihm nur zuzunicken und zu sagen: *Schrei!* Dann setzte LaVon zu seinem Gebrüll an. Es klang nie richtig, nie echt, und Vernon wunderte sich, dass sein Vater nie etwas bemerkte.

Es geschah an einem Donnerstag. Vernon erinnerte sich immer daran, dass es ein Donnerstag war, ohne recht zu wissen, warum, denn es war kein besonderer Tag. Wahrscheinlich waren sie gerade aus der Schule gekommen, LaVon eine Stunde vor ihm in seinem grauen Zweireiher, dem gelb gestreiften Hemd, den Thom-McAn-Stiefeln und der neuen, schicken Lederkappe. Die Kappe zog er an diesem Tag nicht einmal zum Essen aus, so vernarrt war er in sie, daran erinnerte sich Vernon, aber er hatte keine Ahnung mehr, was es zum Essen gab. Er hatte sich oft gefragt, warum ein Gedächtnis so zufällig funktioniert, warum er nie den Wochentag und diese Lederkappe vergaß, sich aber nicht mehr erinnern konnte, was sie gegessen hatten und vor allem, wie sie auf diese Idee gekommen waren. Ob da tatsächlich nur Moleküle ganz willkürlich im Kopf herumgespielt hatten.

Benjamin hatte drei Trompeten im Flur stehen, drei Koffer ordentlich nebeneinander gestellt, und wahrscheinlich war es Zufall, dass LaVon ausgerechnet den linken Koffer nahm. In ihm ruhte die Trompete, die sein Vater ganz besonders liebte, ja geradezu anbetete. Sie war nicht nur ein Instrument. Sie wurde verehrt – reliquiengleich. Ein Zeichen. Ein Symbol ihres Wohlstandes. Die Ernährerin der Familie. Der Ausbruch aus der Armut. Der leuchtend warme Goldton in dem Samtbett. Täglich gestreichelt von einem weichen Lederlappen.

Trotz seines Schreckens musste Vernon lachen, als LaVon in die Küche kam, das Instrument gegen seine kleinen Lippen gepresst, die Augen rollen ließ und die Backen blähte. Ohne dass es ihm gelang, auch nur einen Ton zu blasen, legte er seinen Kopf in den Nacken, bis die Trompete gegen die Decke zeigte, wiegte sich in einem imaginären Rhythmus und ließ die Finger grotesk schnell über die Klappen turnen: eine perfekte kleine Imitation seines Vaters. Dann wieder beugte er den Rücken und formte eine Hand zu einem Kelch, als hielte er einen Dämpfer, und jetzt war sein Körper starr, er schloss die Augen, seine Finger bewegten sich kaum noch, er blies eine tonlose Ballade und Vernon lachte und lachte. Wieder angestachelt, richtete LaVon sich auf und begann, sich im Kreis zu drehen, die Trompete noch immer fest gegen seine Lippen gedrückt, er geriet außer Atem und drehte sich doch immer schneller, die kleinen Füße in den Stiefeln trampelten auf dem Küchenboden und Vernons Blick wurde starr. Er sprang auf. *Hey, es ist genug. Es reicht jetzt. Du spinnst ja. Hör auf.* Kichernd brach LaVon seinen skurrilen Tanz ab, er bekam kaum noch Luft, Tränen liefen aus seinen lachenden Augen, und noch bevor Vernon ihn erreicht hatte, sackten seine Knie weg, als der Schwindel ihn ergriff.

LaVon fiel auf den Hintern und stützte sich mit beiden Händen ab. In der einen Hand die Trompete. Die Brüder sahen im gleichen Augenblick, was er angerichtet hatte, ein Stückchen Gold glänzte auf dem dunklen Steinboden. Fast nicht zu sehen. Nur ein Splitter. Sie starrten es an und LaVons Tränen liefen weiter. Entsetzte Tränen diesmal. Vernon nahm ihm die Trompete aus der Hand. Sie wog so schwer. Eigentlich ist es nur ein kleiner Kratzer, kaum zu sehen, dachte er. Und dann sagte er es.

«Er wird es gar nicht bemerken», flüsterte er und wischte mit dem Daumen die Tränen aus LaVons Augen. «Und wenn, dann denkt er bestimmt, es sei ihm selbst passiert. Es ist nicht schlimm. Hey!»

LaVons Arme umschlossen seinen Hals. Er umfing den zitternden kleinen Körper. Seine eigene Angst war so groß, dass er mehrmals schlucken musste. Er glaubte selbst nicht an das, was er gesagt hatte. Der Schaden war unübersehbar. Die ganze Trompete schien jetzt nicht mehr so zu glänzen wie zuvor. Er legte sie mit angstfeuchten Händen in den dunklen Samt. Deckte sie vorsichtig mit dem Lederlappen zu. Schloss den Koffer. Stellte ihn neben die beiden anderen.

Und dann hörten sie ihn. Ein lang gezogenes Husten, das durchs Haus grollte wie weit entfernter Donner. Er war wach. Er war wach! Vernon spürte, wie seine Glieder steif wurden, Angst schoss in seine Brust und verteilte sich gleichmäßig in seinem ganzen Körper. Meistens stand sein Vater erst am frühen Abend auf, weil er bis zehn Uhr morgens durch die Clubs gezogen war, einfach die Straße entlang, mal in diese Tür rein, mal in die nächste, spielend, lauschend, trinkend. Jetzt, nach dem Mittagessen, sollte er eigentlich noch tief schlafen.

Er hat es gespürt. Er ist mit seiner verdammten Trompete verbunden, irgendwie, verfluchte Scheiße, er weiß, dass irgendetwas nicht stimmt. Vernon stöhnte. Er versuchte ruhig zu bleiben. Das Zittern seiner Hände zu unterdrücken. Er musste jetzt auf LaVon aufpassen.

Ihn schützen. Er packte die kleine Hand und zog LaVon durch den Flur, vorbei an den drei schwarzen Koffern, der Garderobe, an der Benjamins Hut hing und seine Jacke, als stünde er leibhaftig da, durch die Tür ins Treppenhaus, *er schlägt uns tot*, die Stufen hinunter, wie aus weiter Ferne drang LaVons Schluchzen an sein Ohr, noch ein paar Stufen, dann durch die Kellertür.

Der anheimelnd modrige Geruch drang in seine Nase, er musste kein Licht anmachen, kannte jeden Winkel. *Zeit gewinnen. Wenn sich seine erste Wut gelegt hat, dann wird es nicht so schlimm.* Er stolperte, spürte, wie unter seinen Schuhen eine Seite zerriss. Das musste sein Übungsbuch gewesen sein, das er hier unten vergessen hatte. Egal. Jetzt kroch er auf Knien weiter, LaVon immer hinter ihm, er überlegte fieberhaft, wo sie Schutz suchen konnten. Um jetzt noch den Keller zu verlassen und auf die Straße zu rennen, war es zu spät. Benjamin hatte ihr Vergehen schon entdeckt. *Wie ist er so schnell darauf gekommen? War er schon die ganze Zeit wach gewesen? Hatte er sie heimlich beobachtet, LaVons Showeinlage in der Küche gesehen? Ich weiß nicht wie, verdammt, wie er es sehen konnte, aber er hat seine Augen überall, vielleicht hat er auch von der Treppe aus gesehen, wie ich den Koffer zurückgestellt habe, ich weiß es nicht, aber er ist dahinter gekommen.* Seine Knie schmerzten, als er die Matratze erreicht hatte, hier war es stockdunkel, selbst wenn das Licht anginge, würde diese Ecke im Dunkeln liegen. Sie mussten nur Zeit gewinnen, bis er sich beruhigt hatte.

Er hörte Benjamin brüllen. Als weigerte sich sein Gehirn, die Worte, die Beschimpfungen zu übersetzen, hörte er nur das Schreien, tief aus seines Vaters Bauch. Er drückte LaVon auf die Matratze und war froh, sein Gesicht nicht sehen zu können. Aber er konnte es sich vorstellen. Er begann zu heulen und schämte sich. *Sei still*, zischte er, *halt bloß die Klappe, er darf uns hier nicht finden, nicht jetzt. Nicht jetzt!* Er hörte, wie sein Vater mit großen, stampfenden Schritten durch die Wohnung eilte, dann ging etwas zu Bruch. Die jammernde Stimme seiner Mutter.

Ein Rumpeln, als habe er einen Stuhl umgeworfen. Oder gleich einen ganzen Schrank.

Das Brüllen hörte nicht auf. Nein. Es wurde lauter. Und dann die Schritte auf der Treppe. *Natürlich sucht er als Erstes hier unten nach uns, ich hätte das wissen müssen, warum sind wir nicht einfach aus dem Haus gerannt.* Vernon zog die kratzige Decke über seinen kleinen Bruder. *Ich will keinen Ton hören!* LaVon begann zu zappeln. Sein Schluchzen wollte nicht aufhören, es durchschüttelte ihn wie ein Krampf. *Bitte, bitte, bitte, sei still!* Vernon tastet durch die Decke nach dem Mund seines Bruders und hält ihn zu. Sein Herz in wilder Raserei. Sein Vater ist an der Kellertür. Schlägt mit der Faust dagegen. Jetzt kann er sich auch nicht mehr gegen die Worte wehren. *Ihr Scheißkerle, ihr Hurensöhne. Ich werd's euch zeigen. Wo seid ihr? Das war, verfluchte Scheiße, das letzte Mal. Ich weiß, dass ihr hier seid.* Die Tür fliegt auf. Vernon legt sich über seinen Bruder. *Er schlägt uns tot, er schlägt schlägt schlägt uns tot, sei endlich still, hör auf zu zappeln, er kann dich hören.* Der kleine Körper wehrt sich, will sich aufbäumen, ein Knie trifft seinen Magen, doch Vernon spürt jetzt keinen Schmerz, er hat nur ein Ziel, durchhalten, Zeit gewinnen, er drückt LaVon wieder auf die Matratze, seine Hand auf dem kleinen Mund, zugleich streichelt er das verschwitzte, drahtige Haar, das unter der Decke rausschaut, das Licht geht an und das Fluchen ist überall, aber ihre Decke liegt in der Dunkelheit, vielleicht wird sie das retten.

Er senkt seinen Kopf über seine Hand, die LaVons Mund fest verschließt, spürt die harten Fäden der Decke an seiner Wange. Sein Vater ist an der Tür stehen geblieben, er kann nur die kräftige Gestalt erkennen und den Kopf, der sich von links nach rechts bewegt auf der Suche nach seinen Söhnen, als hätte er Witterung aufgenommen. Vernon schließt die Augen, er kann jetzt nichts mehr tun, als dazuliegen, dafür zu sorgen, dass sein Bruder stumm bleibt, und zu warten. Er weiß nicht mehr, woher der Lärm kommt, ob er es nicht selbst ist, der laut heult. Die Zeit verschwimmt, er liegt nur noch da und hofft, dass es bald vorüber ist. Und da. Die Schritte seines Vaters entfernen sich. Ist das wirklich so? Ist es vorbei? Er stützt sich auf die Ellenbogen und zieht vorsichtig die Decke von LaVons Gesicht.

Er weiß es schon. Irgendwo ganz hinten im Kopf weiß er es, aber er weigert sich, das Wissen anzunehmen. Er umschließt LaVon mit seinen Armen, wiegt ihn vorsichtig hin und her. Um ihn zu trösten. Damit er möglichst schnell vergisst. Der Schweiß auf dem kleinen Gesicht ist kalt, er versucht, die Haare zu glätten. Es ist dunkel, und das ist gut, so können sie hier liegen und sich ausruhen. Es ist jetzt ganz still. So still. Dann kneift er die Augen zusammen, weil ein greller Lichtstrahl auf ihn fällt. Sein Vater steht neben der Matratze, hoch aufgerichtet, in seiner Hand eine Taschenlampe. Er starrt schweigend. Rührt sich nicht. Plötzlich ist auch seine Mutter da, er hatte sie ganz vergessen. Sie braucht lange, bis sie versteht, was sie sieht. Und mit einem tiefen Seufzen auf die Knie fällt.

Kapitel 11

Länger kann ich es nicht hinauszögern, ich habe zwar keine Ahnung, wie lange ich schon in diesem Plüschsessel sitze und in den Spiegel starre, doch es ist höchste Zeit, zu Thilda zurückzukehren. Ich überprüfe noch einmal den goldbraunen Lippenstift, kneife kurz in meine Backen, weil ich so blass aussehe, und lasse die Toilettentür hinter mir zufallen. Hoffentlich ist Thilda nicht einfach verschwunden. Ich zucke verärgert die Schultern. Und wennschon? Habe ich nicht lange genug über Thilda gegrübelt, darüber, was sie wohl fühlte oder im Schilde führte? Fast mein ganzes erwachsenes Leben lang? Ich hätte mich damals mehr meinen eigenen Gedanken widmen sollen. Und wenn ich nicht über Thilda nachdachte, dann über Vernon oder später über Helen. Mir waren Vernons Erinnerungen näher als meine eigenen. Und ich sehe die Gesichter von Helens Liebhabern klar vor mir, während die meiner eigenen verschwimmen im Schatten der Vergangenheit. Was Thilda angeht: Sie hat bis heute nur wenig von sich erzählt, von ihrer Heimat, ihrer Familie, und so fehlt mir die Vorstellung, was sie zu dem gemacht haben könnte, was sie war und ist. Dessen ungeachtet habe ich jahrelang darüber gegrübelt und bin erst vor noch nicht langer Zeit zu der Überzeugung gelangt, dass es nicht für jedes Verhalten eine Erklärung gibt.

Vielleicht gibt es ja einen Grund dafür, dass Thilda es liebt zu schweigen, dass sie nicht in der Lage ist, Gefühle in Worte zu fassen. Ich habe darüber nachgedacht, dass es möglicherweise an der Sprache liegt. Dass sie nicht in der Lage war, Englisch jemals gut genug zu lernen, um sich zu erklären. Das gibt es ja, sie hat dafür einfach kein Talent. Zwar kam ich nie in die Verlegenheit, mich in einer fremden Sprache ausdrücken zu müssen, doch je mehr ich darüber nachdenke, desto überzeugter bin ich, dass Sprache nötig ist, um von Seele zu Seele zu sprechen. Erst wenn man Dinge benennt, werden sie wirklich. Erst wenn man in der Lage ist, Gefühlen einen Namen zu geben, fühlt man sie tatsächlich. So wie es Völker gibt, die keinen Ausdruck für Krieg kennen und deshalb auch niemals einen führen könnten. Weil sie gar nicht wissen, was das ist.

Gesten, Mimik und Tonfall allein reichen nicht, um sich verständlich zu machen. Wenn Thilda also in all den Jahren nicht in der Lage war oder möglicherweise einfach aufgegeben hat, akkurate Worte zu lernen für das, was sie empfand – vielleicht empfand sie es schließlich wirklich nicht mehr.

Möglicherweise ist es ganz anders. Es kann ja auch sein, dass sie gar nichts verschweigt, sondern einfach nichts zu erzählen hat. Ich halte es für denkbar, dass sie, als wir zusammenlebten, ihre Vergangenheit nicht verheimlichte, ihre Gedanken nicht zurückhielt und ihre Wünsche nicht unterdrückte. Dass hinter ihren Augen, wenn ihr Blick starr wurde oder unstet, nichts geschah. Dass alles, was sie darstellte, von uns, von Vernon und mir, in sie hineingedacht wurde und sie mit Leben erfüllte, mehr, als sie es je für möglich gehalten hätte.

Vielleicht aber auch nicht. Und so wird Thilda immer das große Rätsel für mich bleiben. Und damit unauslöschbar.

Als ich an unseren Tisch zurückkehre, zwinge ich mich, sie wieder anzusehen, und frage mich, ob irgendjemand hier im Raum ahnt, was für ein unglaubliches Leben diese dünne, alte Frau geführt hat.

Vernon hatte ihr also erzählt, was mit LaVon geschehen war. Ich saß auf meinem Bett, in ein großes T-Shirt gehüllt, den Rücken an die kühle Wand gelehnt oder vielmehr gepresst, weil mich die Härte und die Strenge der Steine beruhigte. Ich wollte nicht bequem sitzen. Ich wollte auch nicht sein Gesicht sehen, sonst wäre ich zurück in die Küche gelaufen. Ich wollte seine Stimme hören, nur seine Stimme, die Melodie darin finden, die klagte und wütete und um Verzeihung bat. Dadurch erwachte seine Vergangenheit zu einem neuen Leben. Allein durch seine Stimme konnte ich LaVon vor mir sehen, seinen kleinen, unfertigen Körper und seine Kohlenaugen, die schon so alt waren.

Ich fühlte, was Vernon fühlte, durch seine Worte und ohne sein Gesicht zu sehen. Ich habe keine Ahnung, ob Thilda ihm glaubte. Auch weiß ich nicht, ob sie, so wie ich, ihre Augen über den Tränen schloss. Genauso wenig habe ich eine Vorstellung davon, wie lange er sprach, und als er verstummte, hätte ich am liebsten gegen die Wand getrommelt und ihn aufgefordert, nicht aufzuhören.

Das Loch in seinem Herzen war genauso groß wie meines, jedes einzelne Wort tat weh. Und doch hätte er weitersprechen müssen. Hätte sich weiter beschuldigen und verteidigen müssen, so lange, bis alle Gedanken, die er seit damals gedacht hatte, ausgesprochen waren. Und dann, ja dann hätten Thilda oder ich ihm neue Gedanken eingeben können. Doch er hörte zu früh auf, und Thilda hinderte ihn nicht daran. Sie schwieg. Forderte ihn nicht auf, weiterzusprechen. War sie insgeheim froh, dass es endlich vorbei war? Dass sie nicht länger seine Beichte oder Rechtfertigung anhören musste, sondern zurückkehren konnte in ihr eigenes, kleines, erbärmliches Leben?

Ich glaube, ich schlug sogar tatsächlich gegen die Wand, einoder zweimal, aber in der Küche blieb es still. Mein Rücken wollte sich nicht von der Wand lösen. Ich stemmte meine Ellbogen dagegen und zwang mich aufzustehen. Mein T-Shirt war feucht, vielleicht hatte ich geschwitzt oder mehr geweint, als mir bewusst gewesen war. Als ich an dem Spiegel neben der Tür vorbeikam, sah ich meine Haare, die in verdrehten Locken von meinem Kopf abstanden, als wollten sie sich gegen das Gehörte wehren.

Während ich über den kalten Flur zur Küche ging, dachte ich nur an Vernon. Ich wollte ihn in meine Arme nehmen, ihn in meiner Umarmung drehen und wenden und in der Liebe baden, die tröstend aus mir herausströmte, als sei ein Ventil aufgedreht worden. Ich hätte ihn gerne, wenn er schon nicht mehr redete, wenigstens dazu gebracht zu weinen, so lange, bis er leer war, ein leeres Gefäß, das ich mit neuen, anderen Ideen füllen wollte.

Ich stieß die Küchentür auf, und Vernons Blick zeigte keinerlei Verwunderung. Weder darüber, dass ich überhaupt in die Küche zurückgekommen war, noch darüber, wie ich aussah. Er stand hinter Thilda und hatte seine rechte Hand auf ihre Schulter gelegt. Ich betrachtete diese Hand mit dem schweren Siegelring, streifte dann mit meinem Blick Thildas Schultern, ihren Hals und blieb an ihrem Gesicht hängen. Dort sah ich ein warmes Willkommenslächeln, das mir galt, ihre Lippen in zwei schimmernde Hälften teilte und ihre kleinen Schneidezähne zeigte.

Warum nimmst du ihn nicht in den Arm, wollte ich sie fragen. An meiner Stelle. Es ist nicht richtig, dass er jetzt hinter dir steht, dass seine Hand auf dir liegt wie auf einem Instrument und dass seine Augen friedlich glänzen, als sei nichts geschehen. Merkt ihr das nicht?, wollte ich rufen. Das ist alles nicht richtig!

Doch dann kam ich mir lächerlich vor mit meinen bloßen Füßen und dem unförmigen T-Shirt, das über meine Schultern gerutscht war. Erst jetzt kam mir der Gedanke, dass vielleicht ich es war, getrennt von den beiden durch die kühle Wand, die sich irrte. Möglicherweise hatte diese Wand den Schmerz in seiner Stimme vervielfacht oder mich einfach genarrt. Ansonsten hätte Vernon nicht so dastehen können. So ruhig. So friedvoll.

«Komm her», wisperte er, als wolle er Thilda nicht erschrecken. Mit seiner linken Hand, die gerade noch in seiner Hosentasche gesteckt hatte, streichelte er, als ich zu ihm trat, meine Stirn. Thilda erhob sich von ihrem Stuhl, und so standen wir drei in der Küche, ohne besonderen Grund, ohne etwas zu tun, außer dort zu stehen. Es dauerte lange, bis mir bewusst wurde, dass Thilda ihre Stirn gegen meine Brust lehnte, und ich weiß noch, wie ich dachte, mir ist nie aufgefallen, dass sie so viel kleiner ist als ich. Sie atmete ein wenig zu schnell, und ich roch die Zigaretten, die sie geraucht hatte. Als ich endlich einen Schritt nach hinten machte, weg von den beiden, sah ich, wie Thilda sich aufrichtete und dass Vernons Augen wie gewohnt auf ihr ruhten. Mit seinem Blick spann er ein unsichtbares Netz um sie.

Als ich wieder in meinem Zimmer war, konnte ich durch die Jalousien sehen, wie der neue Tag die Straße heraufzog, und stellte ohne Bedauern fest, dass ich in gut einer Stunde bereits wieder auf den Beinen sein würde, um Besorgungen für Mrs. Lourie zu machen und dann, in ihrer Wohnung angekommen, die Böden zu putzen und die Betten frisch zu beziehen. Und vielleicht, wenn noch genug Zeit war, ihre Hände zu massieren.

Wie das ging, hatte sie mir selbst beigebracht. Sie zeigte mir, auf welche Punkte ich mit dem Daumen drücken musste, so fest, dass ich vor Anstrengung aufhörte zu atmen, um all meine Kraft zu bündeln. Wenn ich die eine Stelle massierte, linderte es Mrs. Louries Magenschmerzen. Eine andere aktivierte ihre Verdauung und wieder eine andere entkrampfte ihre Bauchmuskulatur. Ich wagte nie, sie zu fragen, woher sie ihr Wissen hatte.

Seit ich für Mrs. Lourie arbeitete, schnitt ich mir die Daumennägel ganz kurz, um die Punkte besser zu treffen und um tiefer drücken zu können. Mrs. Louries Gesicht legte sich während meiner Behandlung in Schmerzensfalten, aber nicht ein einziges Mal zuckte sie zurück, und nie ließ sie das Stöhnen, das hinter ihren Lippen wartete, vernehmen. Sie behielt es eisern in ihrem Mund.

Ihre fest geschlossenen Lippen wurden immer bleicher, und dann, wenn ich aufhörte, füllten sie sich wieder mit Blut und erröteten wollüstig. Meistens beobachtete ich unter halb geschlossenen Lidern hindurch diese faszinierende Verwandlung ihres spröden, freudlosen Fleisches in diesen lockenden, tiefroten Mund. Wenn mir die Zeit lang wurde, vertrieb ich sie mir mit Überlegungen, wer sie wohl küssen würde und wie sich das anfühlen mochte. Ich glaube nicht, dass sie ahnte, welches Schauspiel sich da jedes Mal vor meinen halb geschlossenen Augen abspielte, und das machte meine Beobachtungen noch aufregender.

Zum Schluss, nach etwa einer halben Stunde, zog ich an jedem einzelnen Finger, bis die Gelenke knackten. Dann öffnete Mrs. Lourie die Augen, seufzte, dass ihr Kopfschmerz schon viel besser sei oder ihre Müdigkeit verflogen, zog dann ein paar Dollarscheine aus ihrer Schürze und drückte sie mir mit einem Zwinkern in die Hand, als gebe sie mir Geld, das ich gar nicht verdient hätte. Wir sprachen kaum mehr als ein paar Worte miteinander.

Mit der Zeit wandelte ich die Handmassage ein wenig ab, führte Bewegungen und Berührungen ein, die mir richtig erschienen, und es fühlte sich so an, als würde ich etwas erschaffen, Musik vielleicht, als würde ich über einen Standard improvisieren. Manchmal gab ich meinen Massagen die Namen meiner Lieblingstitel. «It Must Have Been You» oder «I Got Rhythm», und ich stellte mir vor, dass so ähnlich ein Musiker empfinden musste. So kam ich Vernon noch ein Stück näher.

Ich begann, auch ihm die Hände zu massieren. Am liebsten nach einem Konzert, wenn der Schweiß der Nacht an seinem Anzug klebte und sein Geruch mich sanft umschloss. Wenn er so erschöpft war, dass seine Hand sich bewegen ließ wie ein tief schlafendes Kind, das sich in keiner Weise wehrt. Dann öffneten sich seine Lippen zu einem entspannten Lächeln, und wenn ich an seinen langen Fingern zog, bis sie knackten, mischte sich der Geruch des Schweißes mit dem seines Begehrens.

Doch meistens wollte Vernon, dass ich seine Hände vor einem Konzert lockerte, was viel nützlicher war und somit in keiner Weise mehr sinnlich, denn in dieser Zeit konzentrierte er sich ausschließlich auf die kommenden Stunden. Seine Finger waren stark und eigensinnig und ließen sich von mir nicht mehr in jede beliebige Richtung biegen. Sein Körper roch nach Seife und Aftershave und seine Lippen wölbten sich, als würden sie ein Mundstück umschließen.

Als dann Thilda zu uns kam, bat er mich nicht mehr darum, seine Hände vorzubereiten. Möglicherweise fiel ihm in dieser Zeit nicht einmal auf, dass er diese Gewohnheit einfach aufgab, denn später, als sie ihn betrogen und zugleich gerettet hatte, als sie mir die Aufgabe meines Lebens geschenkt hatte, nahm er sie so selbstverständlich wieder auf, als seien unsere Hände nicht für viele Monate getrennt gewesen.

Während ich darüber nachsann, wie ich meine Massagetechnik noch verbessern konnte, wurden meine Gedanken schwer und zäh, und plötzlich war sie da. Sie musste den Kopf senken, wenn sie mich ansehen wollte. Ihr Blick glitt über meine runden Schultern, den kräftigen Hals entlang zu den lächelnden Lippen, und einen Moment lang befürchtete sie bestimmt, ich könne noch wach sein, mich nur schlafend stellen und plötzlich mit einem schadenfrohen Lachen aus dem Bett springen. Aber ich war schon als Kind ausgezeichnet darin gewesen, mich schlafend zu stellen, gleichmäßig zu atmen und nicht zu blinzeln. Ich spürte, wann immer ich durch die Nase ausatmete, dass eine dunkle Locke auf meiner Stirn nach oben schwebte wie eine Feder.

Thilda kniete sich neben mein Bett. Vernon schlief in seinem Zimmer. Seine wortreiche Beichte hatte ihn offenbar entsetzlich müde gemacht.

Nachdem ich die Küche verlassen hatte, bemühte sich Thilda vermutlich, ihr Herz zu beruhigen, das in Aufruhr geraten war, weil sie dagestanden hatte, umschlossen von den Körpern zweier Menschen, die so sehr zusammengehörten. Das war der Grund, warum sie ihre Stirn an meine Brust gelehnt und ihren rechten Arm um Vernons Taille geschlungen hatte, wie eingekeilt zwischen uns und nur von einem Gedanken beseelt. Dazuzugehören. Zu uns zu gehören. Vollkommen. Gerettet vor dem Alleinsein. Alles zu geben für diese Menschen und die Musik, die sie umgab und zusammenschweißte, obwohl ich keine Musikerin war. Ich pflegte ja nicht einmal in unbeobachteten Augenblicken vor mich hin zu singen. Doch Vernon brauchte mich für seine Musik, ob ihm das nun bewusst war oder nicht. Er spielte besser, wenn ich dabei war, als ob ich ein Feuer in ihm entzündete, das er allein nicht zum Lodern brachte.

Ich konnte Thildas Gedanken regelrecht spüren. Vielleicht, nur vielleicht, dachte sie. Wenn sie mich früher kennen gelernt hätte. Wenn ich schon bei ihr gewesen wäre, als sie in New York eingetroffen war, wenn ich meinen furchtlosen Blick auf sie geheftet hätte, als sie zum ersten Mal mit Oscar Pettiford auf der Bühne gekämpft oder Lester Young gegenübergesessen und um Worte gerungen hatte, wenn ich schon da gewesen wäre in den Nächten, in denen sie sich über ihre Unfähigkeit gegrämt hatte und ihre Unwissenheit. Wenn ich ihre Angst weggelacht hätte, vielleicht. Vielleicht würde sie dann weiter spielen. Ihre Finger würden sich nicht sträuben und ihre Gedanken nicht mehr durch ihr Gehirn toben, falsche Signale aussendend und Bewegungen blockierend. Ihre Seele würde ruhen, sanft eingebettet in meine Anwesenheit, und jeden zerstörerischen Gedanken verbannen.

Thilda schob ihr Gesicht ganz nah an meinen Hals. Bestimmt konnte sie meinen Puls hüpfen sehen. Eine goldglänzende Schweißschicht überzog meine Haut, und Thilda spürte den salzigen Geschmack auf ihren Lippen, schon bevor sie diese auf meinen Hals drückte. Ich zuckte ein wenig, tat aber weiterhin, als ob ich tief schliefe. Thilda zog sich leise zurück, berührte noch kurz meine feuchten Wangen, dann stand sie auf, massierte ihre schmerzenden Knie und verließ leise das Zimmer.

Ich beobachtete sie durch zusammengekniffene Augen. Auf dem dunklen Flur zögerte sie, als habe sie keine Lust, zu dem schlafenden Vernon zurückzukehren. Ich fragte mich, ob ihre Nerven sich krümmten und drehten, so wie meine. Durch mein Fenster drang kaltblaues Morgenlicht. Unten wälzte sich der Verkehr vorbei wie ein träger Fluss. Hupen klang herauf und ab und zu eine Sirene. Taxis bremsten scharf ab und gaben laut tönend wieder Gas. Es war halb sechs und die Stadt war wach und lebendig. Wie immer.

Was hielt sie von Vernons Geschichte? Wenn sie noch einmal die Wahl hätte, die Wahrheit zu erfahren oder nicht, wofür würde sie sich entscheiden? Ich glaube, sie hätte es vorgezogen, nichts davon zu wissen. Deshalb hatte sie auch nicht eine einzige Frage gestellt. Sie mochte nicht gezwungen sein, über andere nachzudenken.

Nichts hatte sich für Vernon verbessert, jetzt, wo er alles erzählt hatte. Nichts konnte er damit ungeschehen machen und nichts mehr erklären. Aber jetzt gab es noch einen Menschen mehr, der sein Geheimnis kannte, und dadurch bekam es eine noch größere Bedeutung. Jetzt war es in ihren Gedanken und in meinen und nahm eigene Formen an. Wurde kräftiger und breitete sich aus – das war es, was geschah, wenn man von sich erzählte, wenn man Vergangenes wieder aufleben ließ.

Ich lag in meinem Bett auf der zerdrückten Decke und zitterte ein wenig, weil mein T-Shirt durch den Schweiß kalt und klamm an meinen Brüsten klebte, aber ich war zu müde, um ein frisches Hemd anzuziehen oder wenigstens unter die Decke zu kriechen. Egal, wie sehr ich mich dagegen wehrte, im Halbdunkel sah ich immer wieder Thildas eisfeuchte Augen. Ich wollte lieber über Hände nachdenken oder darüber, wie ich meine Massagen verfeinern konnte. Ich wollte mir Vernons schlangengleiche Bewegungen auf dem Podium vorstellen und mich daran erinnern, wie sein Blick sich früher auf meinem Gesicht ausgeruht hatte. Oder daran, wie er nach langen Liebesnächten meinen schweißkalten Körper trocken gepustet hatte. Es gelang mir nicht. Dann muss ich wohl eingeschlafen sein.

Als ich wenig später in die Küche kam, die Augen noch schwer vom Schlaf, hatte Thilda mir Frühstück gemacht. Sie saß einfach am Tisch wie eine alte Frau und wartete auf mich. Vor ihr ein dickes Wollknäuel, in dem verschieden lange Stricknadeln steckten wie in einem bunten Igel. Zwischen ihren Händen entstand aus sommergelbem Garn ein weiterer Schal oder eine Decke oder sonst etwas.

«Ich hasse die Vorstellung, dass du bei dieser Mrs. Lourie die Böden schrubbst», sagte sie statt einer Begrüßung. «Und dass du mit deinen schmerzenden Fingern hinterher auch noch ihre Hände massierst.»

Ihre Stimme war dabei völlig ausdruckslos, und sie machte lange Pausen, um die richtigen Worte zu finden. Sie stand auf und hielt sich den Rücken. Dann ging sie zum Herd und nahm die brutzelnde Pfanne vom Feuer. Sie kratzte die Eier und klein geschnittenen Tomatenstückchen auf einen Teller, stellte ihn vor mich. Daneben legte sie auf einem Extrateller einen dick mit Butter bestrichenen Toast.

«Möchtest du Orangensaft?», fragte sie, und ich nickte. Sie hatte inzwischen gelernt, dass ich nie etwas Heißes trank. Und obgleich ich mich unwohl fühlte, weil ich lieber allein esse, tat ich ihr den Gefallen und begann, die Rühreier zu zerteilen.

Sie setzte sich mir gegenüber und sah mir beim Essen zu wie eine besorgte Mutter.

«Ich werde mir einen anderen Job suchen», sagte sie und wirkte richtig aufgekratzt. «Einen, bei dem ich genug verdiene, um dir diese schreckliche Arbeit zu ersparen. Und wir müssen uns darum kümmern, dass Vernon höhere Gagen bekommt. Dann wird es uns allen besser gehen. Was meinst du?»

Selten hatte ich sie so viel auf einmal reden hören. Sie war ungewöhnlich aufgekratzt.

«Ich mag Mrs. Louries Hände», sagte ich.

Übrigens hatte mich Vernon seinen Eltern nie offiziell vorgestellt, so wie Thilda. Ich habe sie einfach irgendwann einmal kennen gelernt. Mir wäre damals so ein offizieller Besuch auch völlig unpassend vorgekommen. Zum einen, weil ich seinem Vater, obwohl ich ihn mochte, nicht verzeihen konnte, was er Vernon angetan hatte. Zum anderen, weil wir unsere Beziehung nie wirklich als eine solche definiert hatten. Ich betrachtete mich nicht als seine Frau, das wollte mir einfach nicht gelingen, sosehr ich es mir auch wünschte. Selbst heute nicht, nachdem wir so viele Jahre verheiratet sind und unsere Tochter großgezogen haben.

Wenn ich über unser Leben nachdenke, und das tue ich vor allem in den Stunden, in denen ich mich ins Bett zurückziehe und zwischen den Welten herumspaziere, dann glaube ich, dass wir füreinander bestimmt sind. Und dass wir die große Dummheit begangen haben, uns nicht darum zu kümmern. Es kommt mir vor wie ein einzigartiges Geschenk, das in einfachem Papier versteckt war, und wir haben uns nicht die Mühe gemacht, es ganz auszupacken. Weil zu viele glänzende, bunte Pakete überall herumlagen. Trotzdem. Nicht einen Tag in meinem Leben habe ich mir vorstellen können, ohne Vernon zu sein. Auch wenn er sich in den Jahren so sehr verändert hat, ist da noch dieses Aufblinken seines früheren Selbst. Dann erkenne ich wieder seine Empfindsamkeit und die Unberührtheit seines Herzens, strecke meine Arme nach ihm aus und spüre die Verbundenheit, von der ich manchmal annahm, dass sie unwiederbringlich dahin sei.

Vielleicht, wenn Thilda nicht gekommen wäre. Vielleicht dann.

Helen ist es gelungen, zu ihrem Vater eine engere Beziehung aufzubauen, als es mir je möglich war. Die beiden brauchten keine Worte. Sie sprachen nur wenig miteinander, aber oft, wenn ich nach Hause kam, saßen sie zusammen im Wohnzimmer; sie hielten sich an den Händen und kommunizierten auf ihre eigene Art. Nicht selten hatte Vernon Augen wie in Wasser getaucht.

Offensichtlich hat Helen so mehr erfahren, als ich mir vorstellen konnte. Heute weiß ich, dass das der Grund war, warum sie nie viele Fragen stellte. Sie hatte schon als junges Mädchen erkannt, dass Wissen allein nicht hilfreich ist. Oder sogar alles zerstören kann. Da die beiden so innig verbunden waren, habe ich nie wirklich daran gezweifelt, dass Vernon Helens Vater ist. Zumindest kann ich nicht das Gegenteil behaupten. Ich weiß nicht mit Sicherheit, wer noch alles infrage kam, wen Thilda in dieser Zeit traf. Ich beobachtete nur, wie sie immer öfter über Nacht wegblieb und nie Rechenschaft darüber ablegte, wohin sie ging. Vernon wurde schweigsamer und akzeptierte mit unerhörter Geduld alles, was sie tat.

Ich wünschte mir in dieser Zeit, dass er sich wieder mir zuwenden würde oder jeder beliebigen anderen Frau. Doch er war wie erstarrt in seiner Hingabe. Thilda veränderte sich scheinbar überhaupt nicht. Das war absolut erstaunlich. Ihre Schönheit litt nicht unter den nächtlichen Ausflügen, ihr Gesicht glühte weiter in seiner grandiosen Unschuld. Nichts deutete auf ihren Weg hin, der nach ganz weit unten führte, nur die schorfige Wunde in ihrer Armbeuge, die einfach nie verheilte.

Aber eines Tages rebellierte ihr Körper dann doch. Sie war damals schon schwanger. Vernon hielt sich für ein paar Wochen an der Westküste auf, mit einer ganz fürchterlichen Band, aber er verdiente gutes Geld. Thilda und ich waren allein. Nach dieser einen absonderlichen Nacht, die wir gemeinsam erlebt hatten, spürte ich ihren Drang, mir nahe zu sein. Ich hatte einen harten Tag bei Mrs. Lourie hinter mir und sehnte mich nach Schlaf. Es war noch nicht sehr spät, als ich die Haustür aufschloss und insgeheim hoffte, Thilda würde wieder nicht nach Hause kommen, denn nach dieser Nacht fiel es mir schwer, ihr in die Augen zu schauen. Ich hatte Angst vor dem, was ich darin lesen konnte, wenn ich es zuließ.

Thilda war in ihrem Zimmer mit all den Kerzen und Deckchen, sie hatte die Tür nicht geschlossen. Sonst wäre ich einfach weiter in die Küche gelaufen. Sie war nackt. An ihren schmalen, langen Gliedern klebten Blutstropfen. Diese kleinen roten Perlen auf ihrem weißen Körper faszinierten mich so sehr, dass ich eine Weile brauchte, bis ich begriff, was sie bedeuteten. Thilda stand aufrecht und starrte mit schwarzem Blick in den Spiegel, sah mich und drehte sich zu mir um. Ihre Pupillen waren so groß wie Bierdeckel. Da war keine Scham mehr. Sie krümmte einfach den Rücken, beugte sich nach vorne und fuhr fort mit ihrem zerstörerischen Werk. Sie kratzte sich mit der Haarbürste die Waden. Kratzte sich blutig. Später sollte ich Junkies kennen lernen, die sich sogar mit einem Messer kratzten.

«Du bist verdammt süchtig, Mädchen», sagte ich gelassen und begann, mich um sie zu kümmern.

In den nächsten Tagen musste ich immer wieder dunkle Gestalten verscheuchen, die an unserer Tür klingelten und mir ihre Tütchen unter die Nase hielten, ihre ganze Ware vor mir ausbreiteten und nach Thilda fragten. Thilda hatte beschlossen, einen Entzug zu machen, hier allein mit mir in der Wohnung, und ich dachte an das Baby und sagte all meine Termine ab. Ich hatte keine Ahnung, was ich tun sollte, wir waren so naiv, ich glaubte, dass wir es schaffen könnten.

Ich schob sie einfach auf ihr Bett. Sie war immer noch nackt, ihr ganzer Körper war mit Schweiß überzogen, mit eiskaltem, stinkendem Schweiß. Obwohl ich mich vor dem Geruch ekelte, setzte ich mich zu ihr und wusch sie mit warmen Tüchern ab. Ihre Beine begannen zu zucken und sie trat mit ihnen in die Luft, als wolle sie Fahrrad fahren. Ich flößte ihr Rotwein ein; sie schluckte ein paar Mal und schlug mir die Flasche aus der Hand. Sie ruderte mit den Armen. Sie war ständig in Bewegung, ihr Gesicht, ihre Wangen schlotterten, sie kniff die Augen in einer wahnsinnigen Geschwindigkeit zusammen und riss sie wieder auf, sie fuhr sich mit der Zunge über die Lippen, gähnte, hustete, blinzelte, schüttelte ihren Körper, ließ sich vom Bett fallen und kroch auf dem Boden umher. Riss Stühle und Tische um. Krümmte sich unter Magenkrämpfen. Und dann begann sie sich zu übergeben.

Weißer Schaum auf dem Fußboden. Mir wurde schlecht. Ich versuchte, sie wieder aufs Bett zu ziehen, weil sie sich in ihrem Erbrochenen wälzte. Sie wehrte sich gegen meine Berührung und hörte nicht auf zu murmeln. Ich habe keine Ahnung, ob sie zu diesem Zeitpunkt deutsch sprach und ihre Worte einen Sinn ergaben, ich konnte nur ihren Kopf halten, wenn sie mich ließ, ihr Bett frisch beziehen, immer wieder, und das Erbrochene aufwischen. Ihr Valium mit Wein einflößen. Ihren Mund von Speichel befreien, den sie krampfhaft zu schlucken versuchte, doch je öfter sie schluckte, umso schneller schoss der Speichel wieder in ihrer Mundhöhle zusammen.

Irgendwann hörte sie auf zu murmeln und begann zu schreien. Im Grunde ging es nicht lange. Zwei Tage vielleicht. Doch diese zwei Tage waren angefüllt mit gewaltigem Winseln und Zucken und Gähnen und Spucken und Brüllen und schienen nie enden zu wollen.

Dann war sie plötzlich wieder in Ordnung. Sie klopfte morgens gegen ihre Tür, die ich in der Nacht abgeschlossen hatte, damit sie nicht abhauen konnte, ging ins Bad, duschte bestimmt eine Stunde lang, und als sie in die Küche kam, sah sie aus wie immer. Ihre Augen waren wieder blau und ihr Gesicht schimmerte rosig, als hätte sie ein paar Tage Urlaub hinter sich. Ich hoffte inständig, dass das Baby noch lebte.

Vernon kam etwa zehn Tage später zurück. Er sah erschöpft aus und sprach nicht viel. Er erzählte nur, dass er ein paar neue Musiker kennen gelernt habe. Einen schönen weißen Musiker namens Chet Baker, der aussehe wie eine Frau und dessen Trompetenspiel kalt und gefühllos sei. Ich schwieg dazu, obwohl ich es liebte, wie Chet die Trompete blies, voller Einsamkeit und Abschied, aber ich wusste, wann es besser war, meine Meinung für mich zu behalten. Vernon fuhr fort zu schimpfen, über andere weiße Musiker wie Gerry Mulligan und Dave Brubeck, deren intellektuelles Spiel er verabscheute. Er war frustriert, er ahnte, dass sich da draußen etwas änderte und er kein Teil davon war. Wir wussten nicht, dass der Cool Jazz kurz vor seinem Höhepunkt stand, dass Chet Baker wenig später mit seinem Solo über «My Funny Valentine» einen sensationellen weltweiten Erfolg haben und viele Jahre später zahnlos und voll gedröhnt aus einem Fenster zu Tode stürzen sollte.

Vernon kam also zurück, nahm Thilda in die Arme und bemerkte nichts. Ein paar Tage später erzählte sie ihm von ihrer Schwangerschaft. Ich war dabei, und heute, nach so vielen Jahren, glaube ich, dass sein Gesicht leuchtete, als er davon hörte und er mich lange ansah – nicht sie –, dass wir alle drei denselben Gedanken hatten. Dass wir wussten, wann Helen empfangen worden war. Aber vielleicht täusche ich mich.

Kapitel 12

Thilda hat sich nicht von der Stelle gerührt. Sie raucht, führt die Zigarette mechanisch an den Mund, ihre dünnen Lippen saugen sich am Filter fest, sie zieht und es sieht fast so aus, als bleckte sie die Zähne dabei. Sie behält den Rauch so lange in der Lunge, dass mir allein vom Zusehen schwindlig wird, dann stößt sie ihn schnell mit einem lauten Pusten aus. Vielleicht bin ich doch nicht so lange weg gewesen, wie ich mir eingebildet habe. Thilda sieht nicht gelangweilt aus oder genervt. Oder nervös. Sie schaut sich nicht einmal nach mir um. Und als ich mich wieder zu ihr setze, blickt sie gelassen in meine Augen.

Es ist interessant, wie sich im Rückblick die Zeiten ausdehnen oder zusammenziehen. Die Monate, die wir wirklich mit Thilda zusammenlebten, erscheinen mir, als hätten sie einen Großteil meines Lebens ausgemacht. Genauso wie die Monate danach, als sie verurteilt und Vernon mit Elektroschocks behandelt wurde. All die folgenden Jahre dagegen sind wie zu einem kompakten Bündel zusammengeschnürt, aus dem nur wenige Ereignisse herausragen. Das Loch in Helens Kopf beispielsweise, als sie von einem Schrank gesprungen war, weil sie glaubte fliegen zu können. Ihre aufgerissenen Augen sehe ich noch heute vor mir, und sie verschwimmen mit dem Bild des vierzehnjährigen Emmett Till, der in Mississippi von Weißen gelyncht worden war, weil er es gewagt hatte, eine weiße Frau anzusprechen. Das Foto von dem aufgedunsenen Körper, den man aus dem Fluss gezogen hatte und das am nächsten Morgen in allen Zeitungen New Yorks zu sehen war. Und wie doch das Entsetzen vollständig aus meinen Gedanken verschwand, als ich Helens blutigen Kopf sah. Und nur noch das zählte. Unser eigenes, kleines Drama.

Ich erinnere mich an Helens ersten Liebeskummer zur Zeit des großen Marsches auf Washington am hundertsten Jahrestag der Proklamation der Sklavenbefreiung. Die Menschenmasse vor dem Lincoln-Denkmal. Mahalia Jacksons «We Shall Overcome». Martin Luther Kings «I have a Dream». Natürlich.

Und ich erinnere mich an diese eine Nacht, als wären erst wenige Tage vergangen. Die Nacht, die begann mit Billies schmerzender Stimme und enden sollte mit meinem großen, einsamen Triumph.

Mit einem Mal war es wieder Sommer, und überall an den Häusern kehrten die bunten Markisen zurück. Der Himmel färbte sich erst orange, dann lila, und dann hingen die Sterne so schwer, als müssten sie jeden Moment auf die Straßen fallen. Ich tauchte wieder ein in die Welt, die sich im Dunkeln abspielt.

Billie war an diesem Abend strahlend schön und fett. Ihr Gewicht änderte sich ständig, mal war sie mädchenhaft schlank, wenige Monate später hatte sie dann wieder ordentlich zugelegt; sonst aber änderte sie sich nicht. Ihre Augen blieben schwermütig und unheilvoll, ihr Körper eingehüllt in wildes, prachtvolles Parfüm. Manchmal traute ich mich gar nicht erst hinter die Bühne, um sie zu begrüßen, sondern blieb auf meinem Platz und begnügte mich mit ihrer schweren Stimme. Den gedehnten L und R.

Ich war allein in den Club gegangen, hatte Vernon und Thilda zurückgelassen in unserer Wohnung, ohne mich wirklich von ihnen lösen zu können. Billie hatte ihr Haar rot gefärbt und glatt an den Kopf gepresst. Die weiße Gardenie schwamm darin wie in Blut, genauso wie ihre blitzenden Zähne zwischen den rot gelackten Lippen. Die halb geschlossenen Augen lagen unter schweren, geölten Lidern. Sie hatte ihren Hund Mister dabei.

Er lag zusammengerollt neben der Bühne, gefüttert von den Kellnern und vielleicht, wenn man den Gerüchten glauben wollte, auf seinem eigenen Trip, den Billie ihm besorgte, indem sie ihm Heroin spritzte, wenn sie noch etwas übrig hatte. Doch davon habe ich keine Ahnung.

Wahrscheinlich war ich allein dort. Saß mit fremden Menschen an einem Tisch und dachte über Vernon und Thilda nach. Fragte mich, was sie in diesem Augenblick taten, denn Vernon hatte einen freien Abend. Kurz tauchte vor mir ein Bild wie aus einem Fotoalbum auf. Mann und Frau beim Abendessen, ihrer selbst so sicher, dass sie nicht viel miteinander sprechen müssen, es genügt, dass er ab und zu über ihren kleinen Bauch streicht. Eine kleine Familie. Ich sah dieses Bild in zarten Farben, ein wenig verwischt, und es versetzte mir einen Stich, obwohl ich wusste, dass es nicht real war. Zumindest habe ich die beiden niemals so gesehen. Immer war etwas Unaussprechliches zwischen ihnen. Thilda schweigsam und wie unangetastet, Vernon lauernd und jede ihrer Bewegungen verfolgend, das Abgetrenntsein leugnend. Trotzdem beschloss ich, nicht allzu spät nach Hause zu gehen, um mit eigenen Augen zu sehen, was in unserer Wohnung vor sich ging.

Billie sang sehr ruhig in dieser Nacht. Ihr Körper war majestätisch aufgerichtet, sie bewegte sich kaum. Schnippte vielleicht mal mit der rechten Hand. «Summertime», «I Cried for You», «Let's Call the Whole Thing Off», «Them There Eyes». Ich weiß nicht mehr genau. Ich wartete und fürchtete den Moment, wo sie den Set beendete. Denn dann kam es meistens. Nicht immer, aber meistens. Ein paar Leute aus dem Publikum, die es ebenso ahnten, verließen den Club. Es wurde stockdunkel und ein einsamer Lichtkegel lag auf ihrem strengen Gesicht. Sie stand starr, die Arme eng an ihren Körper gepresst. Führte ihre Lippen näher an das Mikrophon. Die Stille wog schwer. Und da war es.

Southern trees bear a strange fruit,
Blood on the leaves and blood on the root.
Black bodies swinging in the Southern breeze,
Strange fruit hanging from the poplar trees.
Pastoral scenes of the gallant South
Of the bulgin' eyes and the twisted mouth.
Scent of Magnolia, sweet and fresh,
Then the sudden smell of burning flesh.
Here is a fruit for the crows to pluck,
For the rains to gather, for the winds to suck,
For the sun to rot, for the tree to drop.
Here is a strange and bitter crop.

Im Süden tragen die Bäume seltsame Früchte,
Blätter und Wurzeln rot von Blut.
Schwarze Körper schaukeln im Südwind,
Seltsame Früchte hängen von den Pappeln.
Hirtenszenen des galanten Südens
Mit hervorquellenden Augen und verzerrtem Mund.
Der Duft von Magnolien, süß und frisch,
Dann plötzlich der Geruch von verbranntem Fleisch.
Hier sind die Früchte, die die Krähen pflücken,
Die der Regen sammelt, die die Winde erdrücken.
Die Sonne dörrt sie aus, die Bäume lassen sie fallen.
Die Ernte ist seltsam, schmeckt bitter nach Galle. *

Nie hatte sie wütender gesungen. Als sie *for the sun to rot* sang, spuckte sie aus. Dann atmete sie lange ein, zögerte, als könne sie sich nicht entschließen, der Pianist füllte die unheilvolle Pause. Und dann *for the trees to drop. Here is a strange and bitter crop*. Als wären diese Worte noch nie zuvor gesungen worden. Nicht einmal gesprochen worden. Oder gedacht.

* nach Billie Holiday, «Lady Sings the Blues»

Sie nahm einen gewaltigen Schluck Brandy und verschwand, ohne auch nur einen Blick ins Publikum geworfen zu haben. Ein Seufzen aus vielen Mündern durchzog den Raum. Niemand klatschte. Auch ich saß da mit verschränkten Fingern, ohne zu wissen, was ich tun könnte, um einfach mein Leben wieder weiterzuleben, dieses Gefühl wieder loszuwerden, das sich in zähem Strom durch meinen Körper schob. Bis ein Mann neben mir nervös zu klatschen anfing und den Bann brach. Andere fielen ein, zögerlich zunächst und dann wie erleichtert und bereits wieder befreit von den Worten und dieser Stimme.

Endlich konnte ich mich bewegen, und trotz meiner Angst und ohne darüber nachzudenken, lief ich auf die Damentoilette. Billie hing über dem Waschbecken und heulte und erbrach sich, alles gleichzeitig. Draußen konnte man noch immer die Leute toben hören. Ich wusste nicht, was ich tun sollte, und so stand ich nur da, für den Fall, dass sie mich brauchen würde, wenn ihr Kampf vorbei war, aber als sie mich entdeckte, begann sie mich zu beschimpfen. Natürlich wusste ich, dass sie nicht mich meinte. Dass sie in diesem Augenblick vielleicht überhaupt nicht wahrnahm, wer da bei ihr stand, und ich habe auch keine Ahnung mehr, was sie mir alles an den Kopf warf. Ich weiß nur, dass mir wieder klar wurde, warum ich manchmal solche Angst vor ihr hatte, und so verließ ich schleunigst die Toilette, drückte mich durch die noch immer schreiende und pfeifende Menge – fast alle waren inzwischen aufgesprungen – und atmete vor der Tür des Clubs die Luft ein, die wie ein warmer Finger über mein Gesicht fuhr.

Es stimmt, dass sich alles an einem einzigen Tag ändern kann. Und in meiner Magengrube spürte ich, dass es so weit war. Dass heute solch ein ganz spezieller Tag war.

Er hatte sich angekündigt im lilafarbenen Himmel und Billies satter, trostloser Stimme.

Die Wohnung war stickig, als ich die Tür aufschloss, der Sommertag hatte sie aufgeheizt, und die Wärme schien nicht entweichen zu wollen, obwohl die Fenster in der Küche weit offen standen. Ich wusste damals immer schon in dem Augenblick, in dem ich unsere Wohnung betrat, ob Vernon da war oder nicht. Er füllte die Luft aus: Wenn er nicht da war, fühlte sie sich leer und blass an, wenn er da war, begann sie zu klingen, ein dunkler, summender Ton, die Luft flatterte ganz leicht, flimmerte und färbte sich. Funken tanzten.

Aber an diesem Abend lag ein leises Jammern in der Luft wie ein Versprechen. Auf dem Küchentisch standen zwei leere, in Eile zurückgelassene Weingläser, und ich fragte mich, wo Vernon und Thilda waren. Ich hätte das sanfte Klagen und Seufzen gleich wahrnehmen müssen, weil ich es so gut kannte, aber man kann nur ein gewisses Maß an Empfindungen in sich tragen, und ich war noch vollständig angefüllt mit einer würgenden und spuckenden Göttin in einer stinkenden Toilette.

Meine Zimmertür war nur angelehnt, und das Säuseln und Raunen wurde lauter, als ich sie aufstieß. Selbst als ich sie sah, dauerte es noch lange, bis ihr Bild in meinem Kopf einen Sinn ergab, sonst wäre ich vielleicht einfach wieder gegangen.

Vernons lang gestreckter Körper wirkte unheilvoll, wie er so in trügerischem Frieden dalag, sich nur zögernd bewegend gegen die herrlich weißen Hüften Thildas. Er lag hinter ihr, auf die Seite gedreht wie Thilda, deren Brüste weich aufeinander ruhten. Es war ein wundervolles Bild. Es war so schön, dass es mir nicht gelang, die Augen zu schließen, sosehr ich es auch wollte. Ein seidiger Streifen Schweiß lief über Vernons Wangen, zumindest glaube ich, dass es Schweiß war, und seine ruhigen, langsamen Bewegungen drangen durch das Bett über den Holzfußboden direkt in meine Füße und nach oben bis in meinen Kopf.

Ich glaube heute, dass es Thilda war, die mein Zimmer ausgesucht hatte. Dass sie alles geplant hatte. Dass sie wollte, dass ich hineinplatze, und sie war es auch, die mich bat, nicht zu gehen.

Zwar sagte sie kein Wort, als sie mich sah, in ihrem Blick war aber auch keine Überraschung zu finden und keine Scham, sie legte ihn einfach wie eine kaltblaue Decke um mich. Es gelang mir nicht, mich loszureißen. Und als sie ihre Arme nach mir ausstreckte, ging ich mit kleinen Schritten zum Bett, bereit, doch noch im letzten Augenblick umzudrehen. Die Tür fest zu verschließen, in der Küche ein Glas Wasser zu trinken oder zurückzukehren in den Club und zu Billies rauer Stimme. Ich tat es nicht.

Ich kniete neben dem Bett nieder und ließ es zu, dass Thilda ihre Hände auf mein Gesicht legte. Erst da bemerkte mich Vernon. Er richtete sich halb auf und erstarrte dann. Wollte er mich wegschicken? Mit ungläubigen Augen beobachtete er, wie Thilda meine Hände auf ihren kühlen Körper legte und sich gegen sie drückte. Ihre stumme Bitte erschreckte ihn, ließ ihn zögern, aber es war zu spät.

Und so streichelte ich zum ersten und letzten Mal in meinem Leben den Körper einer Frau, machte ihn wirklich bereit für den Mann, der hinter sie gekauert lag. Es war nicht Thilda, die ich fühlte. Es war nicht ihr Körper, den ich liebkoste. Durch ihn spürte ich Vernons Stöße, und für ihn wollte ich ihr Innerstes öffnen. Durch sie hindurch drang meine Zärtlichkeit direkt in Vernons Seele, und durch ihn floss sie zurück zu mir in meinen zitternden Magen.

Vernons Augen glänzten, wie ich es nie zuvor gesehen hatte. Er wehrte sich nicht mehr, sondern bat mich ohne Worte, zu bleiben. Er nahm den linken Arm von Thildas Körper und hielt mich damit fest. Es muss ein gewaltiges Gemisch aus Rhythmus und Rufen und Klagen in der drückenden Luft gelegen haben, es war mir unmöglich auseinander zu halten, wo Thildas

Körper aufhörte und Vernons anfing. Aus welchem Mund das Stöhnen und Heulen kam – vielleicht auch aus meinem –, denn alles, was ich wahrnahm, war dieser Tanz zwischen Vernon und mir, der sich bis in alle Ewigkeit hinzog und in dem Thilda die Verbindung zwischen uns herstellte.

Später betrachtete sie mich lange. Wie zugefrorene Seen ihre Augen. In dieser Nacht wurde Helen empfangen. Ich weiß es einfach. Und deshalb ist Helen meine Tochter. Erschaffen von Vernon und mir.

Kapitel 13

Thilda und ich zusammengezwungen an diesem Plastiktisch mit dem künstlichen Marmormuster. Als ob irgendeine Macht beschlossen hätte, uns nicht gehen zu lassen. Das Café füllt sich zunehmend mit Menschen, die sich, wenn sie durch die Tür kommen, schütteln wie junge Hunde und ihre Hände an den Pappbechern wärmen. Es entsteht eine eigenartige Intimität zwischen all den Fremden, die hier gemeinsam ausharren, bis das Wetter sich wieder beruhigt hat, die für einen Moment lang nicht mehr über ihre Zeit verfügen können, sondern gezwungen sind, nichts zu tun. Und die sich dann, wenn es vorbei ist, vermutlich nie mehr wieder sehen werden. Kleine, telepathische Fetzen fliegen durch den grellhellen Raum. Ich stelle mir vor, wie es wäre, wenn all die Gedanken, die jetzt, in genau diesem Augenblick, gedacht werden, sichtbar werden könnten. Rauchfahnen, die von Köpfen aufsteigen und in den verschiedensten Farben schillern. Unvorstellbare Schattierungen von Grau, zwischendurch ein grelles Orange oder Rot. Meine Gedanken fühlen sich grün an.

Weil ich mich nicht ablenken lassen will, starre ich wieder in Thildas Gesicht. Mit einem Mal erscheint sie mir nicht mehr so hässlich. Ich präge mir jede Linie ein, jede der Falten, die scheinbar willkürlich innerhalb kürzester Zeit in Erscheinung traten, die aber ihren Ursprung vor vielen, vielen Jahren genommen haben. Zum ersten Mal wird mir klar, wie stark Thilda ist. Wie zäh sie gekämpft hat und wie erstaunlich es ist, dass ihr Körper die Sucht bis heute überstanden hat. Ich weiß nicht viel über ihr Leben nach dem tödlichen Abend im Birdland. Die

Zeit im Gefängnis hat sie nie angesprochen. Und was kam danach? Männernamen fallen mir ein, jede Menge Männernamen, die sie in unsere Gespräche streute wie Krümel, ohne je auf ihre Bedeutung einzugehen. Liebhaber folgte auf Liebhaber, so viel steht fest. Aber ich habe keinen von ihnen jemals kennen gelernt. Nun. Fast keinen.

Weiß sie noch, wie sehr sie Vernon ausgefüllt hat? Oder misstraut sie ihren Erinnerungen, weil die Jahre und die unzähligen Affären einen Schleier über alles gelegt haben?

Ich möchte ihr davon berichten, wie es mit Vernon weiterging. Das habe ich bisher nie getan. Ich möchte ihr von seinem Verfall erzählen, der in dem Moment begann, als er sie vor der Bühne auffing und vorsichtig die Pistole ihren Fingern entwand.

Der Verfall war nicht gleich offensichtlich. Zunächst erschuf Vernon in seiner Trauer um Thilda etwas Unsterbliches. Als hätte der tödliche Schuss in seines Vaters Brust auch ihn getroffen, aber auf eine seltsam heilende, öffnende Weise, begann er eine Musik zu erschaffen, die die Welt ein wenig veränderte. Bestimmt. Aber dann, nach ein paar Jahren, brach sein Rückgrat, das so lange allen Widrigkeiten getrotzt hatte. Ganz schnell und unspektakulär war es einfach gebrochen. Plötzlich hing auch er an der Nadel und ging seinen Weg zwischen Verhaftungen, Entzug der Cabaret Card, ohne die ein Musiker in New York nicht auftreten konnte (selbstverständlich war aber auch hier die Baronin Pannonica wieder zur Stelle und besorgte ihm einen Rechtsanwalt), zwischen Pfandhäusern, Bänken im Central Park, Krankenhäusern. Und nach vielen, langen, schmerzvollen Monaten wurde er fast vollständig zerstört.

Warum er sich an jenem Abend ein Taxi zum Flughafen nahm, weiß ich nicht. Vielleicht wollte er dort jemanden treffen, oder er brauchte Stoff; möglicherweise hatte er sich vorgestellt, einfach irgendwohin zu fliegen und nochmal von vorn zu beginnen, keine Ahnung, was durch seinen Kopf ging. Offenbar aber tat er nichts anderes, als mit schlurfenden Schritten und hängenden Schultern, murmelnd und fluchend, stundenlang durch die Halle zu laufen. Der Arzt hat mir später erzählt, dass er schließlich von zwei Polizisten aufgegriffen worden war. Sie fragten ihn, was er hier zu suchen habe, aber Vernon brütete nur düster vor sich hin und drehte weiter seine Runden. Sie beschlossen, ihn zur psychiatrischen Beobachtung in eine Klinik auf Long Island zu bringen. Die Diagnose des Arztes ist mir noch heute in Erinnerung. Er war ein älterer, bärtiger Mann, der nicht in der Lage war, mir in die Augen zu sehen. Immer schaute er irgendwie an mir vorbei.

Mein Mann sei durchschnittlich intelligent, sagte er. Zugleich sei er äußerst feindselig und zeige auffällig paranoide Tendenzen. Er habe primitive sexuelle Phantasievorstellungen und seine Persönlichkeit tendiere zum Ausbrechen. Trotzdem sei er instinktiv unterwürfig. Sagte er. Einfach so. Als lese er den Beipackzettel eines Medikamentes vor. Er schämte sich nicht einmal, vermutlich nahm er mich gar nicht wahr. Dann nannte er mir seine Diagnose: manisch-depressive Psychose.

Was für ein Wahnsinn, dachte ich, doch es gelang mir nicht, Vernon zu beschützen. Die Ärzte sprachen zu mir in kryptischen Worten und sahen dabei aus, als ob sie genau wüssten, was sie taten. Ich beschloss, ihnen zu glauben. Elektroschocks würden Vernon helfen, behaupteten sie, sie hätten damit schon viele außerordentliche Ergebnisse erzielt.

Außerordentliche Ergebnisse.

«Bei der Elektroschockbehandlung», sagte der bärtige Arzt, «werden die Hirnzellen durchflutet. Das löst einen künstlichen Krampfanfall, einen so genannten Heilkrampf aus.»

«Wie?», fragte ich nur.

«Durch Ströme, die 0,1 bis 0,6 Sekunden lang zwischen zwei

an den Schläfen angelegten Elektroden durch den Kopf geleitet werden. Verstehen Sie?»

«Die Schmerzen?», stammelte ich.

«Nun, die Schmerzen. Was heißt das schon. Natürlich ist das Ganze nicht vollständig schmerzfrei. Aber es ist seine einzige Rettung, wissen Sie. Wir können seinen Verstand klären, all seine wirren Gedanken aus ihm herausziehen. Danach hat sein Verstand dann die Möglichkeit, sich wieder neu aufzubauen. Glauben Sie nicht, dass es das wert ist?»

«Die Schmerzen?», beharrte ich.

Er richtete sich auf, als habe er einen Entschluss gefasst. «Wenn Sie es so wollen. Manchmal ist der Krampf so heftig, dass die Knochen des Patienten brechen können. Nein, warten Sie. Deswegen werden wir Ihrem Mann vorher Muskelrelaxanzien verabreichen, das mindert die Muskelkontraktion erheblich.»

Er drehte den Bart zwischen seinen Fingern und fügte sehr leise hinzu: «Es kann allerdings zu Atembeschwerden kommen. Das ist aber selten der Fall.»

Ich hörte schon gar nicht mehr richtig hin. Aber hätte ich ihn da einfach rausholen sollen?

Elf Monate verbrachte Vernon in der Klinik. In dieser Zeit blieb die Diagnose bestehen, ohne dass irgendjemand sich die Mühe machte, sie durch Gespräche oder Tests infrage zu stellen oder zu überprüfen. Schon am ersten Tag wurde Vernon ein Stockwerk höher in einen Raum gebracht, den die Patienten Bunker nannten. Ich durfte in seinem Zimmer auf ihn warten, auch wenn die Krankenschwester immer wieder hereinschaute und sagte, ich könne ihm jetzt sowieso nicht helfen und warum ich nicht einfach morgen wiederkäme. Ich gab ihr keine Antwort.

Dann schoben sie ihn herein, und ich erkannte ihn nicht wieder. Sein wundervoll schmales Gesicht war jetzt aufgedunsen und so verzerrt, dass aus der einen Seite seines Mundes ungehindert der Speichel floss. Seine spröden Lippen wie altes, gesprungenes Porzellan.

Eine jüngere Schwester war bei ihm, und ich glaubte in ihrem Blick Mitleid zu sehen, als sie sagte: «In seinem Zustand bemerkt er sowieso nichts. Morgen hat er das alles vergessen», und leise die Tür hinter sich zuzog.

Ich hielt ihn in meinen Armen. Betrachtete die Spuren der Verbrennungen an seinen Schläfen. Ich versuchte, seine zu Fäusten geballten Hände zu öffnen, um jeden einzelnen Finger zu berühren, so wie früher, aber es war unmöglich. Sein zuckender Körper suchte nach einer Lage, die weniger schmerzhaft für ihn war, und ich wusste verflucht nochmal nicht, was ich tun sollte. Außer bei ihm zu bleiben und seinen lallenden Worten zu lauschen, die keinen Sinn ergaben und nicht einmal wie ein Fluch klangen.

Als ich ihn am nächsten Tag besuchte, ahnte ich, dass er sich freute, aber immer wieder zog er sich zurück hinter seine Wolkenwand. Ein Gespräch war fast unmöglich. Ich glaube, er hatte nur den Wunsch, sich hochzuschwingen zu den schönen Dingen und nicht zu sehen, was wirklich mit ihm geschah. Er begann in einer einzigartigen Sprache aus Phantastischem und Realem zu sprechen. Er sah noch immer verzerrt aus und konnte nicht richtig gehen, den rechten Arm hielt er fest gegen seine Brust gedrückt. Er hatte jegliches Gefühl für Zeit verloren, kam mir entgegen wie aus einer anderen Welt, und er würde nie mehr so sein wie davor.

Zwei- bis dreimal wöchentlich wurde er der Elektroschockbehandlung ausgesetzt, dann wieder gab es Zeiten, in denen er in Eis gepackt und von Zeit zu Zeit mit rohen Eiern gefüttert wurde. Während er sich immer mehr auflöste. Einmal die Woche durfte er Musik machen. Vernon zog es vor, sich ans Klavier zu setzen, sein Saxophon, das ich ihm mitgebracht hatte, nahm er nicht ein einziges Mal in die Hand. Meistens saß er nur über die Tasten gebeugt, weinend, weil alle Musik aus seinem Kopf verschwunden war.

«Sein Zustand hat sich verschlimmert», sagten sie mir an einem Tag, am nächsten waren sie wieder voller Zuversicht, dass es ihm besser ginge. «Er fühlt sich ganz wohl hier», behaupteten sie, und mein Leben fiel auseinander. Sie sagten mir nie, wann ich ihn wieder mit nach Hause nehmen könnte.

Elf Monate. Dann war sein Kopf tatsächlich leer gepustet, und kein Mensch hatte mehr einen Grund, ihn länger festzuhalten. Es dauerte lange, bis er sich an die Zeit vor dem Krankenhaus erinnern konnte, und oft, wenn ich ihm von Thilda erzählte oder von LaVon, nickte er. Nicht, dass ich ihn anlog. Ich arbeitete an seinen Erinnerungen wie an einem Möbelstück, schliff ein paar Kanten ab und lackierte in einem matten Ton, was übrig blieb.

Helen empfing ihren Vater, als habe er sich nicht verändert. Sie redeten mit wenigen Worten miteinander wie früher und wurden niemals fertig. Oft hörte ich ihre leisen Stimmen, wenn ich im Bett lag oder in der Küche stand, um für die beiden Pfannkuchen zu backen. Es war ein fast unirdischer Gleichklang in ihnen.

Eine Zeit lang lebten wir wie eine richtige Familie. An sechs Abenden die Woche zog Vernon Anzug und Krawatte an, küsste uns zum Abschied, nahm den Saxophonkoffer in die Hand und fuhr mit der U-Bahn ins Five Spot. Sein musikalischer Aufstieg war unaufhaltsam, trotz allem, obwohl er nie mehr so spielte wie zuvor. Oder irre ich mich hier? War ich es, die sich so verändert hatte, dass ich ihn nicht mehr in seiner Musik finden konnte, so wie früher, habe ich vielleicht aufgegeben und nicht er?

Es dauerte nur ein paar Wochen, und alles fing von vorne an. Eines Tages fand ich sein Besteck in einer Kommode, aber das war für mich nur der letzte Beweis dafür, dass ich nach wie vor mit einem Junkie verheiratet war. Zu dieser Zeit machte es für mich auch keinen großen Unterschied. Ich hatte gar keine andere Wahl, als bei ihm zu bleiben, nicht eine Sekunde lang. Er war mein Mann. Jetzt war er mein Mann und würde es für immer bleiben. Ich bat ihn nicht, aufzuhören. Kein Wort des Zorns kam über meine Lippen, keine Vorwürfe. Ich habe seinen geschundenen Körper angesehen, seinem Babyschluchzen gelauscht. Habe seine wippenden Füße gestreichelt, seinen übel riechenden Schweiß auf meine Arme tropfen lassen, ohne Ekel zu empfinden. Ich sorgte dafür, dass er ordentlich aß, und manchmal, wenn er zu sehr zitterte, zog ich mir mitten in der Nacht etwas über und lief durch die Straßen, bis ich jemanden fand, der mir Stoff verkaufte. Nach einiger Zeit wusste ich genau, wem ich trauen konnte.

Das «Down Beat» begann plötzlich über Heroin in der Musikszene zu schreiben, und immer wieder tauchten die Namen von Art Blakey und Miles Davis und Vernon Banner auf. Gleichzeitig schwärmten sie von Chet Baker, Stan Getz, Dave Brubeck oder Gerry Mulligan und fragten sich nicht einmal, wer von denen auch ein Junkie war. Die meisten waren es.

Nein, sie schrieben über Vernon und er bekam kaum noch ein Engagement. Die Clubbesitzer ließen ihn einfach am ausgestreckten Arm verhungern und ich nähte und nähte.

Und dann, von einem Tag auf den anderen, beschloss er, endgültig aufzuhören. Er schickte Helen und mich fort. Ein paar Wochen lebten wir in Gil Evans Kellerwohnung, ohne dass Vernon auch nur ein einziges Mal anrief oder gar vorbeikam. Wir waren zum ersten Mal nach vielen Jahren so lange voneinander getrennt, und ich wurde fast wahnsinnig in dem voll gestopften Raum mit dem riesigen Bett und dieser seltsamen Katze, die immer genau dort lag, wo man sie am wenigsten vermutete.

Ich begann, das Klavier zu hassen, an das Gil sich zu jeder Tages- und Nachtzeit setzte, vielleicht weil es in der Wohnung sowieso zu dunkel war, um zu erkennen, ob Tag oder Nacht war. Ich erinnere mich nur in Sequenzen, wie Miles dort auftauchte, Lee, Gerry Mulligan, John Carisi, weiß der Teufel, wer noch alles, und oft genug endeten die Abende in wilden Schlägereien. Ich hatte Angst um Helen und schickte sie oft zum Spielen nach draußen zu dieser chinesischen Wäscherei, die vor Gils Wohnung lag, weil ich wusste, dass sie dort sicher war. Sicherer als bei diesen merkwürdigen, in ihre eigene Welt versunkenen Musikern. Es machte mich verrückt, nicht zu wissen, wie es Vernon ging. Jedes Mal wenn ich anrief, ging er entweder nicht ans Telefon oder meldete sich mit «Vernon ist nicht da» und legte wieder auf.

Erst viele Wochen später holte er uns ab. Er klopfte einfach an Gils Tür, und soweit ich weiß, hat er seitdem nicht einmal mehr ein Glas Wein getrunken.

Ich weiß selbst nicht, wie es kam, doch plötzlich verdiente Vernon mehr Geld als irgendein Jazzmusiker zuvor, und die Musik spielte für ihn eine viel größere Rolle, als ich mir jemals hätte träumen lassen. Die Clubs waren immer ausverkauft, wenn er spielte. Manchmal kam Frank Sinatra oder Tony Bennett zu ihm auf die Bühne und sang mit der Band, Elizabeth Taylor, Marlon Brando, James Dean, Ava Gardner, Sugar Ray Robinson – alle tauchten nach den Konzerten hinter der Bühne auf, um mit Vernon zu sprechen und mich freundlich anzusehen.

Dann gingen wir weltweit auf Tourneen. Durch Asien und Europa, Südamerika. Ich hörte auf, zu nähen und zu massieren und zu putzen, und wir zogen nach Dix Hills auf Long Island in ein wundervolles Haus. Vernon wurde ein so genannter *World Statesman* auf den Jazz-Tourneen des amerikanischen State Department. In den sechziger Jahren begann er wie fast alle seine Freunde, sich in Gewänder zu hüllen, er trug perlenbestickte Hemden und Pelzkappen. Blies in alles hinein, was ihm unter die Finger kam, indische Oboen, chinesische Flöten, Kotos, Koras und was er sonst noch auftreiben konnte auf seinen Tourneen durch die Welt. Er sprach von Polymetrik, komplexen Harmonien und afrikanischer Pentatonik.

Ich kam da nicht mehr mit. Dann konvertierte er plötzlich, ohne vorher mit mir darüber zu sprechen, zum muslimischen Glauben und änderte für ein paar Jahre seinen Namen in Mustafa Abdul Masir. Sie würden ihn jetzt fast wie einen Weißen behandeln, sagte er zu mir. Er bräuchte kein Nigger mehr zu sein. Und tatsächlich: Auf seiner Identitycard stand in der Spalte Rasse plötzlich ein W. Ich habe ja nicht viel Ahnung von Musik. Ich höre sie und entscheide, ob ich sie mag oder nicht, ich will aber nicht darüber diskutieren müssen. Meiner Ansicht nach sollten auch Vernon und alle anderen, die ich kenne, Musik machen und nicht darüber reden. Denn in dem zunehmenden Maße, in dem Vernon den Drang verspürte, über seine Musik zu sprechen, begann mich seine Musik zu langweilen. Manchmal sogar zu ärgern, vor allem, nachdem ihm sein Erfolg so zu Kopf gestiegen war, Ende der fünfziger, Anfang der sechziger Jahre.

Wie eine Primadonna führte er sich plötzlich auf. Nahm sich das Recht heraus, Publikum und Veranstalter warten zu lassen. Vernon tat gerade so, als sei Pünktlichkeit etwas Verwerfliches, und das Erstaunlichste war, dass sich das jeder gefallen ließ, ohne zu murren. Vor allem in Europa. Das habe ich bis heute nicht begriffen. Vielleicht wurde von ihm sogar erwartet, dass er zu spät kam, weil so ein außerordentlicher Jazzmusiker ja bestimmt anderes im Kopf hat als die Uhrzeit. Ich allerdings konnte es nie ertragen, wie gedankenlos er mit der Zeit anderer Menschen umging. Mit meiner. Und kurz darauf war es so weit, er verlor sein Gefühl für den Blues. Ich meine, er hatte ihn noch, den Blues, klar, den verliert man nicht einfach so, aber er wusste es nicht. Oder es interessierte ihn nicht. Mit einem Mal war er davon überzeugt, dass es vollkommen genüge, wenn er einfach drauflosspielte.

«Vernon», sagte ich immer, «du spielst viel zu viel. Und vor allem viel zu lang. Was soll das?»

An seine Antworten erinnere ich mich nicht mehr so gut, vermutlich habe ich gar nicht richtig hingehört, mir war ja doch klar, dass ich nichts ausrichten konnte.

Je ausschweifender und absurder seine Musik wurde, desto aufmerksamer lauschten seine Zuhörer, wiegten ihre Köpfe und warfen sich diese dämlichen, verstehenden Blicke zu, die ich noch nie leiden konnte. Nach einiger Zeit störte es ihn sogar plötzlich, wenn ein Zuhörer hustete. Oder gar sprach. Dann regte er sich über den Rauch von Zigaretten auf. Am liebsten hätte er nur noch in kühlen, weiten und hellen Konzertsälen gespielt, auf einer großen, blank geputzten Bühne, möglichst weit weg vom Publikum. Er begann, Kneipen zu verachten, und vergaß, dass doch so alles angefangen hatte. Dass er in ebendiesen Kneipen mit ebendiesem lauten, hustenden, rauchenden, tanzenden, rufenden Publikum seinen langen Weg begonnen hatte. Vielleicht hat er da den richtigen Bezug verloren. Schließlich wurde es unvermeidbar, dass er sich plötzlich wie viele damals weigerte, seine Musik Jazz zu nennen. Meiner Meinung nach ist Jazz eine gute Bezeichnung, zumindest fällt mir keine andere ein. Heute nennt er sie ja auch wieder so.

1965 spielte er bei dem Gedächtniskonzert zum zehnten Todestag von Charlie Parker in der Carnegie Hall. Ich saß im Publikum zwischen schön gekleideten Menschen, die ich nicht kannte, und alles war fremd. Er wurde mehrmals eingeladen, mit seiner Band im Weißen Haus bei einem Dinner zu spielen, und wurde einer Reihe von Präsidenten vorgestellt, während ich mit Helen Aufsätze schrieb. Alles in allem wurde aus ihm einer der erfolgreichsten, bestbezahlten Jazzmusiker aller Zeiten, und vor ein paar Jahren ist er auch wieder zu seinem richtigen Namen zurückgekehrt. Und den Namen seines eigenen Vaters hat er mit seiner Karriere fast ausgelöscht. Man findet Benjamin noch in einigen Lexika, doch immer mit dem Hinweis, dass er der Vater von Vernon Banner ist. Was für eine Genugtuung.

Alles in allem haben wir ein gutes Leben gelebt. Um Geld mussten wir uns bald überhaupt keine Sorgen mehr machen, seit vielen Jahren nähe ich nur noch zum Spaß. Oft beschäftige ich meine Finger mit Stricknadeln, weil sie gerne etwas zu tun haben. Unter ihnen entstehen Pullover und Jacken und Mützen, die nie getragen werden, und ich denke an die endlosen Abende, an denen Thilda wie besessen ihre Stricknadeln bewegte, als wolle sie ihre Hände dafür entschädigen, dass sie keine Musik mehr erschaffen durften. Damals, als alles erst anfing. Und wir vielleicht doch noch die Wahl hatten, einen ganz anderen Weg zu gehen.

Kapitel 14

Wann hört es endlich auf zu schneien? Wann kann ich endlich dieses Café verlassen und Thilda und die unguten Gedanken, die jetzt auftauchen?

Doch bevor ich es verhindern kann, habe ich sie schon gefragt: «Hast du es meinetwegen getan?»

Was ich wirklich fragen will, ist, ob ich ihr eine Idee in den Kopf gesetzt habe, ob da ein winziger Augenblick war, in dem ich Rache übte, ohne es zu wissen, und sie zu meinem Instrument machte.

Ich warte ruhig auf ihre Antwort. Was soll sie mir jetzt noch anhaben können? Man stellt solche Fragen, wenn die Zeit lang wird, schätze ich. Thilda hebt ihre schweren Augenlider und mir wird sofort klar, dass sie nicht in der Stimmung ist, darauf einzugehen. Dass sie sich um eine Antwort drücken und sich dabei nicht einmal besonders viel Mühe geben wird. Vielleicht wird sie nur mit der Hand durch die Luft wischen und «ach» sagen, dieses deutsche «ach», das ich immer gerne gehört habe. Weil sie es benutzt wie einen Punkt, den man hinter einen Satz setzt, um einen neuen Absatz zu beginnen. Oder gar nichts mehr zu beginnen.

Ich komme ihr zuvor und sage: «Vergiss es.»

Mir ist klar, dass es sowieso keine Antwort auf diese Frage gibt. Oder nicht nur eine, sondern viele. Nicht nur eine Wahrheit.

Nach dieser einen gemeinsamen Nacht verbrachten wir die nächsten Monate so normal wie Millionen andere Familien auch. Vernon liebte Thilda nach wie vor abgöttisch, näherte sich mir aber gleichzeitig wieder mehr. Und Thilda bekam einen runden Bauch und rote Wangen. Sie machte uns glauben, dass sie vollkommen zufrieden sei, ab und zu erzählte sie von netten Kolleginnen, die sie nie privat traf, und nicht einmal zog es sie an unser altes Klavier. Und dann, endlich, kam Helen.

Thilda überließ mir unsere kleine Tochter vom ersten Tag an. Es schien ihr nichts auszumachen. Ich hatte sogar das Gefühl, dass sie erleichtert war oder einfach nicht die Kraft hatte, gegen meine stumme Überzeugung zu kämpfen. Manchmal nahm Vernon Helen aus ihrem Bettchen und hielt sie Thilda hin wie einen Vorwurf. Nimm sie, sagten seine Augen. Seine Lippen beschworen die Worte. Nimm sie. Nimm sie! Oft drehte sich Thilda weg und ging aus dem Zimmer. Aber manchmal zog sie Helen an sich und versank in ihrem Babyduft. Ich konnte sie nicht begreifen. Weniger denn je, denn immer gab sie schon nach wenigen Minuten das Baby wieder in meine Obhut. Ich hatte sogar versucht, Helen an meine Brust zu halten, in dem irren Glauben, das könne meine Drüsen anregen, Thildas Aufgabe zu übernehmen. Ich hatte von solchen Geschichten gehört. Bei mir funktionierte es nicht.

Vernon musste in dieser Zeit wieder lernen, sein nächtliches Leben allein zu führen. Ich passte auf Helen auf, und Thilda ging ihrer geheimnisvollen Wege. Nicht so geheimnisvoll für mich allerdings, denn ich sah, dass ihre Wunde in der Armbeuge wieder aufgebrochen war und still blutete.

Es war ein Sonntag. Vernon war immer noch irgendwo in der Stadt unterwegs und würde wie meistens nicht vor Mittag heimkehren. Üblicherweise verließ ich gleich nach dem Frühstück mit Helen das Haus, um im Central Park spazieren zu gehen und ihr die Elfen zu zeigen, die ihre Mutter dort entdeckt hatte und die seitdem immer um uns waren. An diesem Morgen aber schlief Helen ungewöhnlich lang, deshalb genoss ich im Bett liegend die Zeit, die mir blieb zwischen meinen Welten.

Ich hörte im Halbdämmer, dass es an der Tür klopfte und wie Thilda öffnete. Meistens wartete Thilda, bis einer von uns die Tür öffnete oder ans Telefon ging, aber ich war nicht wach genug, um erstaunt zu sein. Ich hörte eine Männerstimme wispern und wob sie in meine Träume ein. Ich wehrte mich dagegen, wach zu werden, bis ich einen stumpfen Schlag hörte. Ich bewegte mich leise, aus alter Gewohnheit, wie in den vielen Nächten zuvor, wenn ich an Vernons und Thildas Leben teilgenommen hatte. An die Wand gelehnt, konnte ich in ihr Zimmer sehen, und heute scheint es mir fast unmöglich, dass in unserer Wohnung niemals eine Tür geschlossen war. Zunächst sah ich nur die große Musiktruhe neben dem Fenster, auf der all die Kerzen standen, die Thilda so geduldig gegossen hatte während der langen Tage ihrer Schwangerschaft. Rechts davon ihr schmales Bett und die Kommode, links das alte Klavier, über dem ein Foto von Dizzy Gillespie mit einer persönlichen Widmung hing.

Und auf dem Klavierdeckel sah ich dann auch die Faust, die kurz zuvor niedergesaust war und auf dem dunklen Holz ruhte, als könne sie sich nicht davon lösen. Ich sah nur diese Faust, so fest geballt, dass die Fingerknöchel deutlich zu sehen waren, und für einen Moment versank ich in dem Anblick wie in einem Gemälde, ohne mich zu fragen, zu wem sie gehörte und warum sie auf das Klavier geschlagen hatte.

Ich musste einen Schritt nach vorne gehen; sie hätten mich sehen können, wenn sie nicht so vertieft gewesen wären in ihre Tragödie, von der ich nichts geahnt hatte, nicht das Geringste. Jetzt hatte ich einen freien Blick auf das ganze Zimmer und auf Thilda, die neben dem Klavier stand und in ihrer starren Schönheit an dem Mann vorbeischaute. Er schien erst jetzt den Schmerz zu bemerken, zog seinen Arm an die Brust und rieb sich die rechte Hand. Er hatte sich verletzt, ich sah eine Spur von Blut und dann ein Taschentuch, das er sich um das Handgelenk wickelte.

«Ich will sie sehen», zischte er. «Ich will sie verflucht nochmal auf der Stelle sehen. Du kannst sie mir nicht vorenthalten. Ich muss nur einen Blick auf sie werfen und werde es wissen. Kapierst du das nicht?»

Noch ergaben seine Worte für mich keinen Sinn. Trotz allem war ich so naiv, dass ich mir nicht erklären konnte, warum er in Thildas Zimmer sein sollte und warum er mit ihr in diesem Ton sprach. Es gelang mir nicht, das, was ich hörte, mit dem zu verknüpfen, was ich wusste. Ein entscheidender Teil fehlte, eine alles erklärende Information. Verblüffung war alles, was ich empfand. Sprich mit ihm, flüsterte ich, sprich mit ihm und gib mir die Möglichkeit, das alles zu verstehen.

«Du rührst sie nicht an», sagte Thilda mit ihrer dunkelsten Stimme. «Außerdem ist sie überhaupt nicht hier.» Ihre Worte wie immer lang gezogen, stockend.

«Scheiße. Du redest Scheiße.»

Als er sie gegen die Wand stieß, wusste ich, dass all die Vorstellungen, die ich von ihm im Kopf hatte, richtig waren. Er sah genau so aus, wie ich ihn mir erschaffen hatte, wenn er in dem Keller wütete oder die Küche zertrümmerte oder Vernons Arm auf den Rücken drehte. Die Augen sprangen ihm fast aus den Höhlen und sein ganzer Körper war eine einzige Waffe, bereit zu verletzen. Er schlug noch einmal gegen die Wand, genau neben Thildas Kopf, und dann wurde seine Stimme sehr leise.

«Du willst es nicht anders. Ich werde ihm erzählen, dass du es mit mir getrieben hast. Dass du es mit jedem beschissenen Nigger in dieser gottverdammten Stadt getrieben hast. Mit jedem verfluchten *Scheißnigger*! Hörst du mich?»

Das war die Frage, die ich selbst am liebsten in das Zimmer hineingeschrien hätte. Hörst du ihn? Um Himmels willen,

Thilda, sag etwas, irgendetwas, steh nicht einfach so da. Du musst es verhindern.

«Ich werde ihm erzählen, dass er sich nicht eine Sekunde in seinem Leben sicher sein kann, dass er nicht einen Bastard großzieht oder ...»

Wenn das überhaupt möglich war, wurde seine Stimme noch leiser.

«... seine eigene Schwester.»

Und wieder schlug er gegen die Wand. Und erst da wurde mir wirklich klar, was ich soeben gehört hatte. Ich war fassungslos. Ich bekam es mit der Angst zu tun. Ich versuchte mich fieberhaft zu erinnern, ob es jemals einen Hinweis darauf gegeben hatte, dass die beiden sich bereits gekannt hatten. Ob ich es hätte spüren müssen. Und ich fragte mich auch, wo sie sich getroffen hatten und vor allem wann. Wie oft. Thilda in ihrem eisigen Schweigen. Dann wandte er sich ab und stürmte aus dem Zimmer, an mir vorbei. Meine Augen hingen an seinen vollen, trägen Lippen, als wartete ich darauf, dass sie zu mir sprächen. Aber wir sahen uns nur kurz an, Vernons Vater und ich. Dann fiel die Wohnungstür hinter ihm zu.

Missbehagen füllte den Raum. Thilda lehnte noch immer an der Wand, sie rührte sich nicht von der Stelle. Als ich sie vorsichtig in die Mitte des Zimmers zog, sank sie eigentümlich ergeben in meine Arme. In dieser Umarmung glitten wir zu Boden. Plötzlich war alles schwarzweiß. Schattenstreifen fielen durch die Vorhänge. Während wir uns gegenseitig wiegten, drang das zuvor Gehörte erst wirklich in meinen Kopf. Ein neues Angstgefühl breitete sich aus, wie Spinnen krabbelte es durch meine Adern, ein Grauen, das ich noch nie zuvor empfunden hatte.

Benjamin konnte alles zerstören. Wenn Vernon die Wahrheit erführe, würde unser Leben auseinander fallen. Wir könnten nicht mehr zusammenbleiben, Vernon, Thilda und ich. Und seine Tochter, die vielleicht seine Schwester war. Und auch wenn ich Helen im Grunde allein aufzog, Thilda würde sie bestimmt mit sich nehmen. Es war noch so früh am Tag, und doch brach auf einen Schlag die Nacht herein.

«Was soll ich tun», flüsterte Thilda, ihre Stimme so unpersönlich. «Was soll ich tun. Was?»

Ich schwieg lange. Unsere Arme und Beine umeinander geschlungen, verharrten wir auf dem Boden, und vielleicht hasste ich Benjamin in diesem Augenblick. Ich weiß es nicht mehr. Für Thilda empfand ich gar nichts, nicht einmal Mitleid. Ich hielt sie fest, weil mir in diesem Moment nichts anderes zu tun blieb. Es kam nur noch darauf an, Helen zu beschützen. Helen und Vernon. Helen und Vernon und mich.

«Du musst es verhindern», wisperte ich in ihr Ohr. Immer wieder. Ich konnte nicht damit aufhören. Sanft wie ein Kinderlied flüsterte ich die Worte: *Du musst es verhindern. Verhindern. Verhindern!* Ich wollte, dass diese Beschwörung in sie eindrang und ein eigenes Leben begann. Sich entwickelte – in welche Richtung, das war mir egal – es interessierte mich nicht, es musste nur ein Ende finden. Irgendwie. Oder hatte ich vielleicht doch eine dumpfe Vorstellung davon, wie sie es verhindern konnte? Übertrugen sich in eigentümlichen Wellen meine ureigensten Gedanken, die ich mir selbst nicht eingestand, auf Thilda? Hätte ich selbst getötet, wenn Thilda mir nicht zuvorgekommen wäre? War ich es, die sie mit ihrer Tat retten würde, weil sie an meine Stelle trat?

Als sie endlich aufsah, hing das Sonnenlicht wie eine Maske auf ihrem Gesicht. Sie schob mich fort und stand auf.

«Mach dir keine Sorgen», sagte sie.

In den nächsten Tagen muss der Entschluss in ihr gereift sein. Sie verbrachte jede freie Minute mit Vernon und mir. Sie war still und zärtlich und aufmerksam und brachte Vernons Augen zum Glänzen. Und gleichzeitig entfernte sie sich. Abschied lag in der Luft.

Das Birdland lag am Broadway auf der Höhe der 53rd Street. Die Leute strömten in Scharen, und mir fiel die würgende Hitze auf, die ich nie zuvor bemerkt hatte. Es war meine Idee gewesen, Benjamins Konzert zu besuchen, und Vernon hatte nur kurz gezögert und dann genickt, während Thilda noch blasser geworden war. Ich wollte, dass etwas geschah. Die Ruhe der letzten Tage hatte mich zermürbt, ich wollte Klarheit darüber gewinnen, wie unser Leben weitergehen würde. Vielleicht dachte ich, wenn diese Nacht vorübergeht, ohne dass Benjamin die alles verändernden Worte spricht, dann wird er es nie mehr tun.

Wir saßen zu dritt an dem kleinen Tisch, das inzwischen gewohnte Bild in der kleinen Jazzwelt. Pee Wee Marquette, der zwergwüchsige Master of Ceremonies, lief mit kurzen Schritten auf die Bühne und begrüßte wie immer Ava Gardner, die ganz nah an der Bühne saß, und sie hauchte für ihn einen wunderschönen Kuss in die Luft. Er war entzückt. Vielleicht konnte nur die Jazzszene eine solch eigentümliche Gestalt wie Pee Wee hervorbringen. Die Musiker konnten ihn nicht ausstehen. Lester Young nannte ihn half a motherfucker. Und das war er auch. Doch seine heisere Falsettstimme wurde unsterblich und das Markenzeichen fürs Birdland. Es sollte nicht lange dauern, und viele Leute kamen nur zu den Konzerten, um einmal im Leben eine Ansage von Pee Wee Marquette zu hören. Er hatte die Angewohnheit, Geld von den Musikern zu fordern, und wenn er keines bekam, dann wurde sein Gedächtnis auf wundersame Weise löchrig. Er vergaß einfach, einen Musiker anzusagen, oder, was noch schlimmer war, sprach den Namen völlig falsch aus. Aus Vernon Banner konnte dann Ben Vanner werden oder aus Joe Newman John Man.

Benjamin hatte ihm an diesem Abend offenbar eine Menge

Geld bezahlt, denn Pee Wees Stimme war durchdringend und kraftvoll, als er sich zum Mikrophon streckte:

«And now Ladies and Gentleman ... Birdland, the Jazz Corner of the World ... proudly presents ... The Benjamin Banner Quintet.»

Benjamin sprang auf die Bühne, bückte sich, ergriff Pee Wees Hand und schüttelte sie herzlich. Er klopfte ihm auf die Schulter, sagte etwas, und beide lachten schallend. Die anderen vier Musiker standen schon bereit und warteten.

Thilda ließ sich Zeit. Sie wartete «I Got Rhythm» ab. Und «Cherokee». «Ornithology». Sie trank in bedächtigen Zügen ein Glas Wein nach dem anderen. Und dann kam es. «All the Things You Are.» Sie trug ein Kleid, das ich noch nie zuvor an ihr gesehen hatte, eng und lang aus schwarzem Satin, der sich um ihren schmalen Körper schlängelte. Meine Güte, vielleicht hätte mich schon dieses Kleid stutzig machen sollen. Nie zuvor hatte sie ihren Körper derart zur Schau gestellt. Der Rücken war so tief ausgeschnitten, dass ich ihre kindlichen Hüften sehen konnte, als sie aufstand und schwankte. Ich vertiefte mich in diesen Rücken und erinnerte mich daran, wie er sich an Vernon gepresst hatte, als sie in dieser einen langen Nacht meine Hände hielt. Ihre kleine Tasche aus Perlen lag auf dem Tisch, und die silbernen Kettenglieder schlängelten sich unheilvoll zwischen unseren Gläsern hindurch. Sie muss die Pistole aus dieser Tasche genommen haben, ohne dass wir es bemerkten.

Als sie sich träumerisch zur Bühne bewegte, sah ich ein Glitzern auf ihrem Rücken wie Elfenflügel. Langsam hob sie den rechten Arm. Ich hörte den Schuss, ohne ihn zu begreifen, und die Musiker spielten noch ein wenig weiter, auch Benjamin, der zum letzten Mal tief eingeatmet hatte und zum letzten Mal das schimmernde Mundstück gegen seine Lippen presste. Als die Trompete aus seinen Händen fiel, erstrahlte sie noch einmal in dem Scheinwerferlicht, und ein tiefes Seufzen aus Hunderten von Mündern erfüllte den Raum.

Ich blieb auf meinem Stuhl sitzen. Ich sah, wie Vernon sich aufrichtete und sie in einen Blick hüllte, in dem kein Vorwurf lag, nicht einmal Erschrecken. Er nahm ihr nur die Pistole aus der Hand und schleuderte sie auf die Bühne. Während sich mit einem Mal alle aus ihrer Starre lösten und sich hilflos um Benjamins toten Körper scharten, wiegte Vernon Thilda lange in seinen Armen, und ich schaute dieses eine Mal nicht hin. Ließ sie allein in ihrem Abschied, der für immer sein sollte.

Kapitel 15

Als meine Gedanken zurückkehren in das Café, stelle ich fest, dass Thilda und ich die Einzigen sind, die noch hier sitzen. Es hat aufgehört zu schneien. New York hat seinen harten Rhythmus wieder, als sei nichts geschehen. Jetzt endlich greife ich nach Thildas ausgemergelten Armen, und sie seufzt leise, als habe sie darauf gewartet. Ich streichle das Pünktchenmuster ihrer Sucht, die unabänderlich dunkle Flecken und Narben auf ihrer Haut hinterlassen hat. Ich weiß, dass wir uns nicht mehr oft sehen werden. Ich kann in dem ausgehungerten Grau ihres Gesichts erkennen, dass sie ihr Leben gelebt hat. Ich werde sie gehen lassen. Gleich. Und ich bestelle uns beiden einen Cappuccino, für mich das erste heiße Getränk seit Jahren. Der Kaffee ist nur eine Geste, ein ungeschickter Versuch, eine Verbindung zu ihr herzustellen.

«Du warst nicht mehr bei uns», sage ich, «und Vernon gab sein erstes Konzert nach Wochen der Stille. Ich will dir davon erzählen.»

Ich weiß, dass sie mir zuhören wird.

Der Club war brechend voll, vielleicht waren viele Leute nur gekommen, um den Sohn des auf der Bühne hingemordeten großen Trompeters Benjamin Banner zu sehen. Wahrscheinlich wollten sie einfach dabei sein, wenn er zum ersten Mal wieder den Bandstand betrat, und Zeugen seiner Trauer werden. Sie wurden mehr als belohnt. Ich hatte Vernon hinter der Bühne die Hände massiert. Er ließ mein Zupfen und Ziehen über sich ergehen, ohne es wahrzunehmen, und ich wusste, der Tag war gekommen.

Der Bassist betrat lustlos die Bühne. Grinste und hielt den Hals des Basses im Arm. Dann setzte sich der Schlagzeuger umständlich auf seinen Hocker, der Pianist erschien, schon jetzt schwitzend, und dann kam Vernon.

Als hätte er sein Leben lang nur auf diesen Moment gewartet, legte er sofort los, ließ weder uns noch den Musikern Zeit, sich einzustimmen. Da stand er, in Anzug und Krawatte, das Tenorsaxophon um seinen Hals hängend, den er zurückbog, bis er eine perfekte Kurve bildete. Er riss das Mundstück an seine Lippen und versank in der Pracht seiner Töne, gerade so, als nehme er ein langes Bad, in dem er vollständig versank. Die Eigenwilligkeit der Melodie war mit nichts zu vergleichen, was ich je zuvor gehört hatte. Lang gezogene Töne, die in Noten nicht zu fassen sind. Verästelt wie die Falten seines Gehirns, aus denen sie entsprangen, verdreht, verbindend und die Melodie wieder zerpflückend. Ich sah das Entsetzen in seinem Blick und die Raserei seiner Finger, er durchstreifte meinen Kopf und entfachte eine geheimnisvolle Messe. Unsterbliche Wut des Verfolgten. Durch meine Adern floss sein Schmerz, die Verlorenheit, eckig und glitzernd kalt.

Die anderen Musiker zögerten, warfen sich Blicke zu, einen Moment lang fürchtete ich, sie würden aufhören zu spielen, doch dann brachen sie los, der Pianist schlug die Tasten mit seinen Ellenbogen wie Thelonious Monk, die Stöcke des Schlagzeugers zerschnitten die Luft und der Bass fing zu schluchzen an. Vernon ließ die Melodie verweilen, um sie tief in den Magen sinken zu lassen, und er spielte, als säße Thilda im Publikum und könne ihn sehen.

Dann begann er eine einfache, beschwörende Tonfolge wie eine Vorahnung davon, dass es noch nicht vorbei war, um schließlich noch einmal zu explodieren. Nun tobte der Sturm weiter, wunderbare Qual, tosender Traum, selbst seine Stimmbänder konnten nicht mehr schweigen, er begann gleichzeitig zu summen und zu blasen, die Töne trudelten und zersprangen wie Drähte, das Tempo immer unheilvoller, bis alles in einem einzigen, zittrigen, nie verstummen wollenden Tremolo unterging, ohne Vorwarnung – und dann langsam wurde und verklang.

Kein Gefäß wäre groß genug gewesen, um die Tränen aufzufangen, die in dieser Nacht aus ungläubigen Augen fielen. Und endlich hatte er es in die Welt gebracht. LaVons Lied.

Er hätte es auch Thildas Lied nennen können.

Thilda nickt ein paar Mal – ich bin nicht sicher, ob sie mich verstanden hat. Aber ich bilde mir ein, dass einen Moment lang das Blau ihrer Augen warm wird. Ich frage nach der Rechnung. Dann halte ich Thilda die Tür auf, ihre Schultern zittern, als sie in die kalte Luft tritt. Ich betrachte einen Moment die riesigen Plakate am Times Square, denen ich sonst keine Beachtung schenke. Cola! Samsung! Virgin! Kodak! Das vierstöckige Disney-Kaufhaus, Pressluftgehämmer, Hupen, die Gebäude scheinen zu schwanken. Ich stelle mich mitten auf die Straße und winke nach einem Taxi. Der Fahrer bremst scharf ab. Aus den Lautsprechern dröhnt verzerrte Musik, und ich muss schreien, um ihm Thildas Adresse zu nennen.

Ich schiebe sie auf die Rückbank. «Nächsten Monat», rufe ich, aber ich glaube, sie kann mich nicht hören. Die Musik ist zu laut.

Mein besonderer Dank geht an

Art Blakey, Chico Freeman, Dizzy Gillespie, Ron Meyers und Benny Powell für all die Geschichten, die sie mir erzählt haben,

und an das Ledig House, International Writers' Colony, in Omi, New York.

Bibliographie

Berendt, Joachim Ernst / Huesmann, Günther: *Das Jazzbuch*. Wolfgang Krüger Verlag.

Berendt, Joachim Ernst: *Variationen über Jazz*. Nymphenburger Verlagshandlung.

Collier, Graham: *Jazz*. Cambridge University Press.

Fitterling, Thomas: *Thelonious Monk. Sein Leben Seine Musik Seine Schallplatten.* Oreos Verlag.

Jones, LeRoi: *Blues People.* Fourier Verlag.

Kerouac, Jack: *Be-Bop, Bars und weißes Pulver*. Rowohlt Taschenbuch Verlag.

Nisenson, Eric: *Round About Midnight.* Doubleday & Comp. Inc.

Parker, Chan: *My Life in E-Flat*. University of South Carolina Press.

Polillo, Arrigo: *Jazz*. Goldmann Verlag.

Shapiro, Nat / Henthoff, Nat: *Jazz erzählt. Von New Orleans bis West Coast*. Deutscher Taschenbuch Verlag.

Thomas, J. C.: *Chasin' The Trane*. Doubleday & Comp. Inc.

Wendt, Gunna: *Die Jazz-Frauen*. Sammlung Luchterhand.

Werther, Iron: *Bebop. Die Geschichte einer musikalischen Revolution und ihrer Interpreten.* Fischer Taschenbuch Verlag.

Wilson, Peter Niklas / Goeman, Ulfert: *Charlie Parker*. Oreos Verlag

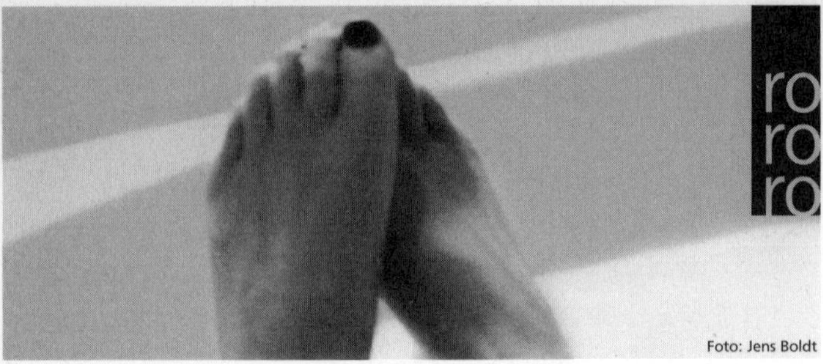

Foto: Jens Boldt

Die weibliche Problemzone heißt Mann!

Kathrin Tsainis
Dreißig Kilo in drei Tagen
Roman
3-499-22925-0
Vicky ist nicht dick, aber sie fühlt sich fett. Sie hätte gern wilden Sex mit ihrem neuen Schwarm, traut sich jedoch nicht, ihn anzumachen. Und eines weiß Vicky ganz genau: Ihr Leben sähe anders aus, wenn ihr Bauch flacher wäre, ihre Beine straffer und ihr Hintern kleiner. Abnehmen ist angesagt. Egal wie. Hauptsache, schnell fünf Kilo runter. Denn dann kommt das Glück von ganz allein. Oder nicht?

Tagediebe
Roman
3-499-23302-9

Christine Eichel
Wenn Frauen zu viel heiraten
Roman
3-499-23369-X

Ildikó von Kürthy
Mondscheintarif
Roman
3-499-22637-5
«Ich musste eine Schlaftablette nehmen, weil Lachzwang mich am Einschlafen hinderte.» (Wolfgang Joop)

3-499-23287-1